松

下

张保庆 著

语文出版社·北京·

十七

章一民和女儿刚跨进房门，客厅里的电话即清脆地响了起来。章一民边换衣服边快步走过去拎起了话筒。电话的一端是省委值班室主任的声音："令狐书记决定，今晚十点半，召开省委常委紧急会议，请章副书记在一刻钟之内赶到省委办公楼第一会议室。"

当章一民匆匆步入第一会议室时，几位常委已经端坐在会议桌前了。屋内烟雾腾腾、气氛严肃，看来在他没来之前，到会的常委们已就有关问题议论了一番。令狐书记皱着眉头，面色阴沉，见章一民来了，即宣布开会。

“于振天省长刚刚因感冒住进了医院。”令狐书记心里对此十分不满，早不感冒晚不感冒，出了大事就得了感冒。感冒又不是什么大病，何必一定要匆匆住进了医院？为此，他讲这句话时的腔调有点怪怪的，别人可能没注意，但章一民却觉察到了。

“单会涛同志又进京了，艾观波同志正忙着在国外访问。”令狐书记清了清嗓音，无可奈何地做着说明。“剩下的几位常委都到了，符合常委会开会的规定人数，现在正式开会。今天下午三江自行车厂爆发了群体闹事事件，还死了人；今天晚上，李家寨寨民与三江农村房地产公司又发生严重的斗殴。另据公安部门掌握的信息，天源市中心广场改扩建工程中被迫拆迁的摊贩、商家和住户上千人，明天要来省政府请愿。今天的会议，就是研究如何对待和处理这三起事件。下面，先请省委秘书长陈刚同志简要汇报一下相关情况。”

陈刚在汇报情况时注意突出重点，故对信息的取舍有详有略。在介绍自行车厂事件时，他强调了事件的规模，全厂三千多职工都参加了，矛盾焦点是不同意原来制定的工厂改革方案。现在全厂的职工和派去接管该厂的环球服装公司的人员都聚集在礼堂里，等候省里派人处理。关于李家寨的问题，他突出了三江农村房地产公司在事先未征得寨里群众同意的情况下，贸然出动大批机械、人员，利用夜晚强行入寨拆迁，有人还开了枪，从而同寨民发生严重冲突。现在公司的机械与人员均被寨民扣押。谈及中心广场有人要组织示威请愿一事时，他则偏重介绍起因，指出主要源于群众对广场改扩建工程的做法不满并要求赔偿。

听完陈刚的简要介绍，会场陷入长时间的沉默。看见大家都不发言，令狐书记眉头皱成一个大写的“川”字，没好气地点了省政协主席卜南山的名字。“老卜，你看该怎么办？”

卜南山年龄已届六十又六，然腰板硬朗，精神矍铄。“我看，对这类事件不能手软。这三件事所涉及的都是省委省政府主导的几项重大工程。如果这次放任了，三江省以后就不会有安定的日子了。”

“我同意卜老的意见，把几个带头闹事的先抓起来再说。”常务副省长宫其业接着发言。他心里清楚，国企改革、农村城镇化建设和天源市中心广场的改扩建工程，都是令狐书记倡导、于省长直接运作的项目。如果在这三大项目上翻了船，岂不成了天下奇闻，让兄弟省看笑话吗！想到这里，他偷看了令狐书记一眼，口气变得更加坚决。“此风不可长。建议公安部门迅速介入，亦可考虑动用武警。动作要快，处理要果断，千万不能手软，要立即把事态压下去！”

政法委书记居希，对事件的性质心明如镜，对事件起因亦了然于胸。他实在不敢苟同上面两个常委的高论，但碍于令狐书记和于省长的面子，他也不想公然反对，只好婉转地说情况还不十分清楚，应马上派人到现场，进一步弄清事件的来龙去脉，然后再下决心。组织部长浦安江和省军区司令伍军剑也发言附和居希的意见。伍司令还特别提醒了一句："对动用武警的事，一定要慎重！"

"对这三起事件的处理，一定要慎重。在指导思想上，要坚持以说服、疏导为主；具体处理办法，则要贯彻实事求是的原则，一切要以事实真相为依据，对事不对人，轻易不要抓人，不能随意动用公安，更不能乱调动武警。"陈刚双眼低垂谁也不看，不紧不慢地开了腔。"只有这样，事态才有可能快速平息，不会留下后患，才更有利于三江省今后的长治久安。"

此时此刻，心中最不平静的有两个人：一个是令狐毅，一个是章一民。令狐毅一心一意想平稳离退、顺利着陆。他最为不安的是自己在任职晚期全力要抓的三件大事都出了麻烦。如果处理不好惹出大乱子，不但会直接影响自己的政声人望，而且也会落个晚节有亏，影响体面而退的如意打算。多年的从政经验使他已隐约觉察到，在这三件大事上确有诸多决策上的不妥之处，而理智更告诉他，对这三桩事端必须处置得当，尽快平息。但在面子上，他又心有不甘，倾向于"果断处理，坚决压下"的观点。灯光下，令狐书记的表情一阵阴、一阵晴，细密的汗珠渐渐布满了前额，心里只觉得阵阵发苦发酸。令狐书记下意识地观察着章一民，既想听听他的看法，又害怕他会讲出自己难以接受的意见。而章一民呢，他初步断定在这三桩事端上，理不在省委省政府，而在群众，且在种种纷乱的现象后面，可能还隐藏着一些见不得人的东西。对这几桩事端所涉及的省里的三大政绩工程，自己早就发表过不同意见，并为此同两位主要领导产生了矛盾与隔阂。他们对自己已很不待见甚至是厌恶了。在此情况下，如果自己今天再大讲尖锐的看法，无疑是又捅了两位领导的心窝。这样一来，同他们之间的裂痕恐怕是再也无法修复了。为今之计，最好的对策莫过于置身事外、冷眼旁观了。此想法刚一冒头，章一民立即感到脸红和羞愧：一个党的高级干部，在大是大非面前，怎么会作如是想？真这么做了，我还是章一民吗？这同在敌人面前临阵脱逃有什么区别？念及此，他轻轻摇了摇头，就发言了。“没有调查就没有发言权。在没弄清事情真相之前，我不同意草率抓人激化矛盾。我们面对的是人民群众，在这么多群众面前，决不能简单地一压、一抓了事。当前，最重要的，是派人马上到现场，先稳定住群众的情绪，说服他们离开现场。之后，再认真调查，倾听各方意见，弄清前因后果，判定是非曲直，然后对症下药，妥善处理，平定事态。另外，明天是国庆节，决不能让这几起事件在国庆节期间发酵、扩大。现在，事情已刻不容缓，时间和时机尤其重要。因此，无论如何，省委今晚就得派人赶赴现场，不能再有丝毫延误。”

听完章一民的发言，令狐书记眼前一亮，情不自禁地向章一民投过一瞥赞许的目光。这无疑是眼前所能采取的唯一办法。老书记突然间目展眉舒、精神大振。他理了理斑驳的鬓发，挺直了腰板。“我同意章一民同志的意见。谁还有不同看法？”他威严地扫视着在座的各位常委，见无不同声音，随即朗声问道：“哪位常委愿意马上赶到现场去？”

会场顿时又沉寂下来。大家你看看我，我看看你，谁也没有表态。令狐书记那刚刚兴奋起来的脸色，一下子又冷若冰霜。

“于省长住院了。宫其业同志，你既是常务副省长，又是省委常委。我看，就由你带上一个工作小组，连夜赶赴现场做好处理工作。”令狐书记又气又急，心里想，平时好事抢着做，好处争着要，怎么今天遇到麻烦事了就个个成了缩头乌龟！为此，他有点生气地直接点了将。

“不行，不行啊，令狐书记，我绝对处理不了！”宫其业一听令狐书记点了自己的将，顿时大惊失色，急得面红耳赤、抓耳挠腮，连说话也结巴了。“国企改革，农村城镇化建设和中心广场改扩建工程，这几项战略性重大工作都是于省长亲自抓的。今晚议论的几起事端都直接和这几项工作相关。而我对有关的决策过程、政策措施、规划安排，均一无所知。我去了，怎么和群众对话？面对群众提出的问题，我又该如何回答？令狐书记，我不是临阵推托，是实在不能胜任啊！可不能因为我，耽误了对事件的及时处理，让事态越闹越大。”

令狐书记听了宫其业这番柔中带硬、真中带假的言辞，不知为什么心中升起一种悲凉之感，脸上的寒霜越来越重。既然常务副省长推脱了，那么剩下的省政协主席、省委组织部长、政法委书记和省军区司令，虽然都是常委，但均不是赴现场处理事端的合适人选。会议在沉寂中又过了许久。最后，令狐书记不得不做出一个决定：“不用再讨论了。一民啊，还是你去吧！舍你再无他人了！总不能让我这个老头子赤膊上阵吧！”说实在话，令狐书记内心深处是不情愿再给章一民一个出头露面的机会的。他相信章一民的能力，但却不想让章一民在处理这些事件过程中再次得分，且还担心他会从中进一步发现自己和于省长在决策中的失误。

听到令狐书记这样说，章一民心中又涩又苦。他既同情老书记，不忍心看他作难，又意识到自己如答应了，无疑是自己把自己推上了风口浪尖，是祸是福，只有鬼晓得了。

“好，我去。但令狐书记，我有两个要求：一是请陈刚、朴志海两位秘书长做助手。二是为了迅速稳定群众情绪、平定事态，对现场群众提出的合情合理要求，在不触及法律、不违背国家政策的前提下，我可否有权代表省委省政府立即作出答复并临场果断处置？”

“同意！当前，稳定压倒一切。只要有利于稳定，有利于化解矛盾，省委省政府赋予你临场果断处置的权力。省里的其他领导和有关部门务必全力配合。”令狐书记深知眼下只能依靠章一民了。况且事情已火烧眉毛，明天又是国庆节。如果处理不好，三江省会立即成为全国一个没有做好稳定工作的典型。倘若到了这个地步，自己只能是有苦自己吞、有泪自己咽了。为此，他也不再征求其他常委的意见，立即表了态。

会议一结束，章一民和陈刚、朴志海马上碰了碰头，做了分工：章一民去自行车厂，陈刚去李家寨，朴志海去中心广场。处理事端的轻重顺序是先自行车厂，后李家寨，最后中心广场。陈刚和朴志海的首要工作是查准情况、摸清群众的要求。为稳定群众情绪，陈刚、朴志海对群众的要求可先原则答应，三天后省委省政府保证予以正式答复。至于具体处置方案，必须等章一民到现场后再作决定。

夜里十二点，章一民驱车来到三江自行车厂的东大门。

只见厂区灯光通明、人头攒动，几十个警察被一大群工人拦在门外，双方正在激烈争吵，一方坚持要先进厂，一方则坚持必须等省委省政府来人后再说。章一民略作观察，即快步走上前去。

“是谁让你们来的？”章一民不管工人，先拦住一位警察问道。

“是省公安厅让我们来的！”

“这里谁是你们的负责人？请你去把他叫过来。我是省委副书记章一民。”

这位警察一听是省委副书记到了，不敢怠慢，立即朝着大门南边大喊：“韩处长，快到这边来，省委章副书记要见您！”

稍顷，韩处长满头大汗地跑了过来，双腿一并，行了军礼。“章副书记，有何指示？”

“省委刚刚开完常委紧急会议，决定这里的事情由我全权处理。你们辛苦了！为缓和气氛，你把队伍撤走吧。如需要，我再召你们来！”

韩处长有点迟疑，还想再说点什么。章一民决绝地向他摆了摆手。这位韩处长见状迅速转身走了。几声哨声过后，警察们全部撤离了现场。

门口的工人目送着警察远去的身影，不知就里，诧异地悄声议论开来。

“不要再瞎议论了。我是省委副书记章一民，是来和你们协商解决问题的。快领我去见你们的梅书记和钟厂长！”章一民笑眯眯地望着这些工人。

厂保卫科长狄刚毅认识章一民，他急忙分开人群跑到章一民面前。“章副书记，您可来了。大家都在礼堂里等您，我这就领您去！”回头又嘱咐工人：“你们不要动，要继续守在这里。”

走进大礼堂，章一民径直上了主席台。主席台上的人都站了起来。梅克云、钟民男两眼含泪，默默地同他握了握手。

“同志们，今晚省委召开了常委紧急会议。省领导已经知道这里发生的事情了，特派我来同你们一起研究解决问题。刚才，我已让围在厂门口的警察撤走了。现在，我们可以坐下来，平心静气地协商、讨论。我先表个态，你们厂里的问题不解决，我是绝不会离开的。”章一民望了望坐在礼堂里的一千多工人，诚恳地说道：“礼堂内、外的工人同志们，你们还是先回去吧。有理不在人多。关于你们厂里的问题，主要还是和你们厂领导及其他相关方面的负责人研究解决。有关结果，我会及时如实地告诉大家。当然，如果你们不放心，可以让坐在前几排的工人，作为代表留下来监督。”工人们见章一民讲得如此坦诚，低声商量了一阵，只

留下前四排的工人，其余的包括在礼堂外等候结果的两千

多人，均自动地离开了。

“今天，我们可能要开一个马拉松会，对自行车厂的主要问题，要先易后难一一梳理，逐一研究。贾有高，你是省发改委主任，又是省国企改革领导小组的副组长，你先把这几年自行车厂改革的过程简单介绍一下，因为这是我们今天研究、解决问题的基础。”章一民冷眼看着贾有高。

贾有高有点发慌。他喝了一口水，稳了稳神。“关于自行车厂的改革，是2005年1月5日，于省长来这里亲自宣布的。改革的基本方案是：宣告自行车厂破产、清资，由环球服装公司收购重组，组建三江自行车股份公司，变国营为民营体制。”

“当时，环球服装公司都承担了些什么义务？”

“以一亿元收购自行车厂的所有资产，再投三千万元作为技改与发展生产的经费投入，承诺偿还原来厂里所欠的一千五百万元债务。同时，还要做好工人安置工作，补发以前所欠工人工资。”

“都兑现了吗？”章一民的目光严肃地扫向环球服装公司派来担任董事长的贝厚茵女士。

“以前的情况我不了解。我是一个月前才被任命为董事长的。”贝女士支支吾吾，吭吭哧哧，似乎有难言之隐。“原来的董事长是史伯益女士。不过，据我所知，原来双方签订的协议中，应由环球服装公司承担的责任和义务还未来得及履行。”

“为什么？”章一民气愤地追问了一句。

“章副书记，你别生气！我们也是没有办法。史伯益女士告诉我，环球服装公司只是代人出面收购、经营，真正的主人不是我们，而是另一家更大的公司。有关自行车厂改革及其他的相关重大事宜，我们公司说了不算，最后拍板的是这家大公司。”

“这家公司叫什么名字？”章一民紧追不放。

“是三江省建设公司。这个公司让环球服装公司出面收购自行车厂的真正目的，不是为了创新发展自行车产品，而是另有打算。”

“什么打算？”章一民愤怒了。

“是打算改做房地产。”事已至此，贝厚茵也不想再隐瞒了。这几年，环球服装公司也是受害者，因屈服于三江省建设公司的权势和压力，把自己搞得处处被动、招人白眼。

“他们看上的不是自行车产品的本身，而是厂里所占的三千多亩土地。”梅克云见贝女士为难，就替她作了回答。

一提到三江省建设公司，章一民心里一凛，他知道这家公司的背景。如果此时把矛头引向这家公司，事情会变得十分复杂，不但会影响自行车厂眼前问题的解决，还会带出一大堆是是非非。念及此，他决定先来一个迂回，暂时避开这家公司，就事论事，只针对工厂职工提出的问题。

“贾有高，他们说的可是实情？”

“是，是，大致如此。”

“老梅，老钟，这几年你们是如何走过来的？”章一民心中十分难过，转头低声询问。

梅克云哭了！他哽咽着把自行车厂如何陷入困境，这两年全厂职工如何发愤图强死里求生，如何战胜困难初步扭亏为盈以及今后的打算，都仔细地诉说了一遍。在场的人听了，无不为之动容。章一民则在敬佩厂领导和工人的同时，对自行车厂的这场所谓的改革，也有了一个清晰的判断。

“老梅、老钟，我现在有两个最重要的问题问你们，请严肃负责地回答。自行车这个产品今后在市场上是否仍有前途？你们有没有志气和决心，重新走出一条改革创新的路子，重振自行车厂往日的雄风？”

梅克云站了起来。“自行车厂在1998年到2004年之所以逐渐走入困境，是因为我们观念落后，见事迟、动作慢，错过了时机，从而在技术更新、产品换代等方面落后了，导致丢掉了市场，陷入了困难。痛定思痛，我们开始认真分析、查找原因。从我们这几年对国内外市场的了解及对未来趋势的预测，我们认为自行车这个商品没有过时，许多人仍需要常规型自行车，一些儿童和老年人则需要特殊型自行车，还有越来越多的人需要健身用的自行车。别看现在中国相当多的人都喜欢买小车，二十年后这些人也许会转而购买自行车。这一点，在许多国家已显端倪，并正在形成气候。当然，今后自行车市场的竞争肯定更加激烈。只有轻便好用、质量可靠、式样新颖、物美价廉的自行车才能在市场上站稳脚跟。我们过去那种几十年不变的‘二八’‘二六’老两样，当然是无法应付市场竞争的。这一点，已被这几年我们在死亡线上挣扎的经验教训所证实了。”

“梅书记，你喝口水喘喘气，我来回答章副书记的第二个问题。”钟民男接过了话茬。

钟民男详细地讲述了对第二个问题的看法，特别突出了厂领导和全体职工如何在痛定思痛之后，清醒地认识到，自行车厂今后要生存要发展，必须进行改革，不改革非垮台不可。而衡量国企改革是否成功，一要看上交的利税，二要看向社会提供了多少就业岗位，三要看有没有真正做到以工人为本，维护了工人的正当利益，确保了国有资产的保值、增值。为实现这几项指标，一定要允许改革有多种模式。否则，就不是真正的改革，也不是在搞中国特色的社会主义。他还告诉章一民，自行车厂干部职工经过反复讨论，已想好了今后的干法，也制定了一个初步的改革方案。这个方案的核心是不卖厂，依靠工人通过改革救厂。如果省里决定把自行车厂重新交到我们手里，三年内一定让工厂重振往日雄风。为此，我们要求废除原来错误的改革协议。工人们已彻底失去了对原来参与改革的另一方的信任。

章一民一直在静心倾听，也暗自庆幸，多亏及早发现了问题，多亏厂领导和工人们的坚守。否则，这个自行车厂恐怕早被彻底毁掉了。工人们几十年用血汗撑起的这份家业，大概也早已中饱了一些人的私囊了。想到这里，他扶着桌子站了起来，面色十分冷峻。“既然原来的改革协议根本没有得到执行，既然厂领导和工人们已经克服困难，在正确的道路上前进了，我现在就代表省委正式宣布：废除原来的改革协议，把工厂重新交回到工人和厂领导手里。希望厂领导和工人同志们能按照中央和省里的要求精神，另行研究制定今后工厂的改革和发展方案。老梅、老钟，请你们分秒必争，以最快的速度拿出改革方案，送交省委审批。我预祝你们成功！”

工人们闻讯赶来，一下子又拥满了礼堂。他们的掌声、笑声和欢呼声汇成滚滚雷鸣，震撼着夜空。一大群老工人静静地站立起来，虽是满脸笑容，眼眶里却闪动着泪花。

凝视着这种久违了的场面，章一民思绪万千，心潮激荡，喜悦中亦透着几分沉重。等工人们平静下来之后，他从桌旁走向讲台的中央。“同志们，现在还有一个问题要处理。大家说，对这件事该怎么办？”他指了指躺在地上的熊浩池，人们一下子沉默了。“不管出于何种原因，死了人就是一个严重的事件。虽然我已知道这不是故意杀人，是在相互推搡、拉扯中造成的恶果，但也得严肃处理，必须得有人承担责任。你们说，该如何处置？”

“这件事，我负主要责任！”一个工人走上台来。

“我也有责任！”另一个工人也站了出来。

说实在话，章一民深为这两个工人敢做敢当的精神感到骄傲。他扭头问道：“保卫科科长狄刚毅同志来了没有？”

“来了！”狄刚毅应声而出。

“你明天带上这两同志到公安局主动投案，同时送上当时在现场目睹事件经过的所有人的证词。贝厚茵同志，还有策划部部长和技术总监同志，你们回去后也要如实向环球服装公司领导和死者家属说明情况。老梅、老钟，对死者的善后工作，厂里一定要认真做好，不能让这件事影响工厂的正常运转。同志们，这件事就交由司法部门依法处理吧！法律是公正的，相信司法部门一定会把事件调查清楚。大家都不用担心，现在都回去休息吧。”

环球服装公司的人先起身走了，工人们随后也放心地离开了。三江自行车厂又恢复了往日的平静。

章一民走出自行车厂大门已是深夜两点了。他拖着疲惫不堪的躯体，匆匆赶到了李家寨。陈刚闻讯从文化中心跑了出来，迎住了章一民。

“情况怎么样？”章一民边走边问。

“一民，别着急，先坐下来喝口水。”望着章一民苍白的脸，瘦削的双肩，陈刚心里一热，差点流出了眼泪。“情况基本搞清楚了，责任主要在三江省建设公司下属的三江农村房地产公司的身上。”接着，他把昨晚至今同当事人李长石和邱怀的谈话经过，以及从寨民和被扣的小混混们口中了解到的情况，原原本本讲了一遍。最后，陈刚加重了语气：“两年多来，李长石和李家寨的人们一直是据理力争，一忍再忍。三江农村房地产公司却罔顾国家政策，一逼再逼。李家寨曾先后向几个政府主管部门反映了情况，均一直无人出面解决。这次事端是这家公司蓄意挑起的，李家寨则是被逼无奈而奋起抗争的。谁是谁非，一目了然。难点在于这起事件的背后支持者是于洪甚和艾谦瑟。”

“情况确凿吗？”

“铁证如山！”

“邱怀都招了？”

“这个混蛋全招了，招的比我们和李家寨知道的还多。让三江农村房地产公司出面，是于洪甚、艾谦瑟为掩人耳目而耍的花招。邱怀只不过是个傀儡。”

邱怀招了，应该说是件好事。然而章一民却怎么也高兴不起来，反而感到了一股巨大的压力，仿佛有一张巨网悬在头顶，随时都会兜头罩下。他叹了一口气，心中涌出的是气愤、忧心、痛苦，抑或是无奈、悲哀与纠结。对此，连自己也一时难辨清楚。

“管他什么人的公子、儿子，欺负老百姓就是不行！陈刚，我们现在已无任何退路，只有横下心同这帮坏蛋斗一斗，煞一煞这股歪风邪气。当然，我们要特别注意策略。现在，你马上回去，把你和邱怀的谈话记录以最快的速度整理出来并让他签字。其他所有的物证都要有录像，所有的人证都要有笔录。你要清楚我们面对的是谁！因此工作一定得严谨细致，不能有丝毫漏洞。在此之前，我还不能同他们马上公开见面。你去把李长石叫出来，我再同他谈谈。为你争取一个小时的时间，做好这几项工作。”

陈刚转身而去。稍顷，李长石来到了章一民的身边。章一民同他紧紧地握了手。“我们来晚了，让乡亲们受委屈了。”

“暂时受点委屈没什么，怕的是是非曲直永远搞不清楚。章书记，您来了，我们心中就有底了。您可能不认识我，但您为人处世的风格和无私无畏的胸怀，我们却是早有耳闻了。”

章一民摆了摆手。“这些话就不要讲了。来我们再聊聊，有些情况你要说得更仔细一些，以利于下一步对问题的处理。”说罢，两人并肩一边交谈，一边围着寨子漫步。两只小狗，在他们的身前身后，调皮地跳来蹦去，似乎在护卫着这两个主人。

一个小时之后，章一民步入了文化中心。他刚一坐下，邱怀就急巴巴地凑了过来，小声说道：“丁洪甚和艾谦瑟让我代他们向您问好。”

章一民厌恶地皱了皱眉头。不过邱怀递过的这两句话，也让他心头一寒。略作沉思后，章一民决定这次暂不触及这两个人及其后台，也不涉及背后的种种因素，只是就事论事，快刀斩乱麻，果断处理。他见陈刚已坐在身边，就不紧不慢地开了腔。“省委决定让我和陈刚同志来处理昨晚李家寨发生的事情。邱怀你还有什么补充的吗？”

“只补充一点，我们是根据三江省建设公司于洪甚董事长和艾谦瑟总经理的指示，来这里进行搬迁的。搬迁方案是经省里批准的。”他故意抬出这些名号，敲打并试图震住章一民。

“是于洪甚董事长和艾谦瑟总经理要你到这里打人闹事的吗？”章一民冷冷地问了一句。

“不是，当然不是！一切均是本人办事不周……”邱怀连忙辩解，急得脸上直冒汗珠。

“李家寨的乡亲们还有什么要补充的吗？”章一民抬头看了李长石一眼。

“没有了！我们要讲的都写在纸上了。其他有关材料也都交给陈刚秘书长了。”

“那好。现在，我讲点看法。”章一民举起手中的一大摞材料晃了晃。“根据双方签字认定的书面材料和李家寨交来的有关录像带与照片，我认定米士求和邱怀的公司应对这起事件负主要责任。中央的指示和省里的有关规定都很明确，农村的城镇化建设一定要因地制宜、稳步推进。相关搬迁工作，事先必须征求当事农民群众的意见，充分照顾他们的利益。你们违背上述原则，一不倾听意见，二不讲明搬迁措施，更没有公布有关补偿政策，三是肆无忌惮地先后采取挑衅、捣乱、威胁等诸多不法手段。当目的仍不能得逞，就强行拆迁，大打出手。你们强迫李家寨拆迁，要办什么养老中心，大搞房地产，这是明目张胆歪曲并利用有关政策，损害农民利益，为自己营私谋利。至于李家寨，他们是在被迫无奈的情况下，采取了一些自我保护措施。他们保护的是自己祖祖辈辈居住的家园，完全是合理合法的。为此，我代表省委宣布：三江农村房地产公司强迫李家寨搬迁的行为是完全错误的。今后李家寨搬迁与否，必须按政策办事，必须由寨民自己做主。一切外来的公司或机构，都不得让他们强行搬迁。对于这次事件，作为公司的负责人，邱怀和米士求要承担所有的后果。现在，我命令你们立即撤出所有人员，并赔偿李家寨的全部损失。今后，严禁你们这家公司再来滋扰、闹事，违者严惩。李家寨的乡亲们也有不够冷静的地方，有问题还是要相信并依靠政府，靠对抗、殴斗是无法解决问题的。现在，李家寨要马上把扣押的推土机和人员一律无条件放还。对此，李家寨可有异议？”

“完全同意。感谢省委的英明决定！”在文化中心聚集等待的寨民们发出震天动地的回答声。

“邱怀，你呢？”章一民目光冷冷地盯着这个败类。

“没意见！”邱怀低声嘟哝了一句。

“还有一件事，昨晚是谁开的枪？”章一民见大局已定，才把这件事提了出来。“挑衅斗殴已经十分错误，还敢公然开枪，这是在向法律挑战！邱怀，各方面的材料证明，这一枪是你带来的人开的。你事先知道吗？”

“不知道，不知道！”没想到章一民忽然又杀出这一招。邱怀毫无准备，慌得手忙脚乱。

“给你们三天时间！”章一民有意拿这件事再压一压他们的嚣张气焰。“由你和米士求把开枪的人找出来，并亲自送此人到公安部门投案自首。这已是对你们公司最大的容忍和宽大了。有关结果，你邱怀要向陈秘书长直接报告。还有，你们公司要负责李长石同志的所有医疗费用。好了，你们现在可以走了。”

从文化中心出来，章一民和陈刚谁也没有说话，心里仍沉甸甸的。两人马不停蹄地赶往天源市中心广场。

十八

9月30日晚，和章一民、陈刚碰完头出来，朴志海胆战心惊、心乱如麻，尤其是对章一民指定由他去了解、处理广场有人示威一事，更加诚惶诚恐，有苦说不出。朴志海深知天源市中心广场改扩建工程的始作俑者，是省长于振天和市委书记艾观波。他们事先摸准了省委书记令狐毅的心思，既投其所好又打好了自己的如意算盘。具体操作者，表面上是他朴志海，实际上则是省长和市委书记的两位公子在“垂帘听政”。对此，朴志海当时心安理得，一点也不生气。他知道自己虽只是个挡箭牌，但这无疑也是一次天赐良机，使他有了进一步巴结、靠近两位实力派高官的机会，亦能借势构建一下自己升迁的阶梯。所以，两年多来，他对广场改扩建工程，一直是虚于应付，少管少问。不过，他对于洪甚、艾谦瑟这两位公子的贪心与霸道倒是多次有所领教，为此亦常有怨恨与不平之心。于洪甚和艾谦瑟在其父亲的荫庇下，在改扩建工程中横行无忌、巧取豪夺，非法盈利至少在十亿以上，可分给自己的仅有区区五百万。这两人平时对他朴志海，更谈不上应有的服从和尊重，曾公然讥笑他是聋子的耳朵——摆设。

朴志海驻步四顾，直觉得空寂瘆人。一阵微风拂来，不由得打了个寒颤。朴志海真有点害怕了。千不该万不该，是在关键时刻于振天、艾观波两人都躲开了。结果是不得不让章一民这个冤家对头全权处理此事。朴志海越想越觉得这次在劫难逃，担心难以全身而退，弄不好不但升迁无望，牢房的大门也会向自己打开。怎么办？怎么办？他掏出一支香烟，哆哆嗦嗦连划几根火柴，才把香烟点燃，像瘾君子烟瘾发作时那样，一连猛抽了十多口才来了精神，头脑又恢复了镇静。解铃还须系铃人！既然广场改扩建的主谋是于振天、艾观波，那就先去找他们讨个主意吧。但现在是凌晨一点钟，躲进医院的于振天此时可能正在梦乡。如果这个时候去，招来的只会是一顿臭骂。想到这里，他突然冒出一个想法，皇帝不急太监急，天塌了有于振天这个高个子顶着，我瞎担心些什么！不妨先回家睡上一觉，一切等天亮了再说吧。

10月1日上午八点钟，朴志海悄悄溜进了于振天的高级病房。病房里除了一个正在量体温的护士外，别无他人。待护士一出房门，朴志海赶紧趋近病床。于振天奇怪地扫了朴志海一眼，没好气地问：“志海，你不在省政府当差，这么早来医院干什么？”

“于省长，我有大事向您汇报！”接着，也不等于振天答话，即一口气把昨晚省委常委紧急会议的情况报告了一遍。

“什么？让章一民全权负责？”于振天忽地一下坐了起来。“宫其业呢？”

“令狐书记本来点的是他的将，可他却说不了解决策过程，推辞了！”

“混蛋！”于振天一把掀开被子，披上病号大褂，跳下地来。“洪甚、谦瑟这两个大笨蛋，尽给老子惹麻烦！”他半坐半卧在病房的躺椅上，喝了一口热茶，情绪慢慢稳定下来，开始低头沉思。

朴志海吓得连大气也不敢出，房间里静得阴沉可怕，只有那只挂钟滴滴答答响个不停。

“志海，此事太大了！”于振天猛然抬头，面孔变得有点狰狞，阴毒的目光紧盯着朴志海。“它关系着我们这一帮人的荣辱沉浮和身家性命。观波不在，我又不便马上出院，现在只能靠你来周旋了。你现在不要去管什么章一民，立即去找荣秉奇。这个人本是位于广场南边的荣华百货大厦的老板。在广场改扩建中，他蒙受损失最大。我一再叮嘱洪甚、谦瑟两人，一定要予以合理赔偿，可这两个兔崽子就是拖着不办。我揣测，这次带头并组织游行示威的很可能就是他。你约上洪甚、谦瑟一起去见这个人，先赔上一笔钱，把他的口封上，同时劝他去做其他人的工作。你去告诉这两个兔崽子，就说是我的意见，对这件事的具体处理由你说了算，两人必须认真配合。大祸临头，让他们千万不要吝啬，立即拿出两三亿元现金，务必两天内摆平此事！这件事如果你能妥善处理，我决不会亏待你。”

朴志海还想说什么，于振天不耐烦地挥了挥手，示意他别再啰嗦，赶紧去办，而自己则又陷入沉思。

回到自己的办公室，朴志海手机、座机并用，连拨了几十个电话，都找不到于洪甚、艾谦瑟。电话里不是说“您播打的电话正在通话中，请稍等”，就是回答“您播打的电话不在服务区，无法接通”，要不就传出一个浪声浪气的女人声音：“我们老板正在同外商谈判，不便接听，改天再打吧！”实在无法，朴志海只好亮出身份，对着电话大喊：“我是省政府秘书长朴志海，是于省长让我找他们商量紧急事情的。”不料对方却毫不在乎，仍是娇滴滴地回答：

“哟，你是秘书长啊，多大的官呀？秘书长在我们这里不管用，我们只听董事长和总经理的……”

如此这般，朴志海急得浑身冒汗，几乎要疯了。“这两个败家子、大痞子，真是到死还不知道是怎么死的。”万般无奈，朴志海连滚带爬地下了办公楼，开车急奔三江省建设公司总部大楼。车还未停稳，他即跳下车来，二步并作两步走，气喘吁吁地跑到了董事长办公室门口，“咚咚”一阵急敲。屋里传来阵阵男女的亲吻声和女人的吃吃浪笑声，但却无人理会敲门声。朴志海不见开门，即高声喊道：“我是朴志海，有急事，快开门。”仍是久久无人答应。朴志海怒火中烧，忍无可忍，用脚狠狠地连踹房门。里面一个女人嗲声嗲气地开了腔：“先生，别再踹了，等我们办完了事就出去。麻烦你先到会客室喝杯茶吧！”说罢，会客室大门“吱”的一声自动打开了。

还能怎么办呢？朴志海傻眼了，只能是自认倒霉了，真后悔自己不该同这样的人勾勾搭搭。同时还自作多情地为于省长、艾书记惋惜，怎么弄出这样的无赖，有这样的无赖之子岂有不败家之理！朴志海边想边无奈地跨进了会客室。

会客室装修得五光十色，富丽堂皇：名贵的地毯，金丝楠木的镶壁，小叶紫檀的茶几，黄花梨的真皮沙发，天花板上悬着一只硕大的枝形水晶吊灯。墙角摆着一台巨型电视，视屏大得如同电影院的银幕。另配着迷你酒吧、西式小餐厅及KTV点歌系统。说实在话，饶是身为省政府秘书长的朴志海，在整个三江省还未见到第二家如此气派豪华的会客室。

门轻轻地响了一声。朴志海抬眼望去，见一个妖艳性感的女人，身着一袭白底蓝花的薄绸高衩旗袍，闪身款款而入。她夸张地抛了一个媚眼，挺了挺胸脯，摆动着白如嫩藕的长臂，扭动着肥实圆墩的丰臀。光洁润滑的大腿，漫不经心地在旗袍开衩处不断闪现，胸前的两只芒果似的傲乳高高耸起，在薄薄的绸袍下优雅地跳着桑巴舞。此女飘然而至，一抬大腿竟旁若无人地坐入朴志海的怀中。她的乌发向后一甩，从他的脸上一拂而过，玉臂一弯钩住了朴志海的脖子。接着她头一歪，姣俏的面颊就顺势贴在了他的脸上。这番挑逗，再加上从女人身上散发出的阵阵幽香，令朴志海顿时心旌摇动，春心荡漾。刹那间，他忘掉了身份，也忘掉了来此的任务，不顾一切地搂住这个女人狂吻起来。同时双手并用，猴急猴急地要扒下此女的旗袍。这个女人老到地挡住了朴志海的双手，推开了朴志海再次伸过来的嘴唇，举着一杯茶挡在自己的胸前。

“这是今年新到的杭州明前狮峰龙井，请秘书长慢慢品尝。”女人声如莺语，甜脆悦耳，真是淫荡无双啊！朴志海虽是见多识广，也自愧弗如了。

“啊，是朴秘书长来了？”于洪甚斜披着睡衣，连连打着哈欠。

“艾谦瑟呢？”朴志海不愧是风流场上的老手，听到于洪甚的声音，不但不惊，反而以攻为守。

“我叫人去催请了！”话音刚落，艾谦瑟同样身穿睡衣，贼头贼脑地溜了进来。

“说曹操，曹操就到。好了，我们两个都到了，朴秘书长有何指示，请说吧！”于洪甚一脸不屑，语气中透着不耐烦。

“是于省长让我来的。你们两个大贵人真是难找啊！”朴志海狠狠地瞪了这两个家伙一眼，随即把有关情况和盘托出。

“什么，让我们吐出两三个亿？门都没有！”于洪甚一下子跳了起来。

“老头子们年纪大了，胆子越来越小了，何必这样紧张呢！”艾谦瑟满不在乎。

“我去找这个荣秉奇，一个子儿都不用出就能摆平他。如果不听老子的话，就让他从地球上蒸发！”于洪甚说着做了一个刀抹脖子的姿势。

“这几个土包子、烂虾米，能掀起什么大浪？朴秘书长你回去告诉我老爸，这等小事就交给我们来料理吧。两天之内一切搞定。请他把心放在肚子里吧！”

听着两个人大言不惭的言辞，目睹他们狂妄愚蠢的神态，朴志海的心一下子揪紧了，看来这两个东西才是这次消灾弭祸的关键。“收起你们的狂劲吧！没有你们的老子，你们在三江省算老几？能有你们呼风唤雨花天酒地的今天？”朴志海又气又急，决定要先杀杀这两个纨绔子弟的浑劲。“自行车厂、李家寨和中心广场的这三起事端，件件都是你们挑起的。省委昨晚为此召开了紧急常委会，已作出决定要进行彻查，并责成章一民全权负责。章一民是何许人也，你们应该清楚。”

朴志海气愤加焦急，一时觉得口干舌燥。他一口喝干了杯中的茶水，气咻咻地接着说道：“如果说自行车厂、李家寨的事情涉及政府的决策，你们尚有可推脱的余地，那么中心广场的改扩建工程，你们就没有任何退路了，弄不好大家都要翻船。你们的老子要翻船，你们两个更要翻船，轻则入狱，重则要掉脑袋。真是死到临头，你们还在这里神吹胡咧、大言不惭。你们有什么本事？还不是全靠老子这棵大树！你们知道猪是怎么死的？是蠢死的，是笨死的！”

于洪甚、艾谦瑟听到这里，知道事情闹大了，情况不妙了，顿时像泄了气的皮球，一下子瘪了！于洪甚急忙移坐到朴志海身旁，一面向他茶杯中续水，一面讨好地说道：“你骂得对，骂得好！但光骂解决不了问题。朴叔叔，事到如今，你说说该怎么办？”

“朴叔叔，别生气了，我们一切都听你的！”艾谦瑟也变了口气。

朴志海心里十分清楚，广场这件事，如果曝光，不但于省长、艾书记要倒霉，而且还会牵扯出一大批三江省的官员。三江省今后人事安排的大局可能会大翻盘，自己预谋的一场升官大戏也将化成泡影。怎么办？朴志海打了一个寒战，身上冷汗淋淋，心中也一阵悲哀：必须把大事化小，立即把决口堵上！他冷眼打量了两人一番，更是感慨万端：于省长、艾书记，真是聪明一世、糊涂一时，怎么把这两个混世魔王捧出来，担如此重任，闹如此大的乱子？

“听着，事情已到了千钧一发的紧要关头，一分一刻也不能耽搁。你们两个分头行动。于洪甚，你亲自去找荣秉奇，他要什么，就给他什么。对他的唯一要求，是让他不要挑头闹事，并让他设法取消原定的游行示威活动。艾谦瑟，把你手下的喽啰全部动员起来，挨家挨户向在广场改扩建工程中被强制搬迁的商户、摊贩和住家赔礼道歉，同时送去相应赔款。要舍得花钱，花上两个亿甚至更多一些也不要心疼。只要能把这场游行示威压下去，就算化解了一场大祸，以后的事情也就好办了。”

“朴叔叔，如果这个荣秉奇不识好歹，油盐不进呢？能不能……”艾谦瑟用手在脖子上横着一划，再一次做出个杀人的手势。

朴志海脑子“嗡”的一下，脸色都气青了，真是不可救药！“听着，这次你们绝不能动粗，更不能有杀人灭口的念头。如果那样，你们自己的死期就到了，谁也救不了你们！两位爷，你们该明白，现在是我们在求人，求人放过我们！为此，暂时要舍得放弃一些东西，一定要放下臭架子，一定要多烧高香、多说好话，必要时即使下跪磕头也在所不惜。记住，这几天一定要忍！好了，我不想再同你们啰嗦了。现在已是中午十二点了，时间紧迫，快去落实吧！”说着推门而出，后又止步回头叮嘱：“我今天一直待在办公室里，手机亦保持开机状态。如有什么意外，一定要同我联系。”

章一民和陈刚是上午十点半赶到中心广场的，到约定的地点一看，不见朴志海的踪影。广场上倒是充满了过节的气氛，只见人头攒动，歌声飘扬，一双双年轻恋人窃窃私语，一群群幼童嬉闹追逐，一对对老夫老妻相携漫步，成群结队的中年妇女打扮入时，围成一圈圈一簇簇，有的唱歌，有的跳舞。各种各样的小狗，欢跳于主人的身前身后，穿梭在主人的脚前腿下……

章一民、陈刚顾不上欣赏这些祥和醉人的景象，绕着广场匆匆转了一周，既没有发现游行示威的迹象，也没有见到朴志海的身影，打了几遍朴志海的手机和办公室的电话，均都占线不通。这时两人的肚子开始咕咕地叫了起来，一种又渴又饿的感觉像电流一样串满了全身。两人对看了一眼，都同时想起从昨晚到现在还水米未进呢！

“走，先去喂饱肚子再说。朴志海这家伙也许把事情已经办妥了。”章一民拉着陈刚，直奔经大爷开的“经珍府”。到了店门口，章一民才猛然记起，营业时间已经改成晚上七点半了。他懊恼地拍了拍脑袋，正要转身离开，经大爷却喊住了他：“一民，怎么不进来坐坐？”

“不好意思，经大爷，我记错你们开店营业的时间了。”

“什么记错了？同我还客气什么？你们大概还没吃早饭吧，快进来！”

章一民、陈刚只好接受经大爷的邀请，进了“经珍府”。

“先坐下喝口水。我们这么大个店，还能没有你们吃的！”老人嘴中说着话，手中却忙个不停。他从身边的炉子里拿出五六个昨晚剩下的烧饼和两块酱牛肉放进了微波炉。五分钟过后，烧饼和酱牛肉就端到两人的面前。“对不起两位啦，将就着吃吧，胡辣汤是喝不上了，用茶水代替吧！”老人点起了旱烟袋，深深地吸上了一口，乐滋滋地看着两人用餐。

“你们两个人在忙什么？”

“在忙着救火！”章一民大口嚼着牛肉，待一个烧饼下肚，才腾出嘴来说了一句。

“救火？”老人不解地看着章一民。

“自行车厂和李家寨的工人、农民们出事了，我们两个从昨晚到现在，一直在为此事奔忙。哎，怎么就你一个人在店里啊？”章一民突然想起了什么，抬头问经大爷。

“他们都在忙着备料。晚上七点半不是要准时开店营业吗？”老人张了张嘴还想说点什么，犹疑了一下又停住了。

这时，手机响了，章一民拿起一看，是朴志海打来的。

“志海，你在哪里？我们在到处找你。事情办得怎么样？”

“我在办公室。事情吗？还算顺利，一切都在掌握之中。你们尽管放心，今晚还有更好的消息告诉你。”朴志海语调轻松，十分得意。

“好，我们马上回办公楼。你待在办公室别动，我们需要碰个头！”章一民抬腕看了看手表，已是中午十二点半了。“经大爷，谢谢你的烧饼和酱牛肉。我们还有急事要办，不能在这里多待了，抽空我再来看你。”说着向老人拱了拱手。“走，陈刚，咱们马上回办公楼！”

三人在办公楼会齐之后，相互通报了相关情况。章一民、陈刚虽对广场的事还有点放心不下，但一看朴志海信心满满的样子，也不好再说什么了。从朴志海办公室出来，章一民拉着陈刚又进了自己的办公室。

“一民，据我所知，广场事件的背景要远比自行车厂和李家寨复杂！”陈刚忧心忡忡地说道。

“我也有同感。陈刚，你手头有没有关于中心广场改扩建工程的材料？”

“有一些，但不全。”

“有多少就给我多少，我要仔细琢磨琢磨。”章一民望着窗外，若有所思。“陈刚，麻烦你再为我找一找省委省政府关于中心广场改扩建工程的有关文件或会议纪要。不知为什么，我对此事的决策过程竟一无所知。今天，你我都要守在这里。我有个预感，广场这边可能要出事！你回办公室先好好休息一下。”

“你也要注意休息，光知道拼命是不行的。”陈刚嘴角上挂着一丝苦笑，转身而出，不一会儿抱来了一大堆文件资料。

陈刚走后，章一民突然感到浑身酸痛，身子好像散了架一样。他勉强起身为自己泡了一杯浓茶，闭眼休息了十多分钟，然后反锁上房门，一页一页认真地浏览着陈刚送来的材料。

时间在悄悄地流淌，不知不觉已到了下午三点半。

这时，楼下突然响起一阵口号声。章一民探出窗外一看，心里一紧，大惊失色。两千多人的游行队伍把省委省政府的两幢办公大楼围了个严严实实、水泄不通。一条又宽又长的红色横幅上赫然写着“我们要公平”五个大字。为首的一个人，五十上下的年纪，手里举着一只喇叭，领着人们不断高喊：“我们要和省委主要领导对话！”“中心广场改扩建工程是个黑心工程！”“打倒贪污犯！”……在此起彼伏、连续不断的口号声中，围观的人越来越多，很快在省委省政府大楼前形成了一个人的海洋。这时，桌上的电话铃响了。章一民拿起听筒，另一端传来了令狐书记气急败坏的声音：“章一民，怎么搞的，这么多人到省委省政府来示威，你们竟然没能制止？”

“令狐书记，你别生气。我刚从自行车厂和李家寨赶回来。广场的有些情况我还未弄清楚。”

“自行车厂和李家寨的事情处理得怎么样了？”令狐书记话题一转，急促地问道。

“都妥善处理完了，正要向您汇报。”接着，章一民以最精练的语言把处理原则和结果叙述了一遍。

“那广场这边该怎么办？广场的事不是也由你负责吗？”

“按我们原来商定的分工，在我和陈刚去处理自行车厂和李家寨问题的同时，让朴志海先来摸清情况，做好前期准备工作，然后等我们回来共同研究处理。不知什么原因，我们今天上午十点半赶到广场时，没有找到朴志海。直到十二点半，我们才同朴志海见了面。据他说，他去医院见过于省长，又找过三江省建设公司的董事长和总经理于洪甚、艾谦瑟，制订了处理方案。他向我保证一切都摆平了，不用我操心……”

“算了，不要再讲了！常委会的决定是由你全权处理，不是什么朴志海！你马上出面，直接处理广场事件，不能再让朴志海插手了。一定要在最短时间内打掉这场游行示威！”说罢，不由分说啪的一声挂断了电话。

这时，楼下的吵闹声忽然又高了起来。陈刚满头大汗地闯了进来。“于洪甚、艾谦瑟这两个大坏蛋，不知从哪里找来一大帮打手，正在向荣秉奇几个人大打出手。”

章一民二话没说，拉着陈刚急忙下楼，来到游行队伍的面前。

“你们是从哪里来的？”章一民义愤填膺，指着那帮正在殴打荣秉奇的混混大声喝问。

“我们是老板派来的，你管不着！”一个歪戴着帽子、手持长棍的家伙有恃无恐地傲声回答。

“你们的老板是于洪甚和艾谦瑟吧？我是章一民，省委决定由我来全权处理此事。”他看了看在现场维持秩序的省公安厅干副厅长。“现在，请省公安厅先把这几个打人的混混扣押起来。不过，可以放他回去。”章一民用手指了指那个歪戴帽子的家伙。“你回去通知于洪甚和艾谦瑟，事端是他们引起的，他们今晚七点半必须赶到省委第一会议室参加会议。如果逾期不到，我就派公安干警去请！”

这时，荣秉奇被人扶着站了起来。他擦了擦脸上的血迹，仰头对着章一民。“章副书记，你看到了吧，这帮混蛋多么猖狂，多么无法无天！你可要为我们这些平民百姓做主，主持公道啊！”说罢竟号啕大哭，游行队伍中随之也响起了一片哭声。

目睹此情此景，章一民感到难过、羞耻，但他深知目前最重要的是稳定游行人员的情绪，不能让局面发酵失控。

“老荣啊，今天是国庆节，你们搞这样的活动不合适，也解决不了问题。我提个建议：你们推出十个代表，今晚七点半到省委第一会议室来。届时，我、省委秘书长陈刚和省政府秘书长朴志海也一起参加。关于另一方的当事人于洪甚、艾谦瑟，刚才你们也听到了，他们也必须到场。我们三方坐在一起，共同研究解决你们提出的要求。我保证一定会主持公道，给你们一个满意的结果。”

听到章一民这样说，人群一下子平静下来。他们的目光从章一民身上慢慢移到了荣秉奇的脸上。荣秉奇低头沉思良久，然后缓缓抬起头来。“好吧，我们大家这次就相信章一民同志一次，相信省委一次。”然后扭过头来。“大家都先回去吧，在家静候今晚会议研究的结果。”

人群开始逐渐散去，章一民、陈刚长长舒了一口气。而朴志海呢，此时此刻正在办公室里忙着给住在医院的于省长打电话。可电话那边始终占线，一连拨了十多遍都无法接通，急得他汗流浃背。怎么回事？朴志海狠狠地跺了跺脚，又试着拨了一次，依然如故。他知道不能再耽误了，就小跑着下了楼。

见朴志海慌慌张张的样子，章一民心中泛起一股厌恶。“你躲到哪里去了？你不是说一切都摆平了吗？”朴志海刚要张嘴解释，却被陈刚拉了过去，向他简单讲了刚才的情况，最后说：“章副书记已同他们约定，今晚七点半双方代表在省委第一会议室见面，商谈研究解决办法。你快回去，抓紧准备有关文件和材料。”

七点二十分，章一民走进了会议室，见该到的人都到了，就差荣秉奇一人。突然，省委值班室的一位工作人员慌慌张张地闯了进来，向章一民低声报告：“刚刚接到省公安厅报告，荣秉奇在赶来参加会议的途中，路经幸福胡同旁边的一片竹林时，被四个蒙面人围住毒打成重伤，送到医院时已经死亡。参加今天下午游行的群众，闻讯后都涌到了医院。他们一边查问荣的死因，一边讨论酝酿更大规模的游行。多家新闻媒体也赶到了现场……”

章一民心中一震，霍地站了起来，按在桌上的双手微微颤抖，面色变得铁青。“这是蓄意杀人，是在向法律、向省委省政府公开挑衅！干副厅长，请你马上通知省公安厅刑警处，立即组织精干队伍侦办，争取尽快破案！”在座的其他九位群众代表，一听说荣秉奇出了事，个个义愤填膺、怒不可遏，吵嚷着要离开会场。

“你们都不要动，动了就对不起荣老板！现在即使你们去了医院，也于事无补。有人希望我们乱，我们偏偏不能乱。咱们要稳住神继续开会，把你们所代表的群众要求解决好。这样，才算对得起荣老板的在天之灵！”九个人听章一民口气冷峻、真诚，句句在理，遂又坐了下来。

章一民见会议室恢复了平静，就接着说：“请大家稍等片刻，我现在要去向令狐书记汇报。期间，任何人都不准离开会议室，也不许同外边打电话联系。”言毕，转身而出，不到十分钟，又返回会议室。

“陈刚，请你马上赶到医院，向聚集在那里的群众转达省委的三点意见：一是对荣老板的死亡，省委已经责成公安厅立案侦查，挂牌督办，争取在三天内破案，对凶手一定严惩不贷；二是对大家在示威中提出的要求，省委正在讨论研究，今晚十点会告诉大家结果；三是此时此刻，请大家务必保持冷静、理智，同时又要积极提供线索，协助省委处理好此事。不要做任何让仇者快、亲者痛的事情。”陈刚一出门，章一民向坐在那里洋洋自得低头喝茶的于洪甚、艾谦瑟冷冷地瞟了一眼，低沉地宣布：现在开会！

荣秉奇的弟弟荣秉立满脸泪水，首先发言："我哥哥原是复员军人，我本是省农机厂的下岗工人。十四年前，我们哥俩迫于生计，在市中心广场南边摆了个地摊，销售从深圳贩来的电器和衣衫。两年后渐渐有了些积蓄，就租了一间小屋，开了个正儿八经的日用百货小店。没想到小店深受人们的欢迎，生意也特别红火。我俩遂又大着胆子租了周边的几间铺面，扩大了经营规模。我哥哥有点商业头脑，通过对市场前景的观察和琢磨，他发觉现在有太多的人急于发大财，盖了许多高楼，专门经营牌子响、利润大的外国货或所谓的高档商品，而对绝大多数普通老百姓需要的日用百货却无人问津或不屑经营。我哥哥根据这几年我们在闯荡中得出的经验，决定反其道而行之，走便宜便利、薄利多销的路子，专门为中下层人群提供商品服务。为此，九年前，我们从银行贷款五千万元，盘下原来租用的八间平房，扒掉后在原址建起一座六层楼的荣华百货大厦。其中四层为商场，剩下二层为管理和员工的生活用房。由于我们商场货物齐全，质量过硬，价格合理，又严禁假货，所以很快就在天源市出了名，许多客人常常慕名而来，生意自然也顺当兴隆，虽无大赚却也年年盈余，并确保了员工们的工资福利。不到五年，我们就还完了银行贷款。这时，三江省建设公司下属的三江城镇房地产公司的两位老板诸如贵、司佑余找到我们，软硬兼施，死缠硬泡，非要我们把大厦低价转让给他们，或者让他们入股、控股。这当然被我哥哥断然拒绝了。后来一打听，诸、司两人根本就是一对小流氓，平时仗着于洪甚、艾谦瑟的支持，在天源市横行霸道，欺行霸市。两年前，荣华百货大厦又向银行贷款两千万元，更新了内部信息管理系统，更换了相应的硬件设备。不料，在事先无任何征兆的情况下，省里突然启动了中心广场一期扩建工程。这家三江城镇房地产公司，既不讲赔偿，也不给重新安置的出路，一夜之间就用推土机把我们好端端的一座大厦夷为平地。这样一来，我们两千万元的银行贷款就无力偿还，一百多名员工也一下子全部失去了工作，我们兄弟两人亦成了负债累累的穷光蛋。你们说说，他们这些人的行为同旧社会明火执仗、杀人越货的土匪强盗有什么区别？我们不甘心，挣扎着想重新开张。广场扩建后那家公司以独家垄断的方式，在周边新建了一批商品用房对外出租，但租金定的是天价，高得吓人。我们两人双手空空，哪能租得起？真是要把人往绝路上逼啊！”

“于洪甚、艾谦瑟，这个城镇房地产公司是你们的下属的公司吧？”章一民目光直逼两人。

“是！”艾谦瑟低声嘟囔了一句。

"那好，你去通知诸、司两位，让他们也立即赶过来参加会议。"

艾谦瑟同于洪甚交换了一下眼神，悻悻地走了出去。

"我也想讲两句。"另一个在广场旁边开小店的幸介人开了腔。"我是个残疾人。幸蒙政府照顾，让我在中心广场开了家独门小店，专做修理活计，主要是修理皮鞋、拉锁、相机、洋伞和收录机。生意虽零星寡淡，倒还可以糊口。作为一个残疾人，有此足矣！谁想，这间小房，不管我如何恳求，也被他们强行无偿地拆除了。当时，他们告诉我，过一段时间后，我可以搬到新盖的铺面房里去。广场一期扩建后，周边确实又盖了一大批商用房。可一打听，租金高得根本不敢问津。可如果放弃修理这点技艺，我今后还能靠什么活下去呢？"说到此处，幸介人已哽咽得难以成声。

"我代表被拆迁的居民讲几句。"卢正兴激动地站了起来。"我们家祖祖辈辈都住在中心广场旁边。我们家是一个小院，里面有三间正房、两间偏房。爷爷、父母和我们夫妻两人外加一个儿子，均住在这里。我们实在不愿拆迁。后来听说是省委省政府决定的，要建世界一流大都市。我们是天源市居民，怎能不顾大局呢？刚开始拆迁时，公司曾说要按面积进行赔偿，后又说要另行建房安置。这两种说法至今都没有兑现，害得我们一家人分成三处，寄宿在几个亲戚朋友家。前些天，又听到一种说法，省里领导嫌这个广场还不够大，下边要接着搞二期扩建工程。这让我们这些老百姓实在摸不着头脑。广场究竟要搞多大？有人告诉我，第一次广场扩建，大约牵扯到三百多家店铺、住户。一期扩建已造成这么多店铺关门停业，这么多住户流离失所，还要搞什么二期工程，这岂不是吃饱饭没事干——撑的！”

“我有另外的话要说。”拆迁户代表郑直炎急忙接话。“我自己的事就不多讲了，同大家的情况大致一样。我只想讲一下一期扩建工程的质量。刚完工一年多，路面已经凸起，出现了许多裂缝、大坑，一些路灯和广告牌也倒掉了。我看是个十足的豆腐渣工程。”

剩下的五位代表也先后发了言，讲话中涉及的具体细节虽有差异，但基本内容大致一样。章一民清楚，是该让于洪甚、艾谦瑟这帮人表态的时候了。正好这时，艾谦瑟领着诸如贵、司佑余走了进来。章一民权衡再三，决定还是先从诸、司这两个家伙身上开刀。

“诸如贵、司佑余，你们知道今天下午两千多人到省委省政府游行示威的事了吗？”章一民冷冷地问道。

“知道。这帮刁民就爱闹事，把他们抓起来不就得了！”

“谁是刁民？是他们还是你们？”章一民嘴角挂着冷笑，继续问道：“中心广场一期改扩建工程，是你们这个三江城镇房地产公司负责的吗？”

“我们只办具体的事，大事由三江省建设公司决定。”突然，诸如贵发觉自己说漏了嘴，脸涨得如猴子的屁股，十分尴尬地收住了口。

“那好，我再问你们，拆迁时，你们和有关的商户、住家都协商了没有？”

“因上面要求很急，没来得及协商。”司佑余替诸如贵作了回答。

“你们对拆迁户是否作了合理赔偿？”

“没有！”诸如贵嗫嚅着说。

“对拆迁户，你们是否考虑要另建房子予以安置？”

“没有！”司佑余说话的声音越来越低。

“听说，你们还要搞二期改扩建工程，这是真的吗？”

“是真的，省政府今年五月已发出了通知。”诸如贵似乎一下子又来了精神。

好了，一切都清楚了。联想到从经大爷那里得到的消息，章一民心里有了一个清晰的判断。

“于洪甚、艾谦瑟，你们两位有什么补充的没有？”

“没有！”于洪甚连眼皮也懒得抬，满不在乎地回答。

“关于广场一期改扩建工程，这里有一份省政府的文件和省发改委的一个批复件。”章一民扬了扬手中的两个文件。“省政府的文件里强调了施工过程中要同拆迁户充分协商，对拆迁户愿意自行安排住处或铺面房的，应予以合理赔偿；对无此能力的，则由承办公司另行建房安置。省发改委的批复件中明确：在一期改扩建工程中，省里共投入二十亿元，其中六亿元专门用于拆迁。根据刚才大家的发言，具体承办的三江城镇房地产公司，一方面偷工减料，搞了个豆腐渣工程；另一方面又根本没有执行省政府和发改委的文件规定。由此，可以判定，今天下午一些群众的游行示威活动，完全是由承办公司的错误造成的。当然，作为母公司的三江省建设公司也负有不可推卸的责任。现在，我代表省委宣布：三江省建设公司和三江城镇房地产公司，必须在三天内逐户逐人落实省政府的赔偿规定；由省委派出审计小组，立即对广场一期改扩建工程的经费开支情况进行全面审计；由省委指定有关厅、局组成质量检查小组，对一期工程的质量问题做出全面评估，并依评估情况追究相关承办人的责任；对荣秉奇致死一案，由省公安厅刑警处负责侦办，力争三天内破案。期间出现什么情况，直接向我报告；对两家公司有关当事人的处理，待上述四项工作完成后另行研究；三个月内，于洪甚、艾谦瑟、诸如贵、司佑余四位同志不得离开天源市，全力以赴配合广场改扩建工程一案的处理，并随时接受查询。以上决定，由陈刚同志立即到医院向聚集在那里的群众宣布，也请今天到场的九位代表回去向大家分头转告。同时，恳请你们监督上述决定的执行情况。现在，散会！”

这时，会议室墙壁上的挂钟正好敲响了十点钟。章一民走出会议室，望着散会离去的人群，心中无限感慨和惆怅。街道上华灯如星，天空中繁星似灯，微风习习，树影婆娑，本是一片赏心悦目的景色，可章一民却意兴索然，反而感到有一股寒流正悄然袭来。

十九

10月4日，于振天出院了，艾观波从国外回来了，单会涛也由北京返回了天源市。当天下午，由令狐书记主持召开了一次省委常委扩大会议。出席会议的除全体常委外，另增加了副省长房宛秋和经显声、省政府秘书长朴志海及省发改委主任贾有高、省公安厅厅长龚卫斯、建设厅厅长解思才。

令狐书记显然有些不太高兴。他坐在主持人的位置上，面露愠色，沉思许久，才慢吞吞地开了腔："今年三江省的国庆节过得很不平静。9月30日到10月1日这两天，连续发生了三起涉及工人、农民和市民的群体事件，引起了中央的高度关注。当时，于省长住院，艾书记出国，单会涛同志回京。我们几个在家的常委开了个紧急会议，决定由章一民副书记牵头，陈刚和朴志海同志参加，全权处理这三起事件。经过努力，事件没再进一步扩大，大局得到了稳定。今天这个扩大会议是应于振天、单会涛、艾观波三位常委的要求召开的。议题有两个：听取章一民同志对三起事件处理情况的报告，研究部署下一阶段全省的重点工作。现在先请章一民同志发言。”

关于召开这次扩大会议的背景，令狐书记事先并没有同章一民沟通，他是快到中午时才接到省委办公厅的通知的。听罢通知内容，章一民隐隐有一种搞突然袭击、秋后算账的感觉。所以他反复提醒自己，一定要严肃对待不能掉以轻心。章一民的发言简明扼要。在介绍了三起事件的起因及处理结果后，重点强调了当时自己的处理原则：尽快平息事态，迅速恢复稳定，就事论事解决相关问题，不枝不蔓，不扩大问题范围，涉及的更深层次的矛盾留待省委另行专门研究。

话音刚落，单会涛就撇着京腔海阔天空地讲了起来。单会涛今天的打扮又变了花样：头发由中分改为大背头，且梳得油光锃亮，苍蝇落上去也会摔跟头。原来的金质镜框变成了阔边玳瑁，西服由意大利名牌换成法国的皮尔·卡丹，浅蓝色鄂尔多斯的衬衣上配着一条白底红点领带，看起来确有一种风流倜傥、超凡脱俗的气派。“最近，我去北京逗留了几天，主要是拜拜老领导，看看老朋友，顺便了解一下中央、国务院关于今后改革开放的重大战略意图，觉得收获很大，颇受鼓舞。对照之下就觉得我们三江省改革的步子还不够快，开放的胆量也不够大。三江省的落后不是表现在经济发展水平上，而是在思想观念方面。所以当前的首要问题仍是进一步转变观念，解放思想。”与会的人员都十分了解这位新任省委副书记的秉性与特点。对他的讲话不用留意，到网上报纸上一查即一目了然。见他又云山雾罩地打开了话匣子，知道他不讲上几十分钟决不会罢休。于是，会议的气氛变得随意起来，有的低头喝茶，有的闭目养神，坐在后边的，干脆窃窃私语，开起了小会。

令狐书记这时轻轻地咳了两声，用茶杯在桌子上敲了几下，会议室里的杂音顿时减弱了许多。单会涛见状，脸色不易觉察地红了一下，随即收回了话题。“对不起，话题扯远了。今天早上，我刚回到天源，于省长和艾观波同志就在电话里向我通报了相关情况。”听他这样一说，令狐书记、于省长、章一民和艾观波都是一怔，但“怔”中的含义各有不同。特别是令狐书记嘴角向下一拉，脸上马上挂上了一层霜：原来他们是事先商量好的！于省长、艾观波则气得在心里直骂街：这个饭桶！一句话就把他们两个全出卖了。章一民则觉得一股寒气袭遍全身，真是波诡云谲，莫测高深啊！一天时间不到，这些人就在暗中搞了这么多活动。第三感觉告诉他，今天会议讨论的问题，肯定是针对自己。他脑中的弦绷得更紧了。同时，章一民又向陈刚点了点头，示意他也要提高警觉做好准备。此时，单会涛从上衣口袋里抽出一支雪茄，熟练地点上火，美美地连抽了几口，仰头向空中吐出了一串串烟圈，全然没有觉察在场几个领导神色的变化，自顾自地继续说道："我觉得这次章一民同志越权了。让你去处理事件，并不是让你擅自决定一切。正确的做法，应是先摸清情况，提出处理意见，报省委讨论通过后再执行。"接着话锋一转："从我这几年与章一民同志的交往接触来看，我认为目前在章一民同志的身上，存在着狂妄自大、目空一切、不尊重领导的大毛病。这些毛病不改，恐怕以后会犯更大的错误！"

之后，会场沉默了一阵。艾观波不失时机地站出来打破了沉默。"国企改革、农村城镇化建设和天源市中心广场改扩建工程，是经令狐书记、于省长提议，由省委讨论决定的。这三件大事关系到我省改革开放的大局。章一民同志'十一'期间在现场的表态和做法，实质上是否定了省委省政府的两大改革和一大工程。所以，我认为章一民同志的错误，不是反映在具体问题的处理上，而是体现在思想与态度上。他的主导思想是反对三江省的改革开放，站在了改革开放的对立面。”艾观波的声音戛然而止，但余音却在会议室里回荡不止。

“我也讲两句。”房宛秋副省长不甘落后。房宛秋是三江省五个副省长中的唯一女性。她曾担任过省团委书记，当过一家国有大企业的党委书记，后又任省妇联主席。上次省政府换届时中央要求在副省长中必须配备一位女性。省委组织部为此在全省物色了几遍都未找到合适的人选。最后，经于振天、艾观波、单会涛竭力推荐，才把她列入候选人名单。最后经选举，被任命为副省长。在一般人的眼里，女人已过四十就难以再跻身美女之列，可这个房宛秋虽年逾四十，却仍然娇艳妩媚、姿色迷人。也许是精于保养，抑或是另有秘术，她皮肤白皙细嫩，精心烫成的波浪形乌黑卷发直泻腰际，身材不胖不瘦。今天的房宛秋更是经过了一番精心打扮，长长的颈项上挂着一条翡翠项链，水红色低胸无领上衣上，正对着左边的乳尖，别着一枚精致的钻石胸花。衣下峰峦起伏，凹凸有致。墨绿色的开衩裙，不松不紧地箍着她那丰润健美的臀部，裙衩下露出的长腿匀称光亮，脚上穿着白色高跟鞋和肉色丝袜。脸上轻施薄粉，嘴上唇膏淡涂，身上香水漫洒。整个人显得亮艳性感，风情万种，饶是半老徐娘，却风韵犹存，足令一些男人神魂颠倒，浮想联翩。坊间传说她同于振天、单会涛、艾观波都有一腿，存在着缕缕浪漫难断的关系。

“我完全同意单会涛、艾观波两位同志刚才的发言。”房宛秋小心地清了清嗓子，轻轻地抿了一口茶，接着说了下去：“别的不敢说，但对国有企业我还是比较了解的，还有点发言权。因为本人曾在一家国有大企业干过。据我观察，三江省的绝大多数国有企业，都像七八十岁的老女人，人老珠黄，不管如何打扮，如何施药救治，都是无可奈何花落去，不可能再成为如花似玉的少女啦！”不愧是位女省长，讲话中尽透着女人的气味。“以三江自行车厂为例，产品过时，工艺落后，连续多年严重亏损，成为省里的一个沉重包袱。对于这样一个国有企业，不下狠心淘汰或改革还有什么出路？”说到这里，她有意停顿了一下，闪动秋波，滴溜溜地察看人们的反映。“我知道章一民同志对国企改革一直持反对态度。这次，他对几起事件的处理，抛开表面现象不讲，实质上是暴露了章一民同志的两种情绪：一是对国企改革的抵触态度；二是对令狐书记和于省长个人的不满情绪。他通过处理自行车厂事件，发泄对这两位全省最高领导的私愤！”

“胡说八道！”陈刚实在忍不住了，双眼喷出的怒火直射房宛秋。“在国庆节前夕和国庆当天，三江省连续发生三起恶性群体事件。在需要有人站出来处理时，好多人却不见了，有人进了医院，有人去了北京，有人到了国外。在万分紧迫的情况下，经常委会讨论并按照令狐书记的指示，章一民同志临危受命，连续工作了两天两夜，果断坚决而又巧妙智慧地平息了事态，稳住了大局。这是对党负责，对国家负责，也是对人民负责。如果讲对个人的态度，也恰恰是维护了省委省政府主要领导的威信。对这个严肃的政治问题，却被你房宛秋副省长信口雌黄地污蔑成发泄个人的私愤，歪曲成领导之间的无原则纠纷。真是站着说话不腰疼，得了便宜还卖乖！我看，确是有不顾大局、发泄不满的人，但绝对不是章一民同志！”

“你这个秘书长怎么啦？不允许人讲话啦？”

“这里开的是常委扩大会议，不管是谁，讲话都要负责任。不允许信口开河，挑拨是非！”陈刚怒气未息。

“谁信口开河啦，谁挑拨是非啦？”也许是陈刚的话刺到了房宛秋痛处，她恼羞成怒，干脆撒了泼。“哼，你不让我讲，老娘今天偏要讲！”只见她浑身颤抖，头发散落，像疯了一样，将茶杯猛地摔到了地上。随着一声巨响，房宛秋猛地站了起来，原来装出的温文尔雅，刹那间变成了母夜叉般的狰狞。

房宛秋的这种失态表现让在场的人目瞪口呆，哭笑不得。主持会议的令狐书记也实在看不下去了。他扫了房宛秋一眼，沉声说道："这是在开常委扩大会，不是泼妇打架，有话坐下说！"声音不高，却震惊全场。房宛秋自觉过分，低下头不再说话了。

今天出席会议的人员中，心情最纠结、难受的是朴志海。昨天半夜，于振天叫他去研究今天开会的安排，并指定让他在会上发言，揭发章一民在处理三起事件中的各种错误言行。回来后，他闷坐了两个多小时，思前想后，实在找不出章一民的错误之处。章一民是受令狐书记的委托，全权处理三起群体事件的，自己和陈刚只是他的助手。有些事章一民虽没事先同自己商量，但也事出有因。因为三人是分工负责的，又分处在三个不同的地方。何况，从总体上讲，章一民对三起事件的处理是妥当、得体的，当场表态支持的，都是一些群众提出的合情合理的要求。如果不这样处理，事态根本不会马上平息。理智告诉他，于振天、艾观波、单会涛以此向章一民发难，恐怕是难以得逞，弄不好反而会落个偷鸡不成蚀把米的结局。朴志海在大学是学生物的，深谙物竞天择、适者生存的法则。对在什么场合讲什么话的技能，他是驾轻就熟的。从个人私利权衡，这次他是绝对不能违背于振天、单会涛、艾观波的意志的。因为自己今后仕途的升降浮沉，全捏在他们的手上。可在会上能讲点什么呢？如果编造一套谎言，公开诬陷章一民，那就等于同章一民、陈刚现在就彻底撕破脸、公然为敌了。从时机选择上看，这是不是早了一点？综观三江省当前的政治大势，谁胜谁负还难下定论。何况，如果在会上真的争论起来，和章一民、陈刚对面较量，在人数上也是二比一，自己的一张嘴是绝对抵不过他们的两张嘴的。面对这种微妙境况，自己在会上的表态固然要倾向于、单、艾一方，但也不能太过偏颇。多年的从政经验告诉他，还是适当留点余地为好。

会议从令狐书记讲了那几句话后，一直陷入沉寂。为使会议导向继续向有利于自己这一方发展，于振天觉得再冷场下去会出现意外。于是，就示意朴志海发言。没有退路了，朴志海只好硬着头皮上了阵。“从平常工作接触和这两天一起处理三起事件的过程来看，我觉得在章一民同志身上确是存在着几种危险的倾向。”他故意装得期期艾艾、可怜巴巴的样子。“一是傲慢自大。他动不动就说自己代表省委。省委是什么？是一个班子，是全体常委。除了令狐书记可以代表省委外，别人是没有这个资格的。”他故意略去令狐书记授权的细节，偷换概念，大玩文字游戏，虽有被逼无奈的苦衷，但也足见此人的奸诈。“二是大胆狂妄。在处理相关事件时，对闹事群众提出的一些要求，比如自行车厂工人提出的废除原定改革方案的要求，他都毫不犹豫地答应了。胆子太大，毫无顾忌。三是善施小惠，突出个人。在处理三起事件过程中，章一民同志利用小恩小惠纵横捭阖，事件固然平息了，但人们只记住了章一民，把好处都记到了他的头上，很少有人知道这是省委省政府的决定。章一民同志做事精明、前途无量，但如果这三大危险倾向得不到纠正，是会犯大错误、栽大跟头的，甚至会走向反面。本人愿与章一民同志共勉！”

朴志海这一番似是而非的言论，在不了解事情真相的与会者那里，的确引起了一些反响。于振天见时机基本成熟，就洋洋自得地发了言。他的发言很简短，突出了两个重点：一是完全同意单会涛、艾观波、房宛秋、朴志海诸同志的发言。二是彻底推翻章一民对三起事件的处理结果，指责他违背了省委省政府的重大决策精神。建议对其宣布无效，另行研究。

“我完全同意于省长的意见！”分管农业的副省长经显声抢着开了腔。这也是昨晚同于振天事先商量好的。在于省长发言之后，他和省发改委主任贾有高、省公安厅厅长龚卫斯和省建设厅厅长解思才要立即表态支持，遥相呼应，从而在会议上形成一种压倒优势。

这时，令狐书记的秘书走了进来，在他耳旁轻声说了几句。只见老书记脸色一沉，匆匆出了会议室。大约过了半个小时，令狐书记带着两位同志返了回来。待老书记坐定，其中的一位同志即朗声宣布：“根据群众的揭发和初步核查，经显声有严重的受贿贪污行为，中纪委报经中央批准，决定对其进行双规！”

这个突如其来的宣布，如五雷轰顶，经显声一下子软瘫在座位上，脸色苍白，大汗淋漓。中纪委的同志拉了他几次都拉不起来。最后两人仿佛是架着他出了会议室。出人预料的这种变故，同样也震惊了全场。会场里心中有鬼的一些人，顿时诚惶诚恐、胆战心惊，一下子失去了劲头和精神。

今天主持会议的令狐书记，心情确实十分复杂和微妙。昨天晚上，于振天拉着单会涛、艾观波来到家里，建议召开一次省委扩大会议，听听章一民对三起事件处理情况的报告，同时研究一下与今后工作有关的几个重大问题。这让令狐书记多少有点不快。心里想，早先你们都干什么去啦？一个躲进医院，一个跑到北京，一个乐在国外，差点让自己演了一出空城计。现在，事情处理完了，又跑来煞有介事地要听汇报，要研究什么重大问题！不过，这是三个常委联合提出的建议，他也不便驳回。对章一民，令狐书记的内心也是充满着矛盾和纠结：弃之可惜，用之不宜。实事求是地讲，章一民国庆期间对三起群体事件的处理是漂亮出色的，救了驾帮了忙，替自己解决了大难题。可这个章一民，实在难入自己的法眼，实在难合自己的胃口。这个人平时太狂妄自信，不听自己的话，难以驾驭，既不关心自己的生活，也对自己不够尊重。近两年来，同自己的关系越来越疏远、冷淡。在一系列重大决策上，不给自己留面子，公开表示不同意见，影响了自己在三江省的尊严与权威。对于这样一个人，令狐书记从心底里希望能经常有人出来敲打敲打，替自己煞一煞他的傲气。但刚才有一件事引起了令狐书记的警觉：从单会涛说漏了嘴的发言中，似乎昨晚于振天他们背着自己，私下里对今天的会议事先做了某种安排。这是什么行为？不是公然拉帮结派吗！从已发言的几个人来看，他们集中攻击的是章一民，且调门一个比一个高，这好像也是预谋的。关于国庆期间三起群体事件的处理方案，事前章一民是向自己汇报、请示过的，他代表省委向当事群众宣布的一些决定，是经过自己同意并预先授权的，谈不上什么越权！再说，不同意群众的一些合理要求，事态能平息吗！现在，于振天要把处理结果全部推翻，这不仅是否决了章一民，也意味着否决了自己，而且还会又起波澜，重起事端，把三江省搞个天翻地覆！如果真是这样，责任由谁来负？还不是我这个省委书记！再说，对章一民，自己虽不满意，但他也是在自己眼皮底下一步一步成长起来的。人是恃才傲物了一些，但还是讲原则的，其人品人格也是有目共睹的。上面这些人的发言，个别观点虽正中自己下怀，但总体上来看，未免有点夸大其词、危言耸听。这时，昨天自己在山阳市遭遇的情景又突然闪现在脑海。

山阳市有一家中型国有煤矿，因矿源枯竭，三年前已关闭停产。由于一时找不到新的矿源和妥善的安置办法，目前五千多矿工和家属均靠劳保生活。自行车厂事件发生后，令狐毅心里一直很不平静，也不甚明了工人们为什么会集体闹事，所以10月3日早晨看到三起群体事件已得到初步平息后，就突发奇想，决定借机到山阳煤矿作一些调查研究。于是，令狐书记就让省民政厅准备了一些慰问品，带上省委省政府的两位副秘书长，风尘仆仆地赶到了山阳煤矿。出乎预料的是，在现场迎接他的，除了山阳市几位领导外，竟见不到一个工人的影子。令狐书记心里一沉，脸上有点挂不住了。他思忖良久，最后决定到潘解放和郗新国家里看看。因为这两个人，他都认识。郗新国是煤矿总机械师，还是自己大学的同学。潘解放是个老工人，著名的全国劳模，自己曾亲自为他颁过奖。谁知到了潘解放家门口时，无论怎么喊叫就是不开门。最后，这位老工人隔着门缝说道："令狐书记，工人们不欢迎领导们在节日期间搞的什么慰问活动。我们现在名义上每月能拿三百多元劳保。这点钱连付水、电、气费都不够。你说还要工人们如何活？且不说这三百多元中目前只落实了二百多元，剩下的应由矿上承担的三分之一，即一百多元，至今尚无着落。党和政府应该下决心彻底解决下岗工人们的后顾之忧了。”令狐毅听后，脸涨得血红，却又说不出一句话来。到了郗新国家，总算是开了门，但家里连个坐的地方都没有。没办法，令狐书记和这位老同学就站着说了几句话。郗总最后告诉令狐书记：你是省委书记，有权力有能力从政策上解决好五千多工人和家属的生活问题。不要埋怨工人们无礼。工人们实在看不惯领导只有节日来临时才想起了他们，搞一些小恩小惠的表面文章。郗总又说，他的一个同事，得了肺癌，却无钱治疗。这位同事的一个上高中的女儿不得不辍学在家，靠卖血为父亲治病。两年内竟卖了六千毫升的血。每次卖血前她都大量喝水，结果把身体彻底毁掉了。前些天，已先她父亲离世。还有一对老夫妇，以前都是矿上的工人。煤矿关闭后，因无力供两个女儿上学，就让她们终止了学业。两个女儿既无学上又无工作可做，无奈之下，只好进了一家私人开的娱乐中心，做起了“三陪”小姐，过着妓女般的生活。这对老夫妇对此又气又急又无办法。今年五一节，老太太大哭一场后上吊自尽了。回来的路上，令狐毅一直心情沉重，忐忑不安。没想到工人们竟有如此大的困难，他开始了对自己以往决策的反思，但同时又对工人们不给自己一点面子的做法耿耿于怀。

想到这里，令狐毅后悔了，后悔自己不该匆匆同意召开这个常委扩大会议。后悔之余，他还隐隐有一种被人戏弄、上当受骗的感觉。于是心中腾起了莫名的愠怒。

此时此刻章一民的心中涌出的则是阵阵惆怅、感慨和焦虑，另有几分寒心、悲哀与无奈。他怎么也没想到会议竟开成这个样子，这些人会如此无耻地否定、攻击自己。本来想息事宁人、就事论事的他，知道自己已无退路了，必须说话，必须澄清，必须反驳！否则，真是黑白颠倒是非混淆了。

“既然前面几位同志发言的矛头均是指向了我，我就不得不谈点个人的看法。我这个人，如同一位中央领导讲过的，是维吾尔族的姑娘——辫子多！因此，凡是批评我工作作风上的一些问题，诸如主观、武断、骄傲自满，等等，都是老毛病了，我原则上都接受，并在今后的工作中继续努力克服、改正。不过，今天的常委扩大会议，不是组织生活会，而是在讨论三江省发生在国庆期间的三起严重群体事件。”说到这里，章一民提高了语调，口气开始变得严厉。“有人说，我反对三江省的国企改革、农村城镇化建设和天源市中心广场改扩建工程，并由此演绎上升到我反对改革开放，故意拿三江省的几项重大改革做文章、泄私愤甚至是图谋实现个人的政治野心。这些说法，不仅罔顾事实，无中生有，而且是居心叵测，别有用意。不错，我是对三江省近两年的上述三项重大决策有所保留，在省委的有关会议上，曾公开讲过不同意见。不过，这些都是大的原则问题，以后我们可以继续充分研究讨论。但今天常委扩大会议的议题是听取对三起群体事件处理情况的报告。我是主要当事人，所以必须借此机会多说几句。”

章一民的情绪渐渐趋向平静，浑身充满了力量。他慢慢喝了几口茶水，然后条理清晰、言简意赅地把三起事件的起因、处理经过和结果叙述了一遍。最后，他强调：“遵照令狐书记的指示和授权，我在处理三起事件的过程中，从未涉及三江省几项重大决策的对错，只是以快刀斩乱麻的办法，迅速消除引起事端的导火线。比如，三江自行车厂，原来省政府的决策是破产、清资、进行私有化改革。为此，还和一家私人企业签订了改革协议。可是，在协议签订后的两年多里，这家私人企业一不派人到厂，二不兑现原来的承诺，致使该厂三千多职工人心惶惶，生活无着。面对此情此景，原来的厂领导无私无畏，发动工人想办法、搞改革，开展生产自救。结果竟把工厂救活了，不但恢复了生产，还初步扭亏为盈。就在这时，那家私人企业的人又出现了，宣布要接管工厂，要把工人从三千多人精简至二百人，并说不再生产自行车了，而是要用工厂的三千多亩厂区大搞房地产，同时还对工人出言不逊诬蔑谩骂，从而把工人激怒了。在相互争吵拉扯中，企业派去上任的一位总经理被推下礼堂的舞台摔死了。工厂一下子陷入一种失控和混乱的状态。我到现场后，当着双方所有人的面搞清了事实真相，然后代表省委宣布：鉴于原来的改革协议根本没有实行，形同一张废纸，可以废止，责成工厂另行制定改革方案，报省委省政府批准后执行。对拉扯致死那位总经理负有一定责任的两位工人，我责令他们马上到公安部门投案自首，由公安部门依法立案侦办。同时，要求当事各方都要做好工作，不允许以任何形式再激起事端。对我宣布的这几条，当事双方均无疑义，事态遂得到平息。再如李家寨的事，三江农村房地产公司打着农村城镇化建设的幌子，在事先不同寨民商量、不提出赔偿条件、不明确另行安置方案的情况下，就要把全寨的住户强行搬迁。寨民们不同意，他们就三番五次派人滋扰，砍人家的树，断人家的电，破坏人家的交通。9月30日晚上，他们竟出动了六部推土机和几十个混混，声言要强行进寨推平全寨的所有住房，说什么要在那里修建全省最大的养老中心，结果同村民发生严重冲突。对峙中，这家公司还有人开枪打伤了李家寨的寨长李长石。于是被激怒了的寨民们大发神威，扣留了公司人员和全部机械。大家看看，这是谁的错？三江农村房地产公司为什么这么大胆？他们的做法还有人管吗？我和陈刚同志弄清事实真相后，就代表省委宣布：三江农村房地产公司的做法是错误的，今后不准这家公司再来寻事滋扰。李家寨今后的拆迁问题，一是要有省委省政府的正式文件，二要事先征得全寨全体群众同意。同时，我们要求李家寨立即归还所扣留的机械和人员。至于开枪伤人的肇事者，由公安部门介入查办。双方均赞同这样的决定，事态也就很快平息了。”

“关于中心广场事件，我让朴志海同志先去了解情况，尽量稳住群众情绪，等我和陈刚处理完自行车厂和李家寨问题后，再赶去会同处理广场事件。”说至此，章一民狠狠地瞪了朴志海一眼。“10月1日上午，当我和陈刚赶到广场时，却怎么也找不到朴志海同志。大概在十二点左右，朴志海给我打了个电话，说一切都在掌握之中，让我尽管放心。谁知到了下午三点半，荣秉奇却带着两千多示威群众来到了省委省政府大楼。我出面接待了他们，并让荣秉奇推选十位游行群众代表，于当晚七点半到省委第一会议室一起研究解决相关问题。同时，我又通知承办改扩建工程的三江省建设公司和其下属的三江城镇房地产公司的负责人也必须到会。晚七点二十分时，公安部门报告，荣秉奇在来参加会议的路上，被几个蒙面歹徒打死了。一石击起千层浪！许多参加游行的人一起涌到了抢救荣秉奇的医院，酝酿并准备组织更大规模的游行。在这千钧一发的危急时刻，我立即让陈刚同志赶到医院，向在场的人员承诺，对他们的要求，在当晚十点以前省委省政府一定给予明确答复。这样群众的情绪才平静下来。后来经过我们反复核查了解，中心广场在一期改扩建工程中，既存在严重的质量问题，又存在欺压百姓、私吞拆迁赔偿款等不法行为。举个例子，省发改委的文件中很明确：工程总投入二十亿，其中六亿要用于拆迁户的补偿。可实际上，承办公司一分赔偿款都没往外拿。一期工程中共涉及几百家拆迁户。他们听说中心广场还要搞二期改扩建工程，有关方面要求他们再次搬迁，而且又是一分赔偿款也不给。这样一来他们实在忍无可忍了，就组织了游行。荣秉奇当晚被人杀害，更从一个侧面反证出广场改扩建工程中存在着严重问题。凡此种种，我不想再多说了。面对这种局面，大家说说，我该如何处理？今天与会同志从我上面的解释中也不难看出，我在处理这三起事件中，只针对具体工作中出现的错误，注意满足群众提出的合理要求。如果不这样做，恐怕今天大家就不可能稳稳当当地坐在这里开会了。从另一个角度讲，我在不违反政策的前提下，让事态迅速平息，从而挽回了影响，保住了三江省稳定的大局。这难道不是在维护省委省政府主要领导的威信吗？我这个人毛病虽多，但一贯都是以工作为重、以党和人民的最高利益为重的，从来不谋个人私利、不搞个人的恩恩怨怨，也始终是堂堂正正、光明磊落的。怎么能说我借处理这三起事件之机，报私仇、泄私愤、谋私利呢！”章一民声音不高，但句句透出一股正气。“刚才于省长提出，要推倒我代表省委宣布的处理结果，重新研究处置方案。对此我坚决反对。原因很简单，这是在玩火，且是真正的个人情绪。如果真的这样做了，三江省恐怕从此就不得安宁了！我的话讲完了，请与会各位评断吧！”

省政协主席、省委常委卜南山是三江省的一位老同志。他平时就看不惯于振天、单会涛、艾观波等人的为人和作风。对自己在9月30日晚常委会研究处理三起群体事件时的相关不当发言，这位老同志这两天一直深深自责。多年来的政治经验告诉他，今天在会上率先发言的前几位，是有备而来的。这些人的发言除空洞无物、帽子满天飞之外，还暗含着整人的心机。听了章一民的介绍后，他对相关的是非功过已了然于胸，该表态了：“我看，章一民同志在处理三起事件的过程中，对分寸的总体把握是好的，提出的具体对策和意见也是符合实际情况的，表现出了很高的政治智慧。他代表省委向群众宣布的决定，绝不能动。同时，还要继续抓好落实，以进一步取信于民。”

卜南山表态了，会议的气氛遂即为之一变。“我同意卜老的意见。”省政法委书记、省委常委居希紧接着发了言。“关于自行车厂的改革，天源市中心广场的改扩建和李家寨的搬迁，最近几个月来，我也陆续听到了一些不好的反映。

有一些人在借机大捞好处，胡作非为。正是这些人的胡作非为，才导致下面群众的不满，引起了三起群体事件。幸亏章一民同志在令狐书记的亲自指挥下，作了快速、果断的处理。否则，还不知会闹出什么样的大乱子呢！”居希了解令狐书记的心思，在此故意把这位书记抬了出来。“章一民同志是代表省委处理事件的。临场处置权，是令狐书记代表省委授予的。章一民在处理过程中，针对群众的要求，现场所作的表态，既是处理工作的需要，也体现了省委的意图。这是很严肃的事情，决不能推翻重来。如果推翻了，不但会让省委失信于民，恐怕还要惹出更大的麻烦。”

“对国庆期间三起群体事件的处理，我参加了事前令狐书记主持的会议，也表示了自己的意见。”省军区司令、省委常委伍军剑洪亮的嗓音在会议室隆隆作响。“我个人十分感谢章一民同志卓有成效的工作。我认为，不但原来的处理决定要严肃执行，而且还应彻查荣秉奇被杀案、李家寨开枪案和广场一期改扩建过程中的侵吞、贪污行为。”

接着，省委常委兼组织部部长浦安江，省委常委、省常务副省长宫其业也作了赞同章一民处理方案的表态。

事态明朗了，在已发言的九位常委中，表示支持章一民的已有六位。看到这个结果，主持会议的令狐书记既喜又忧。喜的是正确的意见终于占了上风，忧的是章一民在常委们心中所形成的形象。无疑，章一民通过这次对三起群体事件的处理，又进一步提高了个人的威望。从个人的好恶考虑，这种结果是令狐书记并不愿意看到的。本来在下一步的省委省政府主要岗位的人事安排方面，自己已把章一民排除在外。看今天这个情形，弄不好，还会打乱自己的人事布局。再反观于振天、单会涛、艾观波这几个人，他们今天的表现也真让人大跌眼镜。自己该如何表态呢？此时此刻，令狐书记的心绪有点乱，有点纠结，也有点矛盾。但无论如何，自己今天还得秉公而论。否则，就会影响三江省稳定的大局，还得开罪于常委中的大多数。当然对于、单、艾三位，也要留点面子，避免直接驳斥。想到这里，令狐书记轻轻敲了敲桌面。“事情已经很清楚了，我们今天的会议也该结束了。我只想强调两点：一是今年年底以前，三江省要完成省委省政府的换届工作。这是我们三江省政治生活中的一件大事。因此，当前是稳定第一，稳定压倒一切。我们今后几个月的工作，都要遵循这个原则，确保省委省政府换届工作的顺利完成。二是对三起群体事件的后续工作一定要认真做好。凡是已答应群众的，一定要不折不扣地落实，防止产生反复，影响稳定。为此，这三起事件的后续工作，省委仍委托章一民同志负责。大家没有意见吧？”他环顾会场，见无人提出异议，即以少见的果断语气宣布：“会议到此结束。”

二十

从省常委扩大会的会议室出来，于振天像误服了老鼠药，胸中五味翻滚，悔恨交加。他悻悻地进了家门，把公文包随手一扔，连房门也没有关，灯也懒得开，就有气无力地卧入竹躺椅中。今天的会开得实在窝囊！不但没有实现自己当初倡议开会的初衷，而且还过早地暴露了自己的意图，引起了令狐书记的猜疑，招致了与会多数常委的反对。更始料未及的是让章一民得了彩、赢了分。于振天恨自己操之太切、出手过急了，也深悔自己虑事不周，把事情弄成这个样子，真是哑巴吃黄连——有苦也说不出了。想到这些，一股无名之火袭上身来，气得浑身打颤，一脚踢翻了眼前的茶几。

听到响声，老伴拉亮了卧室的灯问道：“老于啊，是你回来啦？”老伴久患风湿性心脏病，这几年遍求名医，终不得根治。无奈之下，只好以静养为主。她早睡晚起，处处小心在意。保姆闻声跑出了房间，快步走到于振天跟前。“于省长，要不要泡杯茶？”说罢，即想过去开灯。

“不要开灯，也不用泡茶啦！我累了，想一个人静一静。”他向保姆扬了扬手。“不用管我，你去休息吧！”

望着天花板，于振天陷入了沉思。国庆期间发生的三起群体事件，都直接涉及自己的儿子和儿子所办的公司。先是李家寨开枪打人，继而在市内将荣秉奇打死，这两件事极有可能是于洪甚这个混蛋唆使人干的。中心广场改扩建工程中存在的问题与漏洞如此明显，让人一看就知道是怎么回事。另外，经显声的突然被双规，会不会供出自己？这几桩事无论哪一件，一旦查明，必殃及自身。倘若真是如此，不但自己接任省委书记的设想将毁于一旦，而且还可能锒铛入狱，落得个身败名裂的下场。想及这种可怕的后果，于振天不寒而栗。怎么办，怎么办？他一下子从躺椅上跳了起来，如同热锅上的蚂蚁，在客厅里急步徘徊，身上又躁又热，背后汗水淋漓。

这时，一个人影像鬼一样，无声无息地飘了进来。

"谁？"于振天惊恐万分地大喝了一声。

"是我，老艾！"来人随手开了灯。

"原来是老艾呀，吓了我一跳！"

"开完会，怎么也睡不着，就想过来同你聊聊！"

"你睡不着，就料定别人也睡不着？"于振天没好气地嘟囔了一句。

"别忘了，我们可是过命的朋友啊！你的心事，我还会不清楚？朋友之贵，贵在知心！现如今，我们可是同病相怜、同气相求了。"

于振天想唤保姆上茶，被艾观波用手势止住了。他从手提包中取出一瓶五十年的茅台酒、一包酱牛肉和一斤盐炒花生米，顺手拿过茶几上的两只茶杯，熟练地打开酒瓶，把一瓶酒一分为二，平均地倒入两杯之中。

"今晚，我们就来个通宵把酒论英雄吧！"艾观波的秃顶在幽幽的灯光下，闪着亮光。他一边掬着一脸笑花，一边骨碌着三角眼，不动声色地观察着于振天的脸色。

看着艾观波的一系列动作，于振天的心绪似乎舒畅了许多。但他深知艾观波的为人和政治野心。对这个一味想向上爬的人，固然有可利用之处，但也须保持一定的戒备之心。俗话说：野猫进宅，无事不来。艾某深夜不请自到，肯定有要事相商或相求。于振天端起酒杯，小啜了一口，一股醇厚甘洌的酱香透过口腔直冲胸腹。

“好酒！”于振天禁不住啧啧称赞。“不过，也绝不是五十年的原装老酒。”接着话锋一转。“艾兄，刚才你说我有心事。请说说看，此时此刻，我的心事何在？”

艾观波拿起酒杯，也轻呷了一口。“不管是不是五十年的原装老酒，起码它在我手里已陈藏了十五年，值得尝。”他狡黠地向于振天眨了眨眼睛。“你的心事嘛，我想你一定在为今天下午的常委扩大会懊恼，也一定在为今后三江省的人事安排大局担心！”

这家伙真不可小觑！“今天下午的会，我们失败了，难道你不承认？”于振天故意岔开话题，试探艾观波的真实意图。

“不是失败，是试探。表面上看，我们失败了。但我们也借此机会摸清了各位常委的立场与态度，这非常有利于我们下一步的对症下药，夺取最后的胜利。正所谓‘塞翁失马，焉知非福？’”

“唉，章一民这个人，我们不该这么早去碰他。他不是我们的主要威胁！”于振天清楚，倒掉章一民，对自己无所谓，对艾观波的升迁却至为重要，所以在倒章这个问题上艾也最积极。于振天眼下想利用这件事再敲敲艾观波。

“于省长，话不能这样说。”艾观波毕竟不如于振天老辣，见于振天如此评断，有点急了。“在现在的所有常委乃至全省的人选中，对我们威胁最大的只有一个人——章一民。弄不好，这个人完全有可能顶掉你未来的位子。人常说，一个好汉三个帮。退一步讲，如果你将来当了省委书记，章一民接替你升任了省长。三江省会呈现出一个什么样的权力格局？按章一民的能力和性格，一旦他当上了省长，能心甘情愿地做你的副手吗？能诚心诚意地同你合作吗？再说，章一民是头犟驴，一根筋，他如果再去翻查这几年的一些老账，有你的好果子吃吗？弄不好要翻船的！倘若能把他搞掉，换另一个人来做省长，情况就大不相同了。”

“那倒也是，你言之有理！”于振天不得不承认艾的中肯分析。他见时机已到，见好就收。“老艾，你说，下一步该怎么办？”

“这个老狐狸！”艾观波低头在心中暗骂了一句。当他再抬起头时，脸上已堆起了厚厚的笑意。“还是我过去对你讲的：一是坚持联合令狐书记和单会涛，这两人是不会同意章一民当书记或省长的；二是分头抓紧做好各位常委和所有现职副省级领导的工作。对此，你是有足够的资本和办法的；三是利用一切手段，认真抓好马上要开始的地市级党委、政府的换届工作，要尽可能让更多的拥护我们的人进入地市级领导班子；四是搜集一切对章一民不利的问题与证据。必要时，不妨使用一些非常手段，打掉他担任省委省政府主要领导的条件与资格；五是要以进为退，迅速消除他在国庆期间处理三起事件中所积累的人气和声望。为此……”艾观波收住话茬，面色凝重，双眼紧盯着于振天。

于振天身子一颤，冒出一种不祥之感。“不要有顾虑，说下去！”

“我们要隐忍求安，来一个明修栈道，暗度陈仓！”

“怎么个明修栈道，暗度陈仓？”

“向三江省建设公司于洪湛、艾谦瑟这两个成事不足、败事有余的混蛋东西晓以利害，让他们无条件地服从、贯彻章一民的处理方案与善后措施，并责令他们严格约束自己及手下的喽啰，决不能再出什么幺蛾子。如果他们不听，我看，可以把这两个东西拿下！一句话，先稳住章一民，让他高兴上一阵。我们则在暗中积蓄力量，搜集把柄，关键时刻给姓章的致命一击！”

“同意！明天，我就亲自去找这两个混蛋谈话！不过，人无远虑，必有近忧。我们两个在官场混，混得好，一切好说，怕的是会有闪失。为此，我们得为自己留条后路。这两个小子虽无大才大志，但这些年还是为我们积累了一些家产，足保我们即使退出了官场，仍能生活无忧！”

“老兄讲的也对。但眼前最重要的，还是紧紧抓住千载难逢的大好机遇，再搏上一搏，争取仕途上的高峰，不留人生遗憾。何况，此事我们已有90%的成功把握。让这两个小子暂时受点委屈、吐出部分钱财，也是权宜之计。等我们的位子坐稳了，何愁不能得到补偿？”

于振天久久端详着杯中之酒，无可奈何地点了点头。

“关于省委省政府换届的事情，我们要分头行动，且一切都在暗中不动声色地进行。今后的几个月，你要多到一些地市走动走动，多做一些考察、谈话的事情。省会和我过去工作过的地市，则包在我身上。另外，让朴志海在暗中再多下一些功夫。这样一来，大事可定矣！还有，你要亲自出面，约省公安厅龚卫斯畅谈一次，让他无论如何要妥善处理好荣秉奇、杨雪凝的命案。否则，会在阴沟里翻船！”

于振天闻之身子一震，脸色唰地变得如同白纸。见击中要害，艾观波强压住得意之色，低头不再说话。

这时，东边已露晨曦。良久，于振天苦涩地开了腔。“艾兄，从此之后，我们可是祸福与共、同舟共济了。来，我们干完这杯中之酒吧！”

说罢，于振天仰头干尽，眼角仿佛悄然渗出了泪水。对此，艾观波虽无察觉，但心中亦沉甸甸的，怎么也轻松不起来。

艾观波正要起身告别，于振天又叫住了他。“待广场事件告一段落后，由你出面，为洪甚、谦瑟尽快办好出国定居手续。同时将他们名下的大部分资产转移出去，让这两人今后主要在国外发展。”

“好，好！人常说，狡兔三窟。我一定精心运筹，我们要给自己来个‘一家三制’”。

这时，朴志海急匆匆地闯了进来。

“于省长、艾书记，昨晚我一夜未眠，想来想去，有许多问题和漏洞令人担忧。特别是于洪湛和艾谦瑟这两位老弟……”

“什么老弟？是两个混蛋，两个蠢猪，两个扶不起的阿斗！”于振天截住话头，破口大骂。

事已至此，艾观波也不再耍心眼，立即接过于振天的话茬。“朴秘书长，俗话说，水涨船高，一荣百荣。命运已将我们捆绑在一起了。我们现在已到了最关键的时刻，不能再有丝毫的差错与疏忽。你现在要认真办好三件事情。”艾观波抬头看了看于振天，于振天点头同意。“一是严密监视章一民的一举一动，认真收集他的所有言行。二是代表我和于省长，严厉监督于洪湛、艾谦瑟，不允许他们今后再有任何荒唐、不法行为。必要时，你可以先斩后奏。三是要仔细观察省委省政府机关的动态，同时做好你过去曾任市长的梅州市各位领导的工作。现在，你马上去把这两个混蛋找来，于省长要亲自训话。”

“是！”朴志海应声急奔而去。艾观波的激情随着话毕也荡然消尽。他告别了于振天，满脸疲惫，深一脚浅一脚地走出了院门。

第二天，训完了于洪甚和艾谦瑟后，于振天又立即用电话把省公安厅厅长龚卫斯约到了自己在省政府的办公室。

龚卫斯军人出身。他从团级干部位置上复员后，先被安排在县公安局任副局长，后因工作勤奋、努力，作风严谨踏实，又十分尊重上级，故职位一路升迁，到了去年五十四岁时，已连跨五级当上了省公安厅厅长。随着职位的升迁，原来留在他身上的军人气质越来越少，人变得又懒又贪，官瘾却日益膨胀。在金钱方面，此人开始时尚有定力，后来就成了来者不拒、照单全收了。在家庭生活方面，他原来有一个农村的妻子，育有一儿一女。长期以来，夫妻恩爱，家庭和睦。可自从他到省公安厅任职之后，一切都变了。结发妻子形同虚设，包养情妇则成了习惯，且他的情妇均在公安系统物色。弄得人们在背后都称他为“公安色狼”。省公安机关内部，凡有点姿色的女青年，见到他如同见到魔鬼，纷纷远避，唯恐躲之不及。当上省公安厅厅长后，在一些人的背后撺掇下，他开始瞄上了副省长的位子。从此，他忘掉了本职，丢掉了责任，丧失了灵魂，一天到晚谋划着如何才能更上一层楼。为达此目的，他上蹿下跳，拉拉扯扯，对上级领导处处溜须奉迎，还常常帮助一些领导干坏事、掩盖罪行，甚至帮助杀人，从而丢掉了最后的一点良知。今天上午，他接到省长的电话，心中一阵惊喜，觉得又有了巴结省内二把手的机会，在自己升迁的天平上，无疑又增加了一个砝码。

“省长同志，龚卫斯前来报到！”他大步流星地跨入省长的办公室，两腿 并，“咔”的一声行了一个标准的军礼。

“卫斯，这是干什么！在机关里不兴这一套。”听到龚卫斯洪亮的报告声，于振天笑眯眯地从办公桌后面绕了过来，一边让秘书倒茶，一边拉着龚卫斯的手到旁边的沙发上坐了下来。

“首长，找卫斯有何指示？”龚卫斯受宠若惊，不等坐定，就亢奋地问道。

“哪来的什么指示，我们好久没见面了，就想找你来谈谈心。”于振天在向龚卫斯递过茶杯的同时，目光快速地将他从头到脚扫视了一遍。

“卫斯，最近这一段工作还顺利吗？”

“顺利，很顺利！在省长的关怀下，省公安厅的各项工作都在顺利进行。”

“以后工作上有什么难处，可随时向我反映。”

“谢谢省长的关怀！”龚卫斯脸上闪着兴奋的红光，并立即放下茶杯，正襟危坐，洗耳恭听。

"你知道，今年三江省要完成各级党委、政府的换届工作。尤其是省委省政府的班子换届，是三江省的头等政治和头等大事，一定要确保这项工作的顺利和圆满。省公安系统的所有工作都应围绕这一中心安排部署，务必确保社会的平安和祥和。怎么样？有困难吗？"

"没有！请省长放心，我保证百分之百完成任务。"龚卫斯激动得双手发抖。

"老龚啊，你是梅州人吧？"

"是！"

"你今年……"

"五十五岁了！"

"噢，五十五岁正当年，是个好年龄啊！好好干吧。在这次省委省政府换届时也许会给你压更重的担子！"

听到这里，龚卫斯似乎揣摩到了省长今天找自己谈话的真意。心一阵狂跳，血一个劲地向头上直冲，身下仿佛安了弹簧，"嘣"的一下站了起来，话也变得结结巴巴，"感谢省长对属下的关心，从今以后，我一切都唯省长是从！"

于振天等的就是这句话。有了这句话，他的心就放了下来。于是，于振天清了清嗓子，装作漫不经心地问道："听说，省里最近发生了几起人命案。案子侦办得怎么样？"

"这几个月，三江省确实发生了多起恶性案件，件件都牵扯到人命。不知省长问的是哪一桩？”龚卫斯搔了搔头皮，多少有点犹豫，不知从何说起。

见状，于振天心里笑了。“不要急，慢慢讲。听说国庆期间有一个叫荣秉奇的被人打死了。这个案子办到什么程度啦？”

“这个案子是省委副书记章一民交办的，厅里由干副厅长负责。干副厅长报告说，目前只抓到了两个嫌疑人。这两个人都是小混混，他们只承认是为了报私仇，一时失手把荣秉奇打死了。我看也是流氓寻衅闹事，不像有更复杂的背景。”龚卫斯故意装傻充愣，以便进一步观察省长的心思。

“不管办什么案子，一个铁的原则，就是实事求是。这些天我也从侧面了解了一些情况，我看你的判断是对的。回去后你和干副厅长交换一下意见，就按过失杀人罪结案吧。当然，要做好被害人家属的赔偿与善后工作。赔偿可以优厚一些，免得为此再生事端。”

龚卫斯脑中一闪，马上明白了省长的心思：这桩案子不能再查下去了！于是，他脸上立即挤出一堆严肃，表态道：“谢谢省长的明确指示。我回去后即照此落实。”

“唉，我差点忘了！”于振天拍了拍脑袋仿佛是突然想起。“今年七月杨雪凝在家中死亡的案子侦办到什么程度了？”

“这个案子一直由省公安厅刑警处直接办理。迄今搜集到的所有证据，都指向并认定杨雪凝是自杀。此案已基本具备了结案条件，只是在她自杀的动机上存有一些疑点，也有一些争论。”

听到这里，于振天一口喝干了杯中的茶水，轻轻地舒了一口气，如释重负。“是自杀就是自杀！动机方面不必苛求。只要自杀的证据成立，就可按自杀结案。卫斯啊，这个案子拖久了不好，既影响省公安厅的形象，也影响三江省的声誉，对你这个当厅长的影响恐怕也不会小！”于振天拍了拍龚卫斯的肩膀，一副体贴关心下属的样子。

此时的龚卫斯又高兴又激动。知遇、感激、报恩的激动之情与升迁有望的欣喜思绪交织在一起，令他飘飘欲仙、难以自持。他好像有许多话要表白，可一时又找不到合适的言辞，憋了好半天才冒出了一句：“还是省长的水平高。我一定好好向您学习，一切都按省长刚才的指示办理！”

望着龚卫斯出门远去的背影，于振天压在心上的一块石头落地了。

二十一

开罢省常委扩大会议，回到自己的办公室，章一民心里一直沉甸甸的。虽然会议的风向在后半段被扭了过来，几个人的预谋未能得逞，然而以于振天为首的一帮人在会上暴露出的图谋指向和歹心恶意已昭然若揭了。章一民明确感到形形色色的反对力量正对自己形成合围。表面上这次会议的结果对自己有利，下一步如何演变则祸福难测、后果难料。所以他无论如何也高兴不起来。是福不是祸，是祸躲不过，一切都只好随它去吧！既然有些人对三起事端的处理结果如此百般刁难、耿耿于怀，自己就更要善始善终、善终善成，把事情办到底，不能让他们看笑话。因此，当前最紧迫的，是应当借助会议的结果和令狐书记的表态，把国庆期间发生的三起群体事件的后续工作一鼓作气抓实抓好。只有这样做了，才算对得起群众，尽到了自己的责任，没有辜负省委常委多数的信任。多年的工作经验告诉他：该断当断，不断自乱。在许多情况下，事情不能拖，拖则生变。想到这里，他立刻用电话把陈刚和朴志海叫到自己的办公室。关于朴志海，如果说过去对他还不太了解的话，从今天他在会议上的发言，章一民已认清了这个人的庐山真面目和内心世界。但在有关善后工作方面，还不能甩开他，拉着他可能更为有利。

陈刚、朴志海刚一坐定，章一民遂开门见山地讲了自己的想法，提出最多再用十天左右的时间，基本完成三起事件的处理收尾工作。

“是不是太急了点？”朴志海心怀鬼胎闪烁其词。

“令狐书记不是说了吗？要抓紧处理，以免干扰三江省的稳定大局。”陈刚瞟了朴志海一眼，软中带硬地反问了一句。

“志海，事情既然定了，就不能拖。拖了对群众不利，对全局工作不利，对省委影响也不好。你有更好的主意吗？说出来，我们一起研究研究。”章一民口气温和、不疾不厉。

“没，没有！我没有更好的办法。只是担心中心广场改扩建工程的善后事宜牵扯面太大，又涉及巨额补偿款，怕于洪甚、艾谦瑟这两个家伙不会痛快地予以配合，需要有一个做工作的过程。”

“你说的不是没有一点道理。可对这起事件的处理原则与办法，我在国庆期间当着他们两个人的面，已讲得一清二楚了。这些处理原则与办法，在今天的常委扩大会议上又得到广泛认可。我想，艾书记、于省长也是不会反对的。目前的这些处理原则与办法，已有大事化小之意。你要敢于向这两个人亮明态度：如果他们主动积极配合、尽快消除事件的余波，对他们是大有好处的。否则，就难说了。如果配合不力，又起事端，那就只能老账新账一起算，会让他们吃不了兜着走，等待他们的恐怕只有灭顶之灾了！”章一民语气肃然，句句如铁。

“好，好，我就去说服他们，要他们主动配合。”目睹章一民讲话的神态，再想到于省长和艾书记对自己的交代，朴志海不敢迟疑，连忙表了态。

“那好吧，中心广场的事，仍由你继续负责！”章一民严肃地向朴志海点了点头。

第二天上午，为了检查落实相关情况，章一民一行三人来到了李家寨。村民们一听说章一民副书记来了，都不约而同地从家里跑了出来，把他们三个人围了个水泄不通，赞扬的话、感激的话此起彼伏。从李长石、李宏祖的口中，章一民得知，这些天李家寨又恢复了往日的宁静与平和，没有人再来骚扰。这时，省公安厅干副厅长给章一民打来一个电话，报告说9月30日晚开枪打伤李长石的凶手已经查到。公安厅已对其刑事拘留，正在立案侦办。至此，李家寨的问题可谓基本解决。中午，李长石父子坚持要在家里用猪肉炖萝卜、粉条、豆腐，外加玉米面贴饼子招待章一民三人。章一民见善后事宜俱以落实，心里十分畅快，又看到寨民们完全是出于一片真心，实在不便拂逆。所以也就不再推辞，毫不客气地上了饭桌。

李家寨的豆腐、萝卜确实名不虚传。豆腐、萝卜的清香，新鲜猪肉的肉香，再加上玉米贴饼子的特有谷香，一齐扑入章一民一伙人的鼻孔，钻进他们的肺腑，让他们馋涎欲滴，急不可耐。一顿大吞大嚼之后，深深领略了这些年从未碰到过的天然美味佳肴。用罢午餐，在李长石父子的陪同下，章一民又在寨子里转了一圈。只见山青水清林秀，花开鸟语风吟，方圆二里的寨子，宛如一片人间仙境，浑似一处世外桃源。章一民连吸了几口带有甜味的空气，意犹未尽地说："老李，我退休后一定要到你们寨子当农民，到时候可不要拒不接收哟！不过，这么好的景色，不妨考虑一下，适当地搞一点'农家乐'一类的旅游项目。"

“这个，我们已反复考虑过了。”李长石吸了一口旱烟，脸上堆满了笑容。“可大家都不赞成。这些年，我们做了一番调查。凡是生态没遭到破坏、风景保护较好的地方，都是交通不方便、未进行人为大开发的地方。道路太畅通了，开发太积极了，生态、风景往往就保不住了。我们祖祖辈辈生活在这个地方，一代又一代都始终坚守着一份责任：就是保护好这片风水宝地。我和寨里的人早就商量好了，再过两年，也许从明年开始吧，我们这个寨子可以对外开放，可以让人们免费进来溜达游览，就像城里人逛公园一样。但我们决不在寨里盖旅馆、造饭店。凡进来的人，只能游览，游览完了就马上出去。寨子里不留宿、不供餐。我们宁可清贫一些，也要这样做。只有这样，才能保得住这里的环境！”

望着李长石淡泊宁静的神态，章一民的眼睛湿润了。多么好的农民兄弟啊！他们朴素、执着、正直、纯厚，坚守着自己对人生的理解，平凡中透着伟大！

“你讲得太好了！”章一民紧握着李长石的手：“就按你们的想法坚持下去吧，我收回刚才的建议。”

……

章一民一行赶到三江自行车厂时，已是下午三点了。闻讯，厂党委书记梅克云、厂长钟民男跑着迎了出来。放眼望去，厂区处处欢歌笑语，车间人来人往，一片生气勃勃、繁荣忙碌的景象。章一民边走边询问："打死熊浩迟一案处理得如何？"

"两名涉案工人已被公安部门刑事拘留、立案侦办。死者家属我们也反复做了工作，并付了巨额赔偿款。熊已同妻子离婚了。他唯一的一个女儿正在加拿大留学。我们是同熊的父母和他所在公司的领导商谈的。他们均认为我们的处理合情合理，无有不同的意见。"钟民男回答。

"厂里新的改革方案制定好了吗？"

钟民男笑而不答，待章一民进入厂长办公室后，即庄重地捧出三份改革方案图。根据钟民男的介绍，这份新制定的改革方案图的主要内容是：在坚持国有企业的属性下，按照国家对现代化企业的要求，彻底改革管理体制，调整生产结构、改变制造工艺，更新生产设备，大搞技术创新，紧紧盯住市场，实现产品更新换代。在不要国家一分钱的情况下，充分依靠职工，发扬他们的主人翁精神，再苦干三年，重振三江自行车厂往日的雄风，并保证向国家上交与以前同样的利税。具体改革措施包括：将自行车厂改组为三江自行车股份公司，厂里原有的价值一亿元的资产作为五千份原始股由省政府持有，再在厂内职工中扩资四千八百股，每股两万元，用于扩大再生产。省政府作为最大股东保持控股地位。在此基础上，进一步改革工资与分配制度。

“对这个改革方案，你们有信心吗？”章一民心中大喜，盯住两位厂领导问了一句。

“有！”

“有把握吗？”

“有！”

“全厂职工都同意吗？”

“都同意！职工还委托我们，向省委省政府表示敬意。感谢省委省政府对我们的信任，给了我们一次再生的机会，更感谢章一民副书记对我们的理解和支持！”

“千万不要谢我！倒是应该大谢特谢工人同志们！至于我，只是做了一个省委副书记的分内之事！关于这个新的改革方案，我要马上向省里的主要领导汇报。一旦得到批准，你们必须不折不扣地执行！”

“保证百分之百贯彻落实，我们敢立军令状！”钟厂长、梅书记异口同声，回答得理直气壮、斩钉截铁。

多么好的工人啊！他们方向坚定，意志坚强，牢记工人阶级的使命，不忘工人阶级的本色，这才是中国的脊梁！望着这两位三江自行车厂的元老、功臣，章一民哽咽了，紧紧地拥抱着两个人，却一句话也说不出来。

回到省里，章一民立即带着改革方案，向令狐书记作了汇报。令狐书记听了后也很激动，当即表态：可以让他们大胆地试一试，也许能闯出一条国企改革的新路子。

接着，章一民又捧着方案敲响了省长于振天的办公室。获准进去后，发现办公室里坐满了人，只见烟雾缭绕，热浪逼人。听章一民讲清来意后，于振天头都没抬，沙哑地说道："方案，我不看了。既然令狐书记已表态了，那就让厂里去试吧！"

没公开反对就是赞成。章一民立即用电话通知钟民男和梅克云，省委书记和省长对改革方案无不同意见，你们就按此甩开膀子大干吧。

打完电话，章一民如同卸下一副重担，感到浑身轻松。他沏了这些天来的第一杯龙井，仰靠在扶手椅上，一面仔细地品尝，一面认真琢磨中心广场一案。他清楚，中心广场一案是三起事件中最棘手最难办的。这是一个窝案，案情错综复杂，牵一发而动全身。自己前一段之所以采取就事论事的处理办法，就是考虑到这一复杂背景和自己目前的不利处境。让朴志海出面，也是为于振天、艾观波留足面子。初步判断，于、艾两位会采用暂时"隐忍退让"的策略，不会不顾一切地硬顶，更不会为中心广场一案把自己搞得身败名裂。何况他们还惦记着省委省政府的最高位子呢！因此，章一民觉得，只要策略得当、做法对头，实现自己原来对群众的承诺是完全可能的。当然工作也必须分步骤进行。第一步是让他们把该吐的赔偿款都吐出来，把该给群众的也一律拿出来。依照目前的情况，只能再等两天。让朴志海先去催办，实在不行了，自己再出面。

两天过去了。朴志海不但不来汇报，连人也见不到踪影。章一民不免心生疑惑，就召来省公安厅干副厅长了解情况。两人在办公室一见面，章一民就开门见山。“老干，我让你参与中心广场一案的善后处理，怎么这几天一点动静都没有？”

干副厅长听后，怒气满怀、义愤填膺。“章副书记，别说你没得到消息，连我自己也是毫无所闻呐！除了打死荣秉奇一案由我在侦办外，其他一切，我是一概不知啊！”

“噢，说起荣秉奇案，这些天有什么进展？”

“抓了两个嫌疑人。这两个家伙口风很紧，把责任都揽在自己身上，一口咬定，是为报私仇、失手打死了荣秉奇。问及其他，一概装聋作哑。要说有点进展，则是我们在走访现场目击者时，他们说参与打死荣秉奇的，不是两个人，而是四个人。让他们当面指认我们抓到的两个嫌疑人时，他们说这两个人就是四个人中的两位，因其常在市面上滋事，所以才认识的，并说这两个人是三江城镇房地产公司的职员。关于另外两个人，目击者说，其中一个人有点跛腿，个子较高。另一个人身材短粗肥胖，且右耳上有一处豁口。据此，我们先在天源市彻查了一遍，没有结果。现已根据嫌疑人特征用电脑画了像，画像已传至各地市公安局，请他们协助缉拿。”

“直觉告诉我，这两个人恐怕一时难以找到了。”章一民沉吟着说。

“我也有此感觉。既是谋杀，对退路事先肯定有周密安排。”

“这件事，你就接着查吧。说说朴志海，他这些天都在干什么？”

“朴志海这两天似乎很卖力。”干副厅长不无讥讽地说：“据我们的侦察员报告说，朴志海这两天对于洪甚、艾谦瑟这两个宝贝是软硬兼施、又打又拉，力逼他们落实拆迁赔偿。这两个家伙开始时不大买朴志海的账，更是舍不得往外吐出巨款。据说，为此这三个人已发展到张口对骂，还差点动起手来。后来，于振天、艾观波出马了，将两个家伙痛斥了一顿，勒令他们必须落实赔偿。我估计，这个时候，朴志海和他们正忙得不可开交呢！”

“按什么标准赔偿？”章一民又问。

“据侦察员说，于振天、艾观波要他们按省发改委确定的标准补偿，一定要把事情一次做得干净、彻底，不留尾巴。”

“老干，查杀人凶手的事，只能靠你了。为预致谢意，来，我请你先喝杯茶吧！”两人庄重地举起了茶杯。之后，章一民的神色变得十分凝重。“中心广场事件的处理重点是两个：首先是拆迁补偿。这帮人心太黑、欺人太甚，必须让他们把鲸吞的不义之财吐出一大部分，给老百姓一个交代。当然，能全吐出来更好，不过在当前的形势下这不大可能。对退还拆迁补偿款，我们可以摆在明处干。另一个重点，则是查处谋杀荣秉奇的凶手和幕后指使者。这可能是中心广场事件的要害，弄不好会涉及一大批人。对此，我们一方面要抓住不放，下大功夫，另一方面又要不动声色、内紧外松。我知道，你在省公安厅的处境并不称心，希望不要气馁，尽力而为。”

“我已将一切置之度外。唯一不安的，是怕完成不了任务。对了，另有一个动态要向你报告。龚卫斯厅长原来对荣秉奇案漠不关心，这两天却突然变得积极热衷起来。今天又一再催我按过失杀人罪结案。听说前天于省长曾专门约龚厅长谈了一次话。不知这其中有什么玄妙？”

“不会有什么好事。你只管坚持一条：用事实、证据说话。”

又过了一天，朴志海兴致勃勃地来到了章一民的办公室。

“报告章副书记，你交给我的工作全部完成了！”

“怎么个完成法？”章一民和颜悦色地问道。

“全部是按你的要求落实的。对中心广场一期改扩建工程中涉及的拆迁户，均按拆迁面积以本省的最高标准予以赔偿。”

“共赔了多少钱？”

“于洪甚告诉我，共动用了三亿元。”

“群众反映如何？”

“反映很好，都说出乎预料。”

“对广场周边新建的铺面，租金降低了没有？”

“一律降价一半！”

“中心广场二期工程还启动吗？”

“他们表示暂不考虑二期工程了。一切等一期工程的问题全部解决之后再议。”

“好，志海，你这次干得很漂亮。我要向省委省政府主要领导报告，为你记上一功。不过，还须继续盯紧，防止他们捣鬼、耍手脚。这件事，你要负责到底！来，我们以茶代酒，祝贺初战告捷吧！”

朴志海虽和章一民一起喝完了杯中之茶，但心里却依旧七上八下，冒不出丝毫的快意。

送走了朴志海，章一民又认真将三起事件的前前后后梳理了一遍，感觉在当前的情况下，能够把事件处理到这种程度，已实属不易了。自己在处理过程中，大体上还是坚持了原则，伸张了正义。想到这里，章一民伸了一个懒腰，向后甩了甩双臂，长长地舒了一口气，心底里也升腾出一种欣慰。这时，挂在办公室墙上的一只老式自鸣钟敲响了六点。他下意识扫了一眼桌子上的台历。哟，又到了周末了！猛然想起女儿还在家等着自己呢！于是，章一民急匆匆地离开了办公室。

外面，华灯初上，薄暮四合，人群熙攘，车流如水。章一民一边急步前行，一边随意地观赏着街道上的景色。突然一个女孩横在他的面前。“老爸，你要去哪里？我在这里等你好久啦！”

章一民停住了脚步，认出是女儿后，有点喜出望外。“对不起，老爸又回来晚了。我正要去接你呢！”

“老爸，今晚景色迷人，我们不在家吃饭了。在学校待了这些天，我又有点馋了。今晚，你能再请我撮一顿吧！”

“行，不是一般的行，而是十二万分的行。傻丫头，你说到什么地方撮吧！”

“到……”女儿顽皮地转了转脑袋。“我还是想吃经大爷的吊炉烧饼、胡辣汤。”

“那就再‘讹’上经大爷一顿吧！”

远远瞥见章一民和可染的身影，经大爷就叼着旱烟袋，乐不可支地守在了门口。父女俩一到，杜大牛、经秋莲就停下手中的活计，亲热地围了过来。

“大牛、秋莲，现在正是开饭的时候，你们赶紧去招呼客人。给我们父女俩各来上两个烧饼夹驴肉，外加两碗胡辣汤就行了！”

大牛，秋莲听罢转身而去，不到一分钟，所要的一切都摆在了他们的面前。章一民喝了一口胡辣汤，咬了一口烧饼夹驴肉就停了下来。“经大爷，拆迁补偿款拿到了吗？”

“拿到了！比我们原来想的还多一些。”

“这铺面的租金呢，是否减了？”

“减了，减了一半。”

“大家是不是都拿到了？”

“我问了问，邻近的几家好像都拿到了。一民哪，这次你可是为老百姓出气撑腰了。大家背后都称你‘章青天’呢！”

章一民悚然一惊，连忙说道：“经大爷，千万不能这么称呼。俗话说，当官不为民做主，不如回家卖红薯。我身居此位，处理这点事情，是我分内之责，也是自己的本分。何况能基本处理好这起事件，全靠省委省政府的支持。你一定要去说服大家，绝对不要再喊什么青天啦！否则，我就不敢再来见你们了！”

经大爷见章一民语气真诚，神色又这么焦急，不免又生出一番感叹。“话虽然可以这么说，可时下像你这样心中真有老百姓、真有国家的高官，确实是为数不多啦！”经大爷深深地抽了一口旱烟，顿了顿又说：“不过，我也感到有点奇怪。广场这件事，我早就知道盘根错节、后台很硬。可他们这次为什么会如此痛快？舍得把吞进去的钱再吐出来？”

“不吐不行啊，这也叫形势逼人。经大爷，这件事还远远没完。荣秉奇被杀一事还没查清呢！”

“我不同意你的意见，我来说点看法。”突然从东边的几张饭桌上传来热烈的争辩声。章一民好奇地抬头张望了一阵，问经大爷：“怎么回事？”

“哎，大牛告诉我，他们是三江大学政经系今年的毕业生。前些时候出外搞什么毕业设计，到几个地方搞了三个月的社会调查，今晚是在这里开总结大会。这顿晚饭他们十天前就订下啦。”

“这倒很有意思。爸爸，我想过去听听。”章可染已汤足饭饱，不待章一民认可，就走过去坐在他们的后边。

章一民也饶有兴趣，加上今晚心情颇佳，就向东边移了移凳子，洗耳恭听。

“我看，从现在起，我们就要高度关注经济发展的质量。从这次调查的结果看，我们不少企业的产品都是仿造，技术含量低，竞争力不强，极易导致产能过盛、产品积压。我们的整体产业结构也不合理，急需调整，否则会很快失去增长的势头。”饭厅里响起一个女大学生的清脆嗓音。

“小平同志讲，发展是硬道理。我们这样一个国家，必须抓住当下的有利机遇，拼命推动经济发展，把GDP搞上去。如果我们的GDP能达到世界第一，我们就没什么好怕的了！”一个男学生不大同意这个女学生的看法，委婉地讲出了自己的意见。

“发展是硬道理，这个我赞成。但这个发展应是科学的发展，和谐的发展。GDP固然重要，但GDP并不能决定一切！”一个高个子女学生激动地站起来反驳。

“我赞成这位同学的看法。我们学的是政治经济学。在发展过程中，起码要注意处理好政治与经济的关系、经济与社会的关系、个人与国家的关系。在这次调研中，我发现不少地方普遍存在着轻政治重经济、重物质轻精神的现象。相当多的领导干部，一讲发展经济浑身是劲，热情很高，办法也多；一说抓思想政治工作就失掉了劲头，得过且过，虚于应付，软弱无力。这样下去，我看是十分危险的。”讲话的是坐在最外边的一个男学生。他的嗓音沙哑低沉，眼镜镜片在灯下一闪一闪地反射着白光。也许是他的话题过于沉重，会场上出现了短暂的沉寂。

“还有，不管是搞改革开放还是搞经济发展，一定要真干、实干，不能搞花架子，不能搞形象工程，更不能脱离实际乱搞。我去的一个地级市，市中心搞了一个面积近五平方公里的大广场，全市搞了十几个经济开发区，圈了大片耕地，说是要引资招商。但等了四五年，这些开发区，要么只是盖了一些商品房，要么就是一片荒芜，根本没有招到什么商业项目。这种干法怎么能行？”一个女学生打破了冷场，口齿伶俐地讲着。

“还有，形形色色的腐败现象也正在蔓延。我在调研期间借住的那家，是个老工人，把我当成了上边派下来的干部，主动向我讲了当地一些干部贪污受贿的情况。他指名道姓，讲得有理有据。贪污腐败是老百姓最深恶痛绝的事情。这个问题，可是关系到共产党的生死存亡。另外，在干部队伍中还滋生着许多坏作风坏现象，使一些干部严重脱离了群众，正在败坏共产党的形象。”

“另有一个现象也值得沉思：改革开放这些年，我们取得了历史性的伟大成就，人民群众的生活水平连上了几个台阶。可是，在我同群众的接触中，对此衷心感到满意、表示对党对政府感激的人并不多，反而出现了‘端起饭碗喝酒吃肉，撂下饭碗高声骂娘’的现象。”

“还有……”

“还有……”

学生们个个抢着发言，争辩声此起彼伏。章一民远远看到，其中的一位老者大概是这群学生的指导老师，衣着朴素，白发苍苍，戴着一副老花镜，始终正襟危坐，认真地听、记，但却一言不发。

听着学生们的发言，章一民心潮澎湃，思绪万千，情不自禁地又忆起当年自己的大学生活。眼前这帮年轻人，精神焕发，风华正茂，指点江山，挥斥方遒。他们虽显得稚嫩天真，可他们的眼光却惊人地敏锐和准确。自己多么想和他们敞开心扉一起探讨啊，可冷静一想，又怕唐突，破坏了同学们的兴致。还是让他们自由地去讨论吧！他看了看手表，已十点多了，不能再听下去了。他特意嘱咐经大爷，这群年轻人很有意思，可以让他们在此多讨论一些时间，不要急于赶他们走。同时，又让杜大牛去叫来女儿。女儿虽然意犹未尽，但还是顺从了爸爸。俩人安步当车，相互搀扶着走出了店门。

店外，天上繁星闪烁，地上凉风轻拂，街上游人如织，各种各样的霓虹灯向四周播撒着绚丽的光芒。章一民一路无语，一直在默默地走着。

“老爸，你在想什么？”

“在想刚才那帮年轻人的发言。”

“他们讲得好吗？”

“讲得好，相当好！”

“好在什么地方？”

"好在率真、坦诚、忠心，有些还闪烁着真理的光辉！"

女儿激动地凝视着爸爸，环抱着爸爸一只胳膊的双手不由得抱得更紧了。父女俩相依相偎着走进了宿舍楼。电梯把他们送到了十二层。

章一民跨出电梯，下意识地抬头张望，猛然发现在自家的门口蹲着四个老人。章一民心里 急，大步赶了过去。

"你们是……"

"章副书记，深夜打搅，实在不好意思。"

"原来是你呀！马老，别客气，咱们先进去再说。"章一民急忙把四位客人让进了客厅。"你们用过晚饭了没有？"

"用过了。"几个人一起回答。

"那好，你们稍等片刻。"章一民一边嘱咐女儿快去休息，一边转身进了厨房。一阵忙碌过后，章一民端进来一碗油炸花生米，一盘蒜泥伴黄瓜，另有一大碟李家寨的青萝卜。

"因不知道你们要来，事先毫无准备。只好用这些不成样的东西，招待老几位了，请不要见怪！"说着又从身后的柜子里拿出两瓶二锅头，麻利地为每位客人各自斟满一杯。

"来，咱们先干完三杯见面酒，再进行下面的节目！"章一民举杯相邀，四位客人也毫不客气。

三杯酒下肚，既赶走了客人们身上的倦气，驱净了他们心中的拘谨，也舒展了他们脸上刀刻似的皱纹。每个人都变得眉舒目展，喜气洋洋了。

“一民，我现在随女儿女婿住在天源市，离你这儿不远，只隔着一条街。”岭潭县原县委书记曾是章一民老上级的马成石，嘴里嚼着花生米，率先打开了话匣。“这些天，女儿女婿的单位组织他们去休假。趁着家里房子空闲，我就把过去的几位老伙计叫了过来。我们几个人眼下的心境，颇有点杞人忧天。连续一个星期了，我们老几位每天都是散步、聊天。聊过去的岁月，谈今天的见闻，既有兴奋自豪之情，又有感慨忧虑之思。按说已入古稀之年，也进了孔夫子所讲的境界：随心所欲，不逾矩，可偏偏就是放心不下，对时下的许多现象忧心如焚。前天，听说你处理了国庆期间发生的三起群体事件，有人向我们介绍了你的做法和原则，我们几个十分振奋，从心眼里感到无限欣慰。同时，也产生了想找你聊聊的念头。他们几个都知道你我是老相识，于是就请我带着他们来见见你。”

章一民的眼睛湿润了。他深情地注视着眼前的几位老人。“十分感谢你们对我的信任。我吗，还是过去的那个章一民。你们有什么话，请直讲，千万不要有什么顾虑。”

“我叫辛一农，退休前曾担任过东江市一个县的县长。我和马书记在回地方之前同在一个部队里干过。我现在很忧心党的现状。我感到目前党内纪律涣散，作风败坏，思想混乱。不少党的组织已开不了一个像样的组织生活会，一些党支部已失去了应有的战斗堡垒的作用，几乎没有什么战斗力了。不少党员，丢掉了信仰，私欲膨胀，已忘掉或背叛了入党时的誓言；一些党员已把自己混同一个普通老百姓，根本谈不上什么模范带头作用，甚至站到了群众的对立面，带头干坏事；一些党的干部，违法乱纪，贪污受贿，胡作非为。我们这样一个久经考验的大党，这样一个从腥风血雨、枪林弹雨中走过来的大党，怎么会弄成今天这个样子，我不敢想，也想不通。什么是中国特色社会主义？最大的特色，恐怕就是中国共产党的领导。如果把党搞垮了，一切都谈不上了。难道我们也要步苏联、东欧共产党垮台的后尘？”辛一农涕泪横流，头上的白发不住地颤抖。

“我叫成唯真。曾先后当过西江市羊马公社的社长和羊马乡的乡长。老马书记曾做过我的上级。据我这几年的观察，我觉得我们的干部队伍出了问题。过去我们常讲，路线确定之后，干部是决定因素。因为事情不是光靠说就能办成的，而是要靠干，靠干部率领大家去干。现在，我们干部队伍中，出现了一大批只会喊口号、耍嘴皮，精于搞形象工程、政绩工程的人。结果是一个地方的干部换了一茬又一茬，可该干的工作、该解决的矛盾，却一直都留在那里，致使这个地方的面貌始终得不到大的改变。还有，一些干部私心膨胀，一天到晚在为自己设计筹划，总嫌自己官小。在一个岗位上干上一两年，就觉得自己该升升了。于是就到处奔跑钻营，挤破脑袋抓住一切时机往上爬。更为严重的是，有不少干部贪色贪财，胆子大得很，什么都敢干。我们县里的一个县长，这个人我早就认识，在我手下工作过，因作风不正，始终没得到提拔。我一退下来，这个人就一路升迁，很快就当上了县长。两年前，他为了转任县委书记，从银行贷了二百多万元。我曾当面问他贷了这么多钱，即使当上了县委书记，工资也不高，这笔贷款该如何偿还？他听了笑而不答。后来，他真的当上了县委书记。在不到三年的时间内，他竟两次大幅度地调整乡镇和县委、县政府各科室的干部，借机接受下属干部的贿赂。于是，他的家，天天门庭若市，登门送钱者络绎不绝。这个人的老婆曾私下向人透露，通过这种办法，这位书记不但还清了银行贷款，而且还有了几百万的节余。你说，这种干部，能成为人民的公仆吗？另外，还有一些干部，不能正确对待权力。最常见的是把党和人民赋予的权力当成自己的一种特权，要么高高在上，盛气凌人，要么就用来为自己、为家庭及亲朋好友谋私利。更让人感到不解或可怕的是，明明知道有些干部存在严重问题，可这些人职位却能不断飙升。”成唯真一口气讲了这么多，脸上已爬满了汗珠。

他呷了一口酒接着说：“凡此种种，干部队伍中的问题五花八门。这种现象如不彻底纠正，我看我们党所制定的宏伟规划是不可能实现的。这些败类要毁掉我们党的大业！”

“我叫邓光楷，是三江大学的一名教授。”邓教授再次打量了章一民的住房和屋内的陈设，多少带点怀疑地开了腔。“章副书记，这是你的住房？”

“是，如假包换！”

“唉，果然名不虚传！我曾先后到过几位官员的家里。堂堂一位省委副书记，房内装修竟如此简陋，连我见到的县级干部的家都比不上。若非亲眼所见，断不敢置信！”

“实话告诉你，我这个家还算是好的。因为我的家庭负担不重。按照国家的规定，一个廉洁的副省级干部，家中理应如此。如果不是这样，或大大超过了，那就不正常了。”

“我的专业是行政与企业管理。”邓光楷赞佩地望着章一民，接着说：“马老在我上大学时曾倾力资助过我，又常常教导我如何对待生活，如何对待工作，他是我精神上的引路人。据我观察和分析，这些年我们在处理精神与物质的关系方面出了问题。或者说，重物质、轻精神，一手硬一手软的问题，始终没有认真解决好。导致的恶果是信仰的动摇，道德的沉沦，家庭的解体，社会的不稳。现在极端个人主义横行，人人都急于成名成家发大财，整个社会漫延着一种心浮气躁、虚荣肤浅的风气。一个国家一个民族，没有信仰、缺乏精神文明是不行的，也是不会有美好前途的。何况，处理好精神与物质的关系，是马列主义的一个基本原理，是中国共产党的优良传统，也是党赖以取胜、立世的法宝。我对目前这方面的状况感到痛心。希望章副书记能发挥你的作用，赶快纠正这一现状，至少在三江省可以有所改变。”

之后，四个老人一个接着一个发言。发言的语气，有的尖锐，有的委婉，有的愤慨，有的无奈，但耿耿之心，殷殷之情，无遮无拦，溢于言表。已经深夜十二点了，大家仍旧意犹未尽。

章一民一直在认真地听着、记着，表面平静似水，内心却波涛翻涌。他想向他们作个表态，一时却又不知从何说起。最后，他肃然而立，深深地向这几位老人连鞠了三躬。“你们今天讲的意见，我一定马上向省委汇报。至于我个人，一定会铭记在心，亲身躬行。我们党、我们这个国家需要你们这些抬头看路的人。你们的忠心，也是我的榜样！”

四位老人听后再次哭了，但哭得畅快，哭得顺心。在畅快顺心中，他们看到了希望，增强了信心。

二十二

上班的时间早已过了，梅州市市委书记朱煜仍旧仰卧在床上，直瞪瞪地望着天花板，一个劲地想着心事。在夫人陆筠的一再催促下，他才披着睡衣下了床，又磨蹭了一番后方懒洋洋地拨通了秘书的手机，说自己感觉不适，要在家休息一下，今天就不到办公室去了。接着，他趿拉着拖鞋，心不在焉地来到饭桌旁，喝了一杯牛奶，吃了一片烤面包。之后，他又返回卧室，半躺半卧地横在床上，继续冥思苦想。

几天前省委已下发了通知，省委书记令狐毅还找自己谈了话，要求在年底前，必须圆满完成梅州市及下属各县县委、政府的换届工作。自己今年已五十五岁了，从各方面的情况判断，再干一届市委书记不会有什么大的问题。自己是从乡长一步一步地干到了一个地级市的市委书记。三十多年来，他兢兢业业地工作，认认真真地执行上级的指示，诚心诚意地搞好班子的团结，虽无惊人之举，也无让人诟病之处。按理说，一个农民出身、又没什么特殊背景的人，能干到目前这个位置，可谓比上不足、比下有余了。可左右一比，朱煜又有点不服气。一些人品、政绩远不如自己的人，却纷纷坐上了副省长、省人大常委会副主任或省政协副主席的位置。自己又为什么老是个正厅级的市委书记呢！转而再想，不免又有点泄气。综观三江省目前的上下左右，想谋取副省级职位的人可不在少数。这些人，有的能力比自己强，有的后台比自己硬，有的人脉比自己广。顺思横想，权衡再三，真想再升一级，有谁能支持自己呢？自己同省委书记的关系，就是一般的工作往来；同省长的交情，可谓淡水一杯；同单会涛呢？这个人是花花公子一个，虽说最近又当上了省委副书记，但和自己根本不是一路人，也入不了自己的法眼；至于章一民嘛，倒合自己的胃口。此人为人正派坦荡，处事既有水平又敢担当。可最近从四面八方传来的信息都表明，章一民的处境似乎越来越不妙，反对者甚多。在下一步的省委省政府换届中，前程难料，吉凶难卜。唉！有些事真不能多想，越想越烦人！朱煜的思绪越想越乱，一时间成了个无头苍蝇，跳下床来回乱转。

“朱书记身体好一点没有？”门外传来韩秘书询问保姆的声音。

“没大碍！不知为什么，今早起来他感到浑身不舒服。现在还在床上躺着呢！”

“我进去瞧瞧，不行的话，送他到医院去！”

听小韩说要进来，朱煜有点不好意思了。赶紧从卧室里递出话来：“小韩，不用进来了，我可能是感冒，没啥大问题。你先在客厅里稍等，我马上就出去。”

几分钟后，朱煜披着睡衣走进了客厅。

“有什么事，小韩？”

“没有什么特殊的事情。我就是过来看看领导。如果要去医院，我可以陪您去。同时，也顺便向您讲点外边的信息。”

“都有些什么信息？说说看！”

“第一条信息，是章一民在十天前，也就是在国庆期间，迅速果断地处理了李家寨、三江自行车厂和天源市中心广场发生的三桩群体事件。他在现场答应了农民和工人提出的合理要求。同时逼迫三江省建设公司及其下属的一个子公司，拿出三亿元对中心广场一期改扩建工程中的拆迁户进行了赔偿。目前正在严查一个拆迁户被殴打致死的案件。”

“这两个公司后台不正是省长于振天、天源市委书记艾观波两位大人吗？公司能善罢甘休吗？”朱煜不由得心中大喜，可也多少有点不敢相信。

“他们当然不会善罢甘休！据说，为此于振天、艾观波联合单会涛，让令狐书记主持召开一次省委常委扩大会议，要推翻章一民的处理方案，并追究他的责任。”

“结果呢？”朱煜心里一凉。

“章一民胜了！”小韩高兴得直拍手。

“小韩啊，别高兴得太早！对政治上的事，你还嫩着呢！此外，还有什么消息？”

小韩敛住了笑容，变得郑重起来。“最近，咱们市来了三个神秘人物。为首的是一个四十岁左右的男人。此人仪表堂堂，衣冠楚楚，举止斯文，谈吐高雅。他带着一个秘书和一位漂亮的女记者。这三个人不要任何单位接待，自费住进了市里一家中档饭店。据饭店里人讲，他们深居简出，拒绝吃请，行为谨慎。每天只用电话约人到房间里谈话。谈话的内容主要涉及梅州市这几年的经济发展与社会进步的得失。同时，亦从侧面了解群众对市里几位主要领导的反映与意见。那个漂亮的女记者无意间曾向人透露，为首的那个人是中央某常委的外甥，这次是奉中央组织部派遣，来三江省了解民情，考察地市一级干部对省里主要领导的评断，实地发现一批优秀的地市级领导，以便在任用干部方面向中央提出建议，配合中央做好今年三江省省委省政府的换届工作。他们只在三江省逗留十天，主要在梅州市和天源市活动，下周三就要转到另一个省去。”

朱煜听后怦然心动，一种莫名其妙的希望从心中悄悄冒了出来。“咱们市里的领导中都有谁去见过他们了？”

“去见的人一大堆，个个争先恐后呢！”

“市长裘一显去了吗？”

“裘市长已请他们在卧云斋吃喝玩乐了两次。”

“卧云斋？”朱煜满脸不快。卧云斋是市委的一处招待所，平时只用来接待上级党委系统的客人。市政府另有自己招待客人的饭店。裘一显怎么连招呼都没打就把客人领到了那里！“其他市领导呢？”朱煜没好气地又问。

“市委办公室主任告诉我，这几天市委市政府班子里的大部分成员都去拜访过了。不少人还送了重礼呢！卧云斋总经理私下里对我说，裘市长同这三个神秘人物见面时，十分亲热，相谈甚欢，大有相见恨晚之意。裘市长向每人都送了高档和田玉雕件。在同为首的那个人密谈之后，裘市长又递给了这个人一只装满了现金的大纸袋。”

听到这里，朱煜有点懊悔知之太迟，不过心中旋即又漫起了一团疑云。“北京来的？你们为什么不让裘市长的秘书打电话向单会涛了解一下真伪？”

“打过电话了，可单会涛又去北京了。为首的那人曾多次向去拜访他的人暗示，他和单会涛很熟，曾是一个大学的校友，他们的家又同住在一个大院里。”

朱煜从政多年，还从未碰到过这样的奇事。中央要了解情况、考察干部，似乎也从未采用过这种办法。他思前想后，仍是半信半疑。“此人姓什么？”

“姓解，是一位现任中央政治局常委的外甥。他在同一些市里领导见面时，还侧面打听了你的为人、能力和对改革开放的态度。”

朱煜开始动心了，可仍旧有些不踏实。在省委领导成员中，同自己有点工作关系、相处尚好的只有章一民和陈刚两位。于是他抄起电话先拨了陈刚家里的电话，号码是通了却无人接听。一阵音乐响后，对方电话里传来一个悦耳的声音：此为录音电话，有事请留言！朱煜泄气地放下了电话，坐在沙发上低头沉思。门铃响了。小韩过去打开房门，一男一女走了进来。

“老朱，在为什么发愁呢？”说话的是一个高个子、五十岁左右的人，人还未到，高亢的嗓音却先传了过来。

“是董老板啊，什么风把你吹来了？”朱煜起身相迎，同时瞟了瞟跟在董老板身后的卧云斋董事长田荷慈，开起了玩笑："今晚真是稀客盈门哪！小田，你怎么也纡尊降贵，驾临寒舍？"

"老书记，您真会说话！您一个多月都不来卧云斋，就不许人家来看看你？"田荷慈似娇似嗔地回了一句。此女貌如其名，是个百分之百的美人胚子。今天，她身着蓝衣白裤，脚蹬藏青色布鞋，柳腰桃腮，身段曼妙。一条又粗又长的黑发独辫斜搭在胸前。眉间的一颗美人痣，把一双圆眼衬托得清澈明亮，宛如一泓秋水。人虽素面朝天，淡妆简束，却处处透着洒脱与清爽，伴着大方淑慧。

"朱书记，我和小田今天不请自到，是有要事相商。"

"什么要事？"朱煜一边为两人倒茶，一边故作漫不经心地问。

"有一件事，您听说了吗？"

"什么事？"朱煜继续装糊涂。

"这几天我们市里来了三个大有背景的人。从他们的举止言行来看，来头不小。如果把握得好，也许会给您带来好运。"

"这几个人的情况，我听说了，可有点不相信。"朱煜把玻璃茶杯举到眼前，细心地观察着茶水的颜色。

见状，田荷慈嫣然一笑。"我知道您的怀疑。这几天我也特别留意，事事细心观察。关于三个人的情况，我已基本搞清楚了。为首的那位帅哥叫解长稷，是已去世的一位老帅的翁婿，他舅舅也确实是中央的一位常委。另外一个男人名叫洪亮祖，中央某部地方干部局的一位局级巡视员。那个女的名叫宗曼，是新华社内参部的记者，专门负责照相、整理资料。前天，我陪他们在卧云斋后院里散步时，曾委婉地询问过解长稷，为什么要采用这种神秘兮兮的工作方法。解长稷解释说：今年，各省、自治区、直辖市都要先后完成省级党政班子的换届工作。为了对中央已掌握的一些干部作进一步考察、了解，避免带病上岗现象的发生，中央专门派了几个工作小组，对几个在组织人事工作方面群众反映较多的地区进行暗察暗访。关于三江省的省级换届的人事安排，在主要人选上，上下均有不同看法，群众写信反映情况告状的也不少。他们之所以来梅州市，是因为梅州市的市委书记，可考虑列入这次省委省政府换届时主要岗位的后备人选。”

眼前这个卧云斋的董事长和朱煜之间有一层微妙的关系。说实在话，朱煜和田荷慈彼此都有好感。在朱煜的眼里，田荷慈是一个不可多得的理想女人。田荷慈呢，虽然对朱煜的整体印象不错，可她外柔内刚、重情重义，决不肯背叛自己青梅竹马的丈夫。所以在田荷慈和朱煜之间，虽惺惺相惜、互相赏识，但始终没有越过上下级之间的正常关系。

听了田荷慈的这番讲述，朱煜基本上信了。他心里清楚这个女人是真心为他好的，是诚心要帮他更上一层楼的。

“如果真是这样，这些人又为什么要收人家贵重的礼物，听说还收巨额现金呢？”朱煜抬头望着董老板和田荷慈。

“阁下真是生活在真空里的人！”董老板与朱煜是大学学友，大学毕业后他们走了两条不同的人生之路：一个从政，一个经商。两人可以说都获得了成功。董老板的“只处”电脑公司从小到大，渐享盛誉。朱煜也从乡长干到了地级市的市委书记。

“现在的官员，廉者可能不多，贪者大概不少。官位越大，贪心愈大，一般的小恩小惠是绝入不了他们法眼的。何况他们回去后，要活动，要疏通，要游说，也是需要一些经费的。他们是在与位高权重的官员打交道，岂能空手白说话！不说别的，请人到高档饭店里吃顿饭也得花上个万儿八千的。老兄，我看这次是个机遇，一定要抓住！人家都在找后台，你为什么不找一个呢？没有靠山、没人替您说话，这省级领导的位置恐怕八辈子也轮不到你！”

“我同意董老板的意见。不妨大胆一搏！”田荷慈兴奋得两眼冒光。

“老兄，平时我也帮不了你什么忙。我知道你不贪财，手里也没什么钱。这样吧，这次的活动经费，全由我赞助了。你就放开胆量，去见这几位神仙吧。倘若天公作美，这次你能升任省里的主要领导，或者退一步能混上一个副省级位置，那也算成功，我们也就感到无上光荣了。”

朱煜被他的话撩拨得心里阵阵发痒，仿佛眼前已是一片辉煌。人生能有几次搏，这次就索性搏它一回吧！他暗暗下定了决心。“老董，咱们说好，这次你赞助的钱算是我借你的。”

“光送钱可能还不行。”田荷慈细声慢语地插了进来。“裘市长已送了钱和高档和田玉件。我看，我们也一定得拿出比裘市长更像样的东西来。听解长稷讲，他认识的几位老领导并不稀罕钱，更看重的是古玩一类的东西。”

“古玩？到哪里找啊？”朱煜有点为难。

朱煜他们在客厅里的谈话，躺在里面卧室床上的陆筠都隐隐约约地听到了。陆筠和朱煜是大学的同学。两人从相识相知到相亲相爱，风雨同舟度过了二十多年的幸福时光。两人育有一子，儿子研究生毕业后在郑州市一家研究机构工作。不料，天有不测风云，陆筠三十九岁时患上了类风湿。朱煜虽想尽一切办法为她治疗，然均无明显效果。后来病情日益严重，十年前生活已不能自理，每天除了在他人的搀扶下勉强下地活动一阵外，只能常常与床为伴了。久而久之，手和脚上的关节严重变形，脊柱弯曲，骨瘦如柴，白发似雪。刚进五十岁的人，看上去已成了七十多岁的老妪了。听了外间的议论，陆筠实在不敢苟同。她宁愿一辈子与丈夫过着清贫平淡的生活，也不想让朱煜去干这种投机钻营的勾当，但仔细一想又十分同情丈夫，也理解他这些天的苦闷与烦恼。自己久病卧床，平时不但根本帮不了他什么忙，反而常常给他带来麻烦和拖累。陆筠祖籍是北京，后随父母去了河南，大学毕业后又同朱煜来到三江。她的太祖父、曾祖父和祖父，都是古董商人，曾在北京琉璃厂开过一家专营古玩的“揽珍阁”。门面不大，生意也谈不上兴隆，倒也能养家糊口，一家人过着祥和殷实的日子。不料在一个除夕之夜，“揽珍阁”突遭无名大火，店里的东西损失大半。太祖父一夜之间须发皆白，为此大病一场。临死前，他将唯一的儿子，也就是陆筠的曾祖父，托付给在河南老家种地的本家弟弟。常言道，瘦死的骆驼比马大。陆家虽失去了往日的风采，但还留下了少许古董。陆筠和朱煜结婚时，父母曾送给他们俩一对艾绿寿山石章料和一枚汉代金印。据说，这枚金印是太祖父的心爱之物，因常常把玩、随身携带，那次才幸免葬身火海。至于那一对艾绿寿山石章料，因在火灾发生的前一天，被太祖父的一位好友借去鉴赏而得以完璧。

这两件宝贝能进入陆家全凭巧合与机缘。当年八国联军攻入北京，陆筠的曾祖父为躲避战祸逃回了河南乡下叔叔的家，当时正值盛夏。一天早晨，曾祖父步出院门，发觉一个老人昏倒在门边。此人白发盈头，双鬓染霜，人虽形销骨立，但却神情洒脱，举止大方。明眼人一看就知此人不是一般的逃荒之人。陆筠的曾祖父赶紧让儿子把这位老人扶到床上，在喂了一顿糖水、稀饭之后，老人渐渐缓过劲来，慢慢睁开了双眼，未开口讲话已是泪流满面。老人自称姓孙，满族正白旗人，其父在清廷内务府为官，八国联军攻陷北京时不幸罹难。当时，老人正躲在城外的一位朋友家中，其母托人送来一个包裹，并嘱他立即南下，投奔时任两广总督的外祖父。老人不敢怠慢，匆匆雇了一辆马车，日夜兼程，急急赶路。谁知到了河南地界，却遭到了一伙被洋人打散了的义和拳拳民，这伙人不由分说，就抢了老人的马车和他身上的全部银钱。

这位老人，说起来也算是正经八百的官宦子弟，哪见过这种世面，受过这等苦罪！他又急又怕，不敢走大道，沿着小道一路踉踉跄跄地往南急奔。身上剩下的几个铜钱，两天前就用完了。碍于脸面，又不愿挨家乞讨，所以走到陆筠曾祖父的家门口时，因又渴又饿，人就昏了过去。这位老人在陆家养了半个月，人又恢复精神，同陆筠曾祖父也就自然成了莫逆之交。但半个月过后，这位老人仍坚持遵照母训，继续南下，前去投奔做两广总督的外祖父。临走的前一天，老人变得坐立不安，心事重重，经常话到嘴边又收了回去。陆筠曾祖父看出了老人的心事，就笑着说道："老哥，不愿走就留下吧。有我吃的就饿不着你。"

“走是非走不可。但我无法走啊！”老人憋得满脸通红。

“为什么啊，说来听听。”

“我现今已一贫如洗，而前路茫茫，两广之远犹如天际。我这个样子，如何走得！”

“噢，老哥是为盘资发愁。这个不用担心，我的家境虽不富裕，但凑出几十两银子还是做得到的。你就放心吧！”

第二天早晨，陆筠的曾祖父递给老人一个布袋，里面装了五十两碎银，这是陆家当时的全部家底。

老人接过这个布袋，扑通一声跪了下去，连磕了三个响头，泪流满面地说：“老哥救命之恩，小弟没齿难忘。只是何时能予报答，实在难料。这样吧，我这里还有两件东西。此乃传家之宝，暂寄存老哥这里。咱们以三年为期。三年之内，如果我能活着再来见你，自当奉还赠银，取回家宝。如逾期仍不见我人来，这两件东西就任由老哥处置，权当以物抵债了。”说罢，老人从贴身内衣处取出两件宝贝递给了陆筠曾祖父。

后来战乱平息，陆筠的曾祖父又回到了北京。他派人四处打听这位老人的踪迹及其家人的下落。可这一家人好像从人间蒸发了，整整三年没有一点信息。为此，陆筠的曾祖父临死前立下遗训：得恩不报是小人，施恩图报非君子。我死之后，无论何时何地，只要找到了这位老人或其家人，一定要把这两件宝贝如数奉还。在此之前，陆家世代子孙，都须妥为保管。不管遇到什么困难，决不得变卖。朱煜和陆筠起初都不懂得这对章料和这方汉印的价值，只知其来历复杂曲折，又是家传之物，应当珍惜妥存。一次偶然的机会，陆筠在中央电视台的鉴宝栏目里听到一些相关的知识，不由得生出一份好奇。她找到一位古玩行里的朋友来家里为这两件东西掌了掌眼。这位朋友一见到这两件物什顿时两眼放光，兴奋异常，仔细把看，爱不释手。最后，他告诉陆筠：这枚汉印有很高的文化价值和历史价值。我国的官印制度到汉代已臻规范、完善，其官印篆刻水平也已形成了博大精深、气象万千的风貌，达到了几乎完美的艺术境界，故为历代篆刻家所崇尚。汉代以后的篆刻家，特别是自明清以降，诸多治印大师，无不从汉印中汲取营养，推陈出新。从这方汉印的印质、印钮及形体判断，应是汉代一位封王的用印。究竟是哪一位封王，我还得回去查询一下资料。至于这对章料当是清初之物。虽年代不算久远，可石质稀罕难寻。寿山石宋代已有人用来制作赏玩之品。到清康熙年间，因发觉此石适合治印，遂大肆开采，很快石质优良的上等石料就基本掘采已尽。这对艾绿石章料当产自山坑，是当初人们最崇尚的石色。其色如稚嫩的艾叶，青翠剔透，堪称寿山石第一，价值一点也不逊于时下被人们称作“石中之王”的田黄石。几十年来，我还是第一次看到这样一对形体硕大、颜色纯正、玲珑剔透的艾绿石章料，真是人间极品，今后想再找到类似的章料，恐怕只能梦中有、世间无处寻了。

想到这里，陆筠甜蜜地笑了。这两件东西，她原本是要传给孙子的。既然丈夫需要，就让他拿去用吧！反正都是身外之物，只要能帮上丈夫一点忙，自己也算尽到了一点心意。东西嘛，也可谓物有所值了。于是，她让保姆把丈夫叫了进来，从箱底翻出这两样宝贝，递到了丈夫的手里。

有了董老板和夫人的支持，朱煜不再犹豫了，决定同这三个神秘的人物先见上一面，一探虚实。

“荷慈，你来安排吧。今晚六点，我在卧云斋宴请他们。”他笑嘻嘻地下达指令。田荷慈心领神会，转身而去。

晚上六点，朱煜准时来到卧云斋。甫一坐稳，三个人就在田荷慈的引领下鱼贯而入。

“朱书记，您好啊！知您工作繁忙，实在不好意思打扰。”解长稷走过来，热情地握住了朱煜的双手。

“说忙，确实有点忙，但这不是主要原因。主要是这两天我有点感冒，怕传染给诸位。今天感觉好了些，就赶来同你们见面，慢待了，请见谅！”朱煜一边为三个人斟酒，一边迅速地把三个人打量了一番。只见解长稷倜傥不群，神态安然，白净的脸上两只眼睛在镜片后面闪着精光。他穿着看似随意，实际上却是费了一番心思。今天，解长稷有意不穿西装，改穿了一件藏青色名牌夹克，夹克的里面是皮尔·卡丹牌子的羊绒衬衣，衬衣的两只袖口，各有一颗金质纽扣。腕上的手表盘上，镶满了一圈闪闪发光的钻石，一看就知道价值不菲。笔挺的西裤下边，露出一双意大利犀牛皮皮鞋。

“这家伙不简单，不是一个花花公子，就是一个富豪巨商子弟。”朱煜在心里嘀咕。“按我们三江省的规矩，同高贵客人见面，要先连干三杯。来，请举杯践行这个规矩！”朱煜高声相邀，解长稷也不客气，一口气喝完了三杯。

“老解啊，你们这些天工作开展得怎么样啦？”朱煜开始试探。

“不太理想。只见了一些次要人士，了解了一些次要情况。再这样下去，我真担心完不成任务，回去无法向首长交代。”

解长稷用筷子夹起了两片鲍鱼片，放在口中细嚼，不动声色地审视朱煜。

“那你们这次到底想要见谁啊？”朱煜明知故问。

“见谁？见阁下您呀！您才是我们这次察访的重点。”女记者宗曼的脸被三杯酒烧得红润发光。她向解长稷顽皮地眨了眨眼，抢着代为回答。

“我？不敢当，实在不敢当！”朱煜用手指指着自己的鼻子，脸上堆满了真诚。

“哈哈！”解长稷仰天大笑。“在梅州市你不敢当，还有谁敢当？说实在话，我们几个这次来就是奔着阁下你来的。”说到这里，他脸上笑容倏失，刹那间又换上一副严肃：“从我们初步了解的情况看，群众对你的评价同下来时首长向我们介绍的情况十分吻合。老朱，你这次可是前程无量啊！”解长稷突然收住了话题，自斟自饮了一杯。

“群众和首长都说了些什么？”朱煜心中大喜，一时也有点忘乎所以。

“这些还不到同你交底的时候。”同来的洪亮祖五短身材，菱形的脸庞上布满了暗红色的雀斑，但说话却干脆利落。

“对，对，唐突了，这些我不该问。为我的失言，自罚三杯！”朱煜连忙打圆场。

“酒喝多了会误事。今天，我们喝得已经够多了。老朱，不是不愿向你交底，只是调查还未完结。请放心，我们在离开梅州市之前，一定会再同你畅谈的。”解长稷见朱煜有些尴尬，就欲擒故纵，不失时机地把话题又拉了回来。

“这美酒，对诸位首长来讲，根本算不了什么。”坐在下首作陪的田荷慈怕冷场，也适时地插了进来。“今晚，我还未敬酒呢！老解，别驳我的面子，我要单敬你三杯。一来表达对你的敬意，二来感谢你们对梅州市特别是对我们朱书记的眷顾！”言罢不等解长稷举杯，自己就连喝了三杯。

见美女献酒，解长稷一下子来了精神，站起身来如数相陪。不过，这个人可能酒量有限，抑或是故意装的，三杯酒下肚，就瘫坐椅子上，露出一副作呕要吐的样子。同来的那一男一女，见状似乎有点慌了，立即做出停止喝酒、辞别回旅馆的样子。

朱煜和田荷慈对看了一眼，也觉得差不多了，遂不再挽留。分别时，朱煜拿出一大两小三个信封说：“梅州市是穷乡僻壤，没什么名贵的东西，倒是有一些土特产颇具特色。你们回去时可为家人、朋友买上一些。装在信封里的这点东西，不成敬意，请不要推辞。下次见面时另当重谢！”说着，朱煜先把那只大信封递到了解长稷的手里，紧接着又向另外两位各送了一个小一点的信封。说来也怪，解长稷此时仿佛又清醒了，他以一种不易为人觉察的动作掂了掂信封，摇晃着身子走了。

望着消失在夜色中的三个身影，朱煜有些担心地问田荷慈：“他们讲的是真的吗？不会是骗人的吧？”

“我觉得像是真的。俗话说，收人钱财，为人消灾。钱，现在他们收了，不可能白嘴说空话吧！他们不是说，在离开梅州市前要向你交底吗？待下次见面时一切都会见分晓。”

第三天中午，解长稷通过田荷慈向朱煜传信：他们一行的考察工作即将结束，希望下午能同朱煜再见一面，详谈一切。朱煜不敢怠慢，立马约定下午三点在“梅鹤堂”会面。

“梅鹤堂”位于梅州市西郊的梅岭，平房石阶，灰砖青瓦，院内翠竹摇曳，朱廊环绕。三进的四合院，幽静典雅，清爽绝尘。周围的几千棵梅树层层拥绕，郁郁葱葱。此时，虽不是梅花绽放的季节，然白云蓝天，浓荫如海，疏影横斜，细风微吟，身置其中宛临仙境，令人心旷神怡，愁忧皆忘。此地据说原是明末一位皇叔的静修之地。经过清朝几百年岁月的磨销，到上世纪初俱已荒废。后被一军阀购得，重修后为一外妾安顿之所。前些年梅州市投入巨资，请高人设计，借名匠之手，将“梅鹤堂”修葺一新，之后成为梅州市专门用于接待一些特殊客人的场所。

这次会面的安排倒也简单，在二进院的正厅里只摆了一张紫檀餐桌。桌上单摆着朱煜珍藏多年的两瓶陈年茅台。五只斟满了这种醇液陈酿的酒杯，在桌面上挺身静立，隐隐闪动着浅绿色的波光。至于到场的人员，则同上次一样。

五人围着紫檀餐桌刚一坐下，解长稷即率先开了腔。他两眼凝视着朱煜，脸上显出一种莫测高深的神色。“我昨晚和北京的首长通了个电话，汇报了我们在梅州市的工作情况。首长让我们明天返京。所以我不揣冒昧，匆忙约朱书记今天下午再见一面。打扰了！对此，朱书记能理解吧？”

“说哪里话。诸位宵衣旰食、夙兴夜寐的工作精神令我十分感佩。是我们给诸位添麻烦了，何来的打扰！我朱某愿意结交你们这几位朋友。来，我们边酌边谈。”

“好酒，真是好酒。这样的好酒我有幸喝到的次数并不多。谢谢朱书记的一番美意。”解长稷举起酒杯，借着从屋外射进的阳光，细细地审视了一阵，然后一口干尽，坐下来时身子向朱煜靠了靠。“上次，我曾许诺，临走前要向朱书记交个底。今天来，就是为了践诺。”

朱煜的心一阵狂跳，人如在梦中，有种飘飘欲仙之感。他张了张嘴，竟一时说不出话来，好不容易才结结巴巴地吐出了几个字：“恭听解兄明示！”

“三江省这次省委省政府换届的领导人选比较复杂。”解长稷故意压低了嗓音。“令狐书记已超期服役了，这次必下，不用多说。那么谁来接他呢？有一段时间，上面曾酝酿要外派，后来从有利于三江省今后的工作大局考虑，决定不再外派了，就从现在的班子成员中产生。从目前的班子情况来看，由于振天接任省委书记，章一民接任省长似乎顺理成章。但最近一个时期，关于他们两个人的议论很多，告状的人也不少。因此，上边就不得不考虑一个备用的方案。原来认为单会涛、艾观波可以作为备用人选。可单会涛要调出，艾观波各方看法不一。因此，北京让我们在现有的地市级主要领导中再物色一个合适人选。这就是我们一行三人来梅州市的主要原因。从我们考察的结果以及对其他几个地级市主要领导的横向比较来看，朱兄是一个最合适的不二人选。不过……”解长稷欲言又止，思忖良久，最后似乎不太情愿地摇了摇头。“算了，同老兄说得太多了，有些已违反了我们的工作纪律。就到此为止吧！”言毕，抽身离座做出一副马上要走的样子。

朱煜听着解长稷的话语，心里像吃了蜜，美滋滋、甜兮兮的，既有一种受宠若惊的感觉，又有一种如愿以偿的满足。正要听解长稷继续说下去，不料他却要起身告辞。解长稷的最后一句话表明，似乎有什么不太有利的事情不便告诉自己。不行！不能让解长稷就这么走了，要让他把话说完。可怎么才能做到？朱煜忙乱间竟没有了主意。这时，田荷慈走了过来，轻轻拉了拉朱煜的衣角，向旁边桌子上的东西努了努嘴。他恍然大悟，立即恢复了平静。“长稷兄，别这么急着走。我们这两瓶佳酿还未喝完呢！来，再喝两杯！”

解长稷佯装无奈地坐了下来。同来的洪亮祖和宗曼却始终连屁股都没颠一下，只是一个劲地低头喝酒。他们仿佛在等待着什么。

这时，田荷慈把放在邻桌上的两只锦盒拿了过来。朱煜急忙把两个盒子打开。“解兄，你这次对我有知遇之恩。常言说，滴水之恩当以涌泉相报。我这个小小的地方官，无以回报。这两件东西是我老伴儿的家传之物，可能入不了老兄的法眼。不过，千里送鹅毛，礼轻人意重，权当是我的一点心意吧！”

洪亮祖和宗曼立即围拢过来，捧起两件东西一阵审视，眼睛里闪着贪婪的光芒。解长稷故作稳重，目光先在这两件东西上扫视了一遍，然后又一一拿起，对着窗外的阳光反复照看，最后又把它们小心地置于桌上。解长稷见过一些世面，曾在古玩行里厮混过几年，虽称不上高手“大家”，但已有不俗的眼光。他一眼就看出，这是两件好东西。单说那对寿山石艾绿章料，最近几十年来已极为罕见。在上个世纪七八十年代，小件的艾绿石章料尚偶有所现，但像这样一对体量大、质地绝顶的章料，实为难得！至于那枚汉印，当是一位封王的印玺无疑。刚才看印文时，依稀认出是“楚王之玺”几个字。如是，则必是汉景帝时“吴楚七国之乱”中的楚王刘戊所用之物。此印金质虎钮，汉篆白文，铸造精良，质朴庄美，堪称国宝。解长稷虽然心中喜不自胜，脸上却不动声色。他知道，这次应该到手的东西总算到手了，可谓不虚此行。根据他对朱煜为人风格的观察，断定从他手里再也弄不出什么别的宝贝了，应该就此收手了。他好像不经意地向洪亮祖和宗曼瞟了一眼，抬了抬下巴，两人立即会意。

“朱书记，我们可是有纪律的，绝不能收受地方上的贵重礼物。这东西我们不能要，请收回吧！”洪亮祖假惺惺地把它们向朱煜眼前推了推，意在作进一步试探。

“这算什么贵重礼物！只是我们家里的两件把玩之物。对这类物品，我是戴着墨镜看东西——点也瞧不透啊！你们可别嫌物贱质差啊！”

“那好，我们再推辞就却之不恭了。我替解组长收下。”宗曼说话又快又甜。“不过，我要当面讲清楚，这东西可不是我们收下自用的。物有所用，亦有所值。这两件物品，归根结底还是要用到朱书记身上的。时下的风气，我不说，你们也知道。许多时候，光靠白嘴说白话是行不通的。这对寿山石艾绿章料，很合我们解组长岳母的口味，回去要送给他老人家。至于这枚印章，另一位重要的首长可能会很喜欢，回去就送给他吧！”

“这样就太好了！谢谢宗曼同志。”礼物收了，朱煜才放下心来，旋即又转身面对解长稷。“解兄，还有何指教？”

解长稷早已算计妥当，端着酒杯，沉吟了一阵，抬头看了看有点着急的朱煜，不紧不慢地说道：“朱书记，有两件事需要你配合。”

朱煜心中一惊，赶紧表态：“请放心，一定按你说的办。”

“第一件，最近两个月，你也要活动活动，经常到省里跑一跑，同令狐书记、于省长和章一民、单会涛、艾观波这些人拉拉关系。第二件，你是不是有一个‘二奶’，要马上同这个女人撇清关系。否则，对你十分不利。这个问题如果处理不好，被人抓住不放，我们就有点爱莫能助了！”解长稷脸上满是严肃，口气也陡变冷竣。

朱煜的心一下子悬到了半空，脸也窘红得如同在开水中煮过的海虾。“谢谢老兄的提醒，我一定照办。也请你们在首长面前多多美言！”

“那是当然！”解长稷知道不能再在这里待下去了。他同朱煜、田荷慈拉了拉手，即快步出门下山。

同解长稷一伙告别的第二天，从梅州市委市政府传出一大奇闻：市委书记朱煜和妻子陆筠、情人蔡岫三人同时自杀了！这个消息，如同一次海啸，在梅州市乃至全省掀起一场漫天大浪。

朱煜的地下情人名叫蔡岫，现年四十岁。她本是四川人，大学毕业后随丈夫一起来到三江省梅州市创业。两人相亲相爱，相扶相持，小日子过得十分美满幸福。为了事业有成，两人商定三十五岁以前不要孩子。不料三十岁那年，丈夫得了白血病撒手人寰，留下她一人，孤苦伶仃，伤心度

日。期间，不少好心人帮忙张罗想为她重组家庭，但每次都

被她婉拒了。蔡岫身段苗条，肤色白净，面容姣好，举止大方。她是一个典型的“川妹子”，平时敢做敢当，敢恨敢爱，有话就说，从不藏着掖着，做起事来麻利泼辣，一贯厌恶拖拖拉拉。她和朱煜第一次见面，是十年前在市里召开的一次关于科技工作的会议上。当时，朱煜是市长，蔡岫是市属计算机研究所的工程师。在会议分组讨论时，她专门讲了计算机网络的重要性，并建议市里未雨绸缪，组织力量加大投入，争取尽快把这方面的工作搞上去。为此，她还和朱煜争论了一番。朱煜并不计较她与自己的争论，只觉得这个女同志直爽、坦率、有见地，是计算机网络建设方面的人才，今后市里这方面的工作要靠她多出主意、多出力。此时，朱煜的夫人陆筠已卧床十多年了。两人虽是老夫老妻感情甚笃，却也无法过正常的夫妻生活。朱煜起初并不在意。可他正值男人的壮年，精力旺盛，年富力强。工作繁忙时倒没什么，一旦有了闲暇，心中总有一种说不出的苦涩。生理上的需求，常常把他折磨得情绪烦躁、坐卧不安。加上周围的一些女性时不时地主动靠近和亲热，或是有意无意地暗示与挑逗，使他的防线在不知不觉间有了松动，出现了裂缝。恰恰在这个时候，由于工作的关系，他和蔡岫的接触越来越多了。起初，同蔡岫的接触只是让朱煜觉得心情愉悦、精神舒畅，但举止行动上则是严肃的，对蔡岫也是十分尊重的。对她有关市里科技工作的诸多建议，朱煜都欣然采纳，并在经费方面大力支持。而蔡岫呢，当时刚刚三十岁出头，华年守寡，对她无疑是感情生活方面的一个致命打击。每晚拖着疲惫不堪的躯体回到家里，望着丈夫的遗像，打量着空落落的房间，常心如刀绞，痛苦不已，以往开朗活泼的性格渐渐变得木讷寡言了。她曾想离开梅州这处伤心之地，可转念一想，又能到哪里去呢？又有谁可依靠呢？对朱煜，开始时蔡岫并无特殊感觉，只是认为他身为市长，没有架子，作风朴实，忠于家庭，为人厚道，不像时下的一些官员，特别是那些位高权重之人，每每趾高气扬，盛气凌人。后来接触多了，对朱煜的印象越来越好，看准他是一个值得依赖、信任的领导。她曾和朱煜私下有过几次倾谈，倾谈的结果是两颗心越贴越近。他们之间的这种微妙关系，被几个好事的人觉察到了。这些人仔细琢磨之后，觉得是天赐良机，两人也简直是天生的一对，于是通过各种办法从中牵线、撮合。朱煜和蔡岫两人之间的关系本来就如同隔着一层窗户纸，一旦被人捅破了，倒也变得心安理得、坦然神定了。一个风清月明之夜，两人在“梅鹤堂”敞开了心扉，确定了他们目前的这种关系。说实在话，蔡岫虽从这种关系中得到了慰藉、寄托，但每每总有一种吃了苍蝇似的不快。她曾尝试劝过朱煜，让他与陆筠办理正式离婚手续，待自己与他结婚后，可共同承担照料陆筠的生活。但这个建议被朱煜斩钉截铁地拒绝了。朱煜明确表示，他爱蔡岫，也爱陆筠。他和陆筠是结发夫妻，一起患过难、分过忧、吃过苦。眼下与蔡岫的这种关系，已令他有点不安和惭愧，如更进一步，无异于杀了陆筠，那就如同合伙害命、丧尽天良了。每说至此，朱煜都掩面痛哭。目睹此情此景，蔡岫不但不生气，反而更敬佩朱煜对家庭的忠诚，觉得自己选对了人。只要两心能幸福相守，又何必看重虚文浮节！最后两人商定：陆筠活着时，两人为情人关系；陆筠谢世后，两人再正式结为夫妻。

解长稷这伙人走后，朱煜借故支开了田荷慈，自己倒了满满一杯酒，坐在长沙发上苦苦思索。通过下午对解长稷一行三人的进一步试探与交谈，他深信了这帮人。看来自己下一步的高升是板上钉钉了，即使当不上省长，坐上一个副省级位置大概是没多大问题了。可解长稷最后点出的关于“二奶”的那句话，又令朱煜的心中七上八下、惴惴不安。说实在话，他对蔡岫是有感情的，交往这么多年，除两人在生理上互相满足外，更多的还是相互敬慕，互存诚爱。可现在该如何对待？如果眼下不马上同蔡岫撇清关系，让政敌抓住这件事大做文章，自己下一步的官运可能就要毁于一旦了。怎么办？怎么办？俗话说：人不为己，天诛地灭。量小非君子，无毒不丈夫！不能为一个女人坏了自己的大事！念及此，朱煜一咬牙，仰脸一口喝尽杯中之酒并下了狠心：得罪了，蔡岫！但我会好好补偿你的。

突然，蔡岫推开门，悄然无声地走了进来。“老朱，怎么了？一个人在喝闷酒？”

“啊，是蔡岫，你怎么来了？”朱煜慌忙放下了酒杯。

“接连几天都不见你的人影。听荷慈说，你在‘梅鹤堂’，我就赶来了！”说完，如同往日一样，走过来紧偎在朱煜的身旁。“听说，你要升任三江省主要领导了，是真的吗？几天来，这个消息在梅州市满天飞，成了街谈巷议的热门话题。”

“还没最后确定，只是有这种可能。不过……”朱煜紧握住蔡岫的双手，脸色极为虔诚。

“不过什么？”

“有人把你我的关系告到了北京。上面来人说，必须和你断绝来往！”常痛不如短痛！朱煜一闭眼，索性开门见山。

“啊，断绝来往？”蔡岫一下子瘫软在朱煜的怀里。“没有别的选择了吗？譬如，你到省里，我仍留在梅州。你假日、周末来看看我，我们之间仍如以前一样，不行吗？”

“不行，纸里包不住火。被人知道了，我仍旧完蛋！”

“升官，难道对你就如此重要？”

“男人的事，你们女人可能理解不了。有了这个机遇，就得孤注一掷。人生能得几回搏？不过，蔡岫，我是真心喜欢你的。今后在工作上、生活上，我决不会亏待你。对此，希望你能谅解，也算是帮了我一个大忙，不要辜负我们交往了一场！”

蔡岫端正了身子，把手抽了回来。按照她的性格，应该摔杯摔盘，大哭大闹一场的。可今天，朱煜的态度变得太突然、太决绝了，令她始料不及。如同当头一个霹雳，打得她晕头转向，摇摇欲坠。朱煜的话，如同钢刀，在自己的心上狠狠捅了几下。此时此刻，她欲呼无声，欲哭无泪，只觉得自己的心在淌血。这么多年，她不计名分，委屈自身，把爱、把情、把心、把身子全都毫无保留地交给了眼前这个男人，本想能相爱相扶到老，能平安无事地厮守终身。谁知这一切都成了泡影。平时被自己看作忠厚可靠、以命相托的这个男人，为了一顶官帽，竟鬼迷心窍，抛却了一切真情，变得六亲不认了！自己太幼稚了，再一次被人欺骗了。不怨天、不怨地，只能怨自己，怨自己有眼无珠！怎么办？下一步该往哪里走？突然，新编桂剧《桃花扇》中李香君的形象浮现在眼前。自己已经一无所有了。看来自己的人生也该到此结束了。

“你决定了？”蔡岫双目幽光闪烁，直直地瞪着朱煜。

“决定了！”朱煜不敢正视，低下头小声嘟哝：“你以后在生活上有什么困难，我会竭力帮助，决不能让你受委屈。”

“委屈？”蔡岫仰面狂笑，泪水在白皙的脸上肆意横流。“谢谢你的美意！”一种失落、绝望、痛苦和被出卖的感觉压得她喘不过气来。蔡岫挣扎着站起身来，心寒如铁，满面冷霜。“不管怎么样，我们也算相好了一场。这样吧，老朱，为了成全你的官运，明晚六点，我们在这里再见一面，一来向你表示祝贺，二来也是对我们的过去作一个了断。记住，就你我两人。”说罢掩面奔出。

第二天晚上，蔡岫拎着事先准备好的两瓶名酒，抢先一步来到了“梅鹤堂”。每瓶酒中她各放了超剂量的烈性安眠药。待朱煜坐定，连一口菜都没来得及吃，蔡岫就邀朱煜连干了三杯。半个小时之后，两瓶酒均已见了底。结果可想而知。当晚八点左右，当人们发现倒在地上的朱煜和蔡岫时，他们均已魂消魄亡了。

对丈夫朱煜与蔡岫的不正当关系，凭着女人的特有的敏感，陆筠是有所察觉的。由于自己的身体状况，她总觉得愧对朱煜。为此，对于这种关系她也就睁一只眼闭一只眼了。曾有人私下向她透露过一些信息，她每每都心静如水，露出一副懒得过问的神态。当陆筠献出自己家传的两件宝物时，目睹朱煜竟毫不犹豫地收下且欣喜若狂的样子，陆筠的心一下子凉透了。她清醒地意识到丈夫变了，已不是过去的那个朱煜了。之前，陆筠常在深夜闷坐独思，虽感世道巨变、物欲横流、人心不古，但自己身上尚存着与疾病抗争、顽强活下去的勇气。这勇气主要源自丈夫的关爱，源于两人爱情的力量。可现在一切都变味了，俯身自察：枯藤老树，红叶早凋，韶华已失，玉殒珠黄。再看自己的丈夫：人虽犹在，清魂已亡，誓约烟散，琴毁音灭。还有什么可牵挂、可留恋的呢？自己该离开这个人世了。于是，她把自己平时积攒的安眠药全部融于一杯浓茶之中。之后唤来了保姆，让她为自己洗了脸，梳理了苍发，换上结婚时的喜服。待做完这一切，她让保姆搀扶自己移坐到了窗前的一只沙发椅上。然后，她端起了茶杯，平静地对保姆说："你去休息吧，我这里用不着你啦！"她最后一次深情地隔窗眺望着外边的世界，只见月色如水，夜幕四合，秋风有信，树影斑驳。然夙缘成灰，佳时难再；心比天高，命比纸薄；形如槁木，万念俱灭。陆筠触景生情，凄然生悲，止不住潸然泪下。良久，几乎是在与朱煜、蔡岫自尽的同时，她仰脸缓缓喝下了这杯浓茶。第二天早上，保姆在陆筠的床头发现了她写下的一首绝命诗：

杜鹃啼血曾有过，举案齐眉多厮磨。
三江徐娘弄新姿，梅州萧郎负旧约。

秋扇见捐竹马残，春琴音断青梅落。

绕树三匝失凭枝，宁信泉台真情多。

三天后，解长稷三人在天源市被公安部门抓捕。又过了一周，中央有关部门就此事向全国发出通报，通报了解长稷一伙招摇撞骗的罪行，分析揭露了朱煜等人上当受骗的经过与原因，要求各级干部一定要提高自身素质和免疫能力，坚决警惕并防止类似事件再次发生。

二十三

梅州市发生的冒充中央领导的政治诈骗案轰动了三江省，震惊了三江省委。令狐书记坐不住了。一心想顺利退休、平稳着陆、完美谢幕的他，压根就没料到会在自己眼皮底下发生这样的天下奇闻。事情虽源自梅州，然毕竟是在自己的辖区之内。令狐书记越想越生气，越生气越觉得窝心和无奈。接到中央的通报后，他连夜组织全省厅局长以上的干部进行了学习和讨论，并亲自向中央做出检讨，承担了领导责任。之后，省委又制定了几项措施，加强了对干部的管理与思想教育。其中有一条，就是改进并加强省委党校对各级干部的培训工作。省委党校根据省委组织部的要求，每年至少要举办两期干部学习班。每期的学习内容和参加人员的级别，都是依据形势要求确定的。目前正在进行的一期，是年轻的县级干部班。学习时间从九月开始，为期三个月。这期学员年轻开朗，思想活跃，不愿每天啃教材、读课本，喜欢讨论和辩论。他们经常结合在县里工作的实际，向老师、向学校领导提出各种问题，寻求答案。梅州的诈骗事件出来后，学员们立即围绕事件，分析原因、剖析后果，议论影响，提出建议，一时间热闹非凡。党校常务副校长禹宪铎为此向省委专门做了汇报，并要求一位省委主要领导为这期学员做一次辅导报告，解答学员们反映的问题与疑惑。章一民在省委分管组织人事工作，又兼任党校校长，以往几乎每期学习班，他都要去见见学员，做一番讲话。对这一期学习班他本已做出了安排，只是后来因为忙于处理国庆节期间发生的群体事件而被耽误了。听了禹宪铎的汇报后，他想马上就去，可转念一想，根据眼下这种情况，似乎由一把手省委书记去讲讲更为适宜。于是，他就让禹宪铎去向令狐书记当面请示。令狐书记犹豫了许久，最后叹了一口气说，自己老了，对年轻人的思想把握不准，身体又不好，还是让章副书记去讲吧。既然如此，章一民就同禹宪铎商定：自己第二天上午去和党校的学员见面。为了让气氛活泼、随意一些，此次见面可采取座谈、提问的方式，先让大家发言提问，最后再由章一民做一个有针对性的解答式报告。

章一民特别强调，这一次他不再事先准备讲稿，完全是即兴式讲话，因此，用词遣句就没那么讲究，官腔套话也就尽量不用了。但这样一来，难免会有一些不严谨、欠妥之处。为避免节外生枝，这次听报告的人，除本期学员外，不再请其他单位人员参加。对此次的讲话，他要求不做录音，不进行会后文字整理，学员们只听不记，讲完即作罢，旨在引导大家广开思路，改变思维方法，提高对宏观问题的把握与驾驭。

不要讲稿即席讲话，不知比念讲稿要难上多少倍。时下，有几个省部级干部敢于这样做呢！一些好友为章一民捏了一把汗，劝他在目前的局势下还是谨慎一些为好，不要再为自己招来麻烦。可章一民拒绝了。因为这几个月他接触的人和事实在太多了，听到的反映和意见更是浩如烟海。这些人和事、问题与现象常在他脑海中翻腾，引起了久久的思考。对不少热门问题和现象，他渐渐形成了自己的看法，也酝酿出一套初步的化解思路。说实在话，他早想找人认真研讨一番。现在同省委党校县级年轻党员干部见面，畅谈一下自己对一些问题的看法，可谓是一次较好的机会。为此，他关住房门，一个人绕室徘徊，苦苦思索，一夜未眠。到东方天色变白、晨曦初现时，终于拟出一个讲话提纲。这时，屋外突然狂风大作，豆大的雨滴伴随着闪电雷鸣，在城区上空形成一种骇人的此起彼伏的隆隆声。听着这种轰鸣，目睹窗外的雨幕，章一民反而感到心旷神怡、无限舒畅，仿佛在聆听一个阵容强大、演艺高超的交响乐团正在演奏一首美妙绝伦的英雄进行曲。

10月24日上午九点，章一民准时来到省委党校的正门。刚一下车，就被眼前的景象惊呆了。校门口，两棵五年前特意从大山深处移来的白皮松被凌晨的大风连根拔起，狼狈地躺在地上。章一民倍感惋惜，俯身细看，松树的根在移栽时被锯掉太多，原来如盘的虬根，只剩下短短的一团了。再察看树穴，当时挖得太浅太小。所以，虽有几根木杆在四周支撑加固，又采用现代技术在树上打了吊针，但终究根弱基浅，难挡风雷摇撼。树，扎根不牢，必倒无疑；人，根基有亏，岂能久立？章一民触景生情，心里生出无限感慨。这时，禹宪铎等几位校领导闻讯赶来，拥着章一民走进了会场。章一民一改常规，自拉自唱自己主持会议。他先用一个多小时，让学员们提问、发言。期间，对学员们之间的激烈争论，他也不加干涉，只是洗耳恭听。最后，他才不紧不慢地开始了自己的讲话。

同志们，你们刚才的发言涉及世界、中国和个人的诸多方面，我不想就事论事地一一解答。因为我没这个本事准确地回答同志们提出的所有问题，即使这次勉强回答了，也恐怕解决不了今后大家还会遇到的种种矛盾和挑战。所以，我想从另一个角度谈点个人的想法。最近一段时间，我对自己近六十年的人生作了一点回顾，对新中国五十九年来的风风雨雨进行了一些思考，同时也对当今世界上各种令人眼花缭乱的现象做了一番研究。在几十年的职业生涯中，我形成这样一个看法：做工作要胸怀全局、立足本职；看问题要先看大、后看小。这样工作就会越干越好，问题也会越看越清楚。按照这个思路，我今天讲话的题目定得较大，叫作“世界·中国·人生”。由于时间关系，关于世界的这部分就不讲了，只讲讲对中国、对人生的一些看法。

关于中国目前的现状，我想用四句话来概括：第一，改革开放以来，我们取得了史无前例的伟大成就。这个成就怎么估计都不过分。第二，我们为取得这些成绩，也付出了史无前例的沉重的代价。主要表现在三个方面：牺牲了环境，透支了资源，丧失或动摇了信仰。第三，我们在取得这些成绩的同时，恐怕也积累了史无前例的尖锐矛盾和问题。有一些矛盾和问题已变得十分尖锐，到了必须面对、不能再绕着走的地步。第四，在我们国家今后的前进道路上，可能还会遇到许多史无前例的挑战和风险。实现中华民族的伟大复兴，可谓雄关漫道任重道远。

面对这种形势，今后该怎么办？我的看法是：一要清醒，二要坚定，三要真抓实干。

所谓清醒，首先是对形势的判断要清醒。在革命、创业时期，毛主席他老人家每过一段时间都要讲讲形势，写上一篇大文章："关于形势和任务"。这种领导方法是值得我们好好学习的。因为形势决定任务，形势决定方针政策，形势决定我们的行动。如果连形势都判断不准，还怎么做好工作？所以当前最重要的，是要清醒地认识世情，清醒地把握国情，清醒地看待我们已取得的成绩，清醒地应对我们面临的种种困难和矛盾。

关于世情，我只想强调几点：第一，在今后一段时期内，能够在世界上起主导作用的还是美国和西欧。第二，美国和西欧国家虽然也常常发生一些危机，但是危机过后他们的日子仍然好过，甚至还会比我们好过。第三，西方国家中的大多数是不希望中国真好，真强大起来。中国一旦发生大的问题与灾难，是没人来帮的，只能是靠自己。现在国外一些人一方面在赚中国的钱，另一方面又在背后整我们，大搞实用主义和"双重标准"。第四，"金砖四国"也好，发展中国家也好，在今后的一段时期里会有所发展，在国际事务方面也会挣得一些发言权，但还左右不了世界的形势。中国虽然已成为经济大国，但还称不上世界强国。甚至，我们现在还不能完全主导亚洲的事务。所以，中国在今后一个相当长的时间里对世界的影响力有限，绝对没有像美国那种的呼风唤雨的能力。一句话，目前对中国在国际上的地位和未来变化趋势的估计一定要客观、冷静，一些不切实际的口号不要乱提。永远不要忘记的是一心一意把中国自己的事情办好。

关于国情。牢记国情是我们一切工作的出发点。坦率地讲，陈独秀、瞿秋白、李立三、王明、博古这些党的早期领导人，他们的本质也是要革命的。他们之所以犯错误，都是错判了中国的国情。毛主席比他们的高明之处，就是在创业过程中牢牢把握中国国情。改革开放以来，中央曾多次强调要正确把握国情。但我发现，有些政府部门和政府官员一遇到制定政策的时候，就忘掉了中国国情。例如，现在有人动不动就讲要跟世界接轨。中国的实际情况同人家有这样大的差别，你怎么跟人家接轨？意识形态领域怎么跟西方接轨？文化方面怎么跟欧美接轨？前些年，我们有部电影叫《凤凰琴》，讲的是一个民办教师转正的问题。我们看了感动得泪流满面，外国人看了却觉得莫名其妙。他们弄不懂是怎么回事，一个教师转正怎能搞成这个样子！所以，有许多东西，因文化背景不同、社会制度不同、价值标准思维模式不同，是也无法跟人家接轨的。

在中国国情里还有一条十分重要：中国的发展，中国在发展中的资本积累，无法照搬西方，绝不能像他们那样靠掠夺、靠扩张、靠战争。我们能靠的，只有苦干、实干加巧干。在1840年以后的一百多年里，世界上还没有任何一个国家像中国这样，遭到世界上几乎所有帝国主义的侵略、瓜分与掠夺，连一些弹丸小国都敢来欺负我们。在1840—1911年的七十多年中，清政府跟西方先后签订了四百多个不平等条约，割掉了二百多万平方公里的领土，先后被侵略者掠夺走四十一亿两白银。同时帝国主义列强还控制了我们的银行、海关、铁路、邮政……所以到清朝灭亡的时候，中国已被他们榨干了。辛亥革命之后先是军阀混战，继而是八年抗战，接着又是解放战争。新中国成立后我们刚想喘息一下，先是被迫打了一场朝鲜战争，之后又不得不支持越南的抗美战争。在这种情况下，我们的资本怎么积累？所以我认为我们这些年的发展，在一定程度上还带有原始积累的成分。这是一个很特别、也可以说是独有的国情。

在资源方面，过去我们总讲中国是地大物博。现在看来，地也不大，物也不博，就剩下人口众多了。人口众多，现在还有八亿多农民的这个问题，是任何资本主义国家在现代化过程中都没有碰到过的，但我们碰到了，且无法回避。世界上真正称得上地大物博的恐怕只有两个国家：美国和俄罗斯。中国的这些基本国情，决定了我们在未来的发展中，确实存在诸多困难与制约，绝对不能为眼前的这点成绩而得意忘形。

对我们已取得成绩的认识要清醒。正确的态度应是：既不能妄自菲薄，也不能狂妄自大。例如GDP，这些年我们取得的成绩里面最厉害的当属GDP。GDP我们现在快是世界第二了，不简单，是历史性的伟大成就，也确实值得自豪。但如何看待这个GDP呢？恐怕要费思量。GDP确是衡量一个国家经济发展的重要指标，但我们同时也要清醒：第一，这个GDP里边有虚数。虚数有两种：一种是统计的虚数。很多产品是重复计算产值的。举个例子，一辆小汽车，有上万个零件，需要上百个企业协作生产。那么，每生产一个零件就要计算一次产值。由这些零件组成一个大的部件时，就得再计算一次。最后组装成一辆整车又要计算一次。也就是说，在计算方面是有重复的。另一种是人为的虚数。有些地方、有些官员为了显示政绩，在上报GDP时有意虚报、多报，也就是造假。第二，GDP反映不了社会公平，反映不了人民生活水平的提高，反映不了两极分化的状况。第三，GDP不能只看数量，还要看质量。如果只讲数量的话，中国的GDP在唐朝的时候最高，占世界40%。道光皇帝的时候，仍占世界的三分之一。而同期英国和日本的GDP只相当于我们的六分之一。第一次鸦片战争时，英国进入虎门的远征军只有四千多人，结果把清朝政府打成那个样子。日本在整个侵华战争期间（不算关东军）投入中国战场上的日军不过一百万人，却在一个时期内打败了国民党的几百万军队。所以看GDP不能只看数量，还要看质量，就像一个人一样，你只长了一身肥肉有什么用处！一个人、一个国家靠虚胖是不行的。再看看人家的GDP的含量，例如美国，多是高科技，多是尖端产品，而我们的GDP是什么？我们在高端领域究竟占了多少？难道这些不值得沉思吗？第四，看GDP还要看人均GDP。我们人均GDP，大概只等于日本和美国的十分之一。如果在世界上排位的话，则在一百名左右。还有一点，也是最重要的，就是仅靠GDP，国家不见得能长治久安。所以对于GDP这个东西，认识上一定要科学、清醒，不能盲目。

对我们存在问题的认识要清醒。首先，要清醒地认识我们所面临的重要战略机遇期正在发生明显变化，留给我们的大好机遇恐怕已不多了。要看到西方在工业化过程中碰到的问题，我们一个也不会少的都要碰到。他们碰不到的问题，我们也要碰到。西方任何一个国家在现代化过程中都从未像中国这样，遇到如此沉重的人口压力。中国的十几亿多人口怎么消化？1999年讨论国家“十五”规划的时候我就讲，中国的就业问题是一个谁都解不开的方程式。因为越是工业化、现代化，用人越少，而中国却有这么多人口。有人说大搞第三产业。大搞第三产业得有一个基本条件，就是人均的收入水平一定要高。现阶段，中国真正有钱的人毕竟是少数，大多数人收入并不高。这么低的收入水平，人们的心理预期是不敢消费的。所以在中国，第三产业特别是在服务领域，目前还不可能像西方那样得到很大发展。现在国家要搞农村城镇化建设。对此，我拥护，但关键是怎么搞城镇化？一定要认真研究、慎重对待。否则会犯历史性的错误！

还有一个问题也应清醒，就是在工业化、现代化的过程中，任何国家都没有像中国这样，遇到如此不好的周边环境。要发展必须要有一个好的周边环境。而我们周边的情况，实在让人忧心。另外，我们还有一个台湾问题，国家还未实现完全统一。世界上一些居心不良的人，还经常在香港、新疆、西藏等问题上做文章，向我们不断发难。如此等等，我们都得清醒面对。

虽然面对如此的世情、国情和种种困难与挑战，但只要认识上真清醒了，办法就自然有了，同时也会有了保证行动坚定的思想基础。所以我讲的第二个方面就是要坚定。

首先，对我们所选定的中国特色社会主义道路要坚定不移；对于我们已确定的发展目标要坚定不移。对发展过程中可能遇到的困难、风险，要坚定对待，沉着应付。既警惕敌对势力的捧杀，也不怕他们的棒杀。不怕围堵，不怕孤立，不怕封锁，不怕威胁，不怕冷战，甚至也不怕热战。我讲这些话的意思，是行动上要想坚定，思想上要首先去掉“怕”字，同时做好最坏的准备，这样才能真正坚定起来。一些帝国主义国家在二十世纪五十年代到八十年代，不是一直在包围、封锁我们吗？结果又如何！

为做到真正坚定，有一些观念性、理论性的问题，也需要重新认识。改革开放之后，真正称得上观念转变的，我认为是我们完成了对资本主义、对社会主义、对马列主义的再认识。由于完成了这些再认识，才奠定了我们改革开放的思想基础。我国改革开放已三十年了。到了目前这个阶段，我认为，在认真总结过去经验教训的基础上，有必要对市场经济、对改革开放、对经济发展模式与速度进行一次再认识。

关于对市场经济的再认识。一是要看清在世界范围内，迄今还没有哪个国家完全实行了自由市场经济。二要明白市场经济只是发展经济的手段，而不是包治一个国家或社会百病的灵丹妙药。市场经济其实并不奥妙，无非是一讲赚钱，二讲竞争。三十年的改革实践表明，市场经济确是发展经济的一个有效手段，但它解决不了人的发展与社会发展的问题，解决不了人、经济、社会的和谐发展问题。时代发展了，我们必须要搞市场经济，但同时也必须注意防止市场经济的副作用。市场经济存在着许多副作用，特别是在价值取向上同我们共产党所提倡的是格格不入的。对市场经济的副作用，我们一定要严肃对待，认真克服。如果一时无法避免，也要及时向群众讲清楚，特别是向年轻人讲清楚，否则人们就会产生思想混乱。现在，一些人信仰丧失，拜金思想严重，不能不说与我们在提倡并实行市场经济的同时，不敢大胆讲清并抑制其副作用有关。三是在中国实行什么样的市场经济，一定要根据中国的具体国情。我们现在实行的是市场经济加政府调控，再加国有企业，我看这比较符合中国的实际情况，应长期坚持不能动摇。

关于对改革的再认识。我完全拥护改革。但今后怎么改革，是要好好研究的，不是光靠喊口号就能解决的。从人类历史的发展来看，社会前进的动力并不是什么时候都是依靠改革和创新的。在许多情况下还须靠坚守与稳定。为此，对改革，我们不能只陶醉于“新”，而更要看重“好”。应该认识到旧中有新，新中有根，不能把旧与新简单地对立起来。所以在改革之初，我们的提法叫社会主义制度的自我完善。后来小平同志又提出了四个坚持。对此，我们的一些地方和政府部门在改革过程中真正遵循了吗？我认为好多人把它忘掉了。一位国家领导人曾讲过，我们要进行的改革，如同是要给小孩子洗澡，洗完澡往外泼脏水的时候不要连孩子一起泼出去了。现在不少人的做法，是把孩子泼出去了，却把脏水留下了。不客气地讲，前些年有些国有企业在改革方面走了弯路。对此，难道不应当反思吗？

关于对开放的再认识。小平同志讲得很清楚，我们对外开放的目的，一要学习国外的管理经验，二要学习国外的先进科学技术。我们学了吗？开放初期，我们还提出以市场换技术，但换到了吗？有些地方为开放而开放，甚至打着思想解放的旗号胡开放。很廉价地让别人占领了我们的市场，先进管理经验和技术却没有学到。什么叫解放思想？第一你得有正确思想。第二你这个正确思想不能被束缚住。解放思想是要把你的正确思想解放出来，而不是把你那些错误的乱七八糟的东西解放出来。我认为，要改革首先学会坚守。要弄懂守什么、改什么、保什么。该改的坚决改，该守的坚决守，该保护的，则必须保护，避免天马行空的标新立异，不能伤及国家的命脉与安全。还有一个金融问题。金融是经济发展的命脉，应当格外注意。这些年我们的金融之所以比较稳定，原因主要有两条：第一是我们的人民币没有完全开放。第二是人民币同外币不能完全自由兑换。是这两条保了中国金融的命，并不是中国的金融业在管理、监督方面有多么高明。现在面临的一个最大的问题是如何对待人民币升值的问题。现在世界有些人老拿人民币升值问题挑事，我看是居心不良。人民币能否科学保值或升值，既关系到中国货币的稳定，波及中国的外贸进出口，攸关人民的生活水平，更影响中国和人民币在世界上的信誉，可不是一个小问题。在这个问题上，如果不坚定、顶不住，中国的经济可能也会发生危机。20世纪70年代之前，美元跟日元的比值是1∶360。后来根据广场协议，美国逼着日元升值，升到最厉害的时候是1∶80，结果造成日本整个经济多年低迷不振。这是前车之鉴，绝对不可掉以轻心！何况这些年我们银行发放的贷款已经相当多了，地方政府负债的数量亦相当惊人。总之一句话，在金融方面，我们务必要警惕、审慎。

再认识实际上是一种反思和总结。现在有一种观点，一说总结就说你“左”了，又倒退了。这种现象，轻一点说是形而上学，重一点说便是别有用心。

关于对发展模式与速度的再认识。改革开放以来，我国经济发展的速度确实是很快的，但这个速度主要是靠外贸、投资和房地产拉动的，经济模式、产业结构、发展质量均未进入良性循环的轨道，不均衡、不可持续的现象严重。现在常常有人把小平同志讲过的一句话，“发展是硬道理”挂在嘴上。发展当然是硬道理，但这个发展必须讲质量讲效益讲协调讲持续。现在不少地方只重视经济发展，忽视其他方面的同步发展，甚至以经济发展一好遮百丑。这种做法能持久吗？关于发展速度，我认为不能老是加速度。经济规模基数小的时候每年增加9%、10%是可以的，现在GDP已超过几十万亿了，还要搞持续高速增长，怎么可能！因此，必须科学确定经济的发展速度。这些年我们出了许多问题，我看症结可能就出在发展太快了。不管头肿脸青，一个劲地向前跑，基础打得不牢，短期行为严重，后边留下了一大堆矛盾和窟窿。这怎么能行呢？根据中国目前各方面的情况，在经济发展速度问题上，我倾向于宁可慢一些，也要打牢基础。不怕慢，就怕站，要防止出大问题。在发展的指导思想上，我认为一定要下决心进一步克服急功近利、急于求成的倾向。急于求成是我们的一个老毛病。毛泽东时代如此，改革开放这三十年来，这个倾向仍时隐时现。急于求成是治理国家方面的一个大忌，因为这既违背了客观规律，也脱离了中国的实际情况。

关于真抓实干方面，我想讲六点：

第一，一定要稳扎稳打、稳中求进。今后干事情必须谋定而后动。想好了、规划好了、看准了再干，力戒盲干、乱干。摸着石头过河的提法不能再倡导了。这么大的一个国家，老摸着石头过河还得了？小平同志在改革开放初期这么讲，旨在鼓励大家解放思想。现在情况、形势变了，不能再这么喊了。如果领导老是领着大家摸石头，还要领导干什么？如果摸错了，把方向、路子弄歪了，那还得了！领导和群众的一个根本区别，就是领导应率领群众避免盲目、走正确的道路。且不说有些人借此来掩盖自己的错误和无能。还有一个提法，胆子再大一点，不要怕付学费。这种话以后也不要再讲了。这些年，我们付的学费够多了，我们自己积累的经验和教训够多了，国外可借鉴的经验教训也够多了，只要我们能认真吸取、消化、借鉴就行了，不应该老是重复交纳学费。

第二，一定要有一个长期科学的国家发展战略。过去，我们也搞了不少发展战略，近年来又搞了一系列具有战略性的“纲要”。但是在此方面我们有几个通病：一是战略内容不稳定，老变，让人无所适从。二是大量时间花在战略、纲要的前期调研制定上，没有把主要精力放在后期的组织实施上，虎头蛇尾现象严重。有些所谓战略，不够战略水平，不少是属于战术层面的。三是随意性大。有些地方或部门，新一届领导特别是一个新的主要领导上任了，他决定怎么干就怎么干，可以随意推翻或否定前任的战略或思路，另搞一套，他的想法就是战略。所以，有些外国人讽刺我们中国的经济不是市场经济，而是领导者经济。我看，这不完全属于无稽之谈。我个人认为，一个单位、一个国家正确的发展思路、正确的发展战略只能有一个，不可能有多个，不可能今天一个、明天又一个。以中国的城市建设为例，基本是一茬领导一个建设规划，所以成功的不多。大多是重犯我们自己或西方的一些错误。其中最大的错误是不考虑中国国情和文化传统，一个劲地用洋灰钢筋盖高楼大厦，一个劲地搞“摊大饼”式的外延扩张，似乎城市规模越大越好，大楼越高越好，结果让绝大多数城市失去了个体记忆，失去了文化记忆，形成千市一面，趋同类同，且只注重表面、不重视地下的状况。这几年，几乎所有的城市一下雨就成灾，且小雨大灾。为什么？主要有两个原因：一是城市的地面全部硬化了，所以一下雨即形成径流，积水成洪。二是地下排水系统建设严重滞后。这两个问题，人家西方二百多年前就很好地解决了。有鉴于此，我十分赞成我们国家要重新制定一个统一的长期发展战略。战略一旦确立，就像宪法一样，谁都得遵照执行，且一代接一代地认真贯彻下去。这样国家大事才能真正办好。

第三，一定要把我们党建设好。改革开放以来，我们一直没有认真解决好一手硬一手软的问题，一直没有下大力气把党的建设抓好。在不少情况下，是“说起来重要，做起来次要，忙起来不要”。党的建设本是我们的一个法宝，思想政治工作也本是我们的一个优势，可惜现在都丢得差不多了。我们党现有近八千万共产党员，数量不小了，可质量如何？苏联血的教训千万不能忘记！苏联二十万党员时夺取了政权，二百万党员时打败了法西斯，两千万党员时却是党的垮台、失去了政权。可见，党建的要素，一是质量。二是要在党内坚决消除腐败。贪如火，不遏则自焚；欲如水，不遏则自溺。腐败从一定程度上讲是党的一部分正在蜕化变质。腐败是老百姓最不可原谅的。最近，我从网上看到一条信息，读后怆然涕下、彻夜难眠。1949年10月1日，新中国成立的喜讯令关押在重庆渣滓洞和白公馆的二百多名共产党员激动不已。当时，国民党正在有计划地残忍杀害关在这里的共产党人。这些同志知道自己来日无多，但在牺牲前一定要把心里话转告即将正式开始执政的中国共产党，也算是对党的最后一点贡献。于是，经中共川东特委青委宣传部长许晓轩（小说《红岩》中许云峰的原型之一）提议，对党提出了八条意见，即“狱中八条”。其中第一条就是防止领导成员腐化。第六条是重视党员特别是领导干部的经济、恋爱和生活作风问题。这些染着无数先烈鲜血、用无数先烈生命换得的教训，怎么不让我们这些后死者沉思、难过、感慨万端！目前党内的腐败已成积重难返、尾大不掉之势，仅靠一般的发发文件、弄出几条规定，恐怕解决不了问题，必须用重典，必须主要领导带头。如果我们共产党对腐败这个问题老是找不到根本的解决办法，或长期解决不了的话，人民是不会原谅的。能不能消除腐败，确实决定着我们党的生死存亡。三是一定要不断提高党的执政水平，尤其要警惕在决策方面的重大失误。改革开放三十年来，我们党在大的决策方面没犯大的错误，从而保证了我国改革开放的成功。三十多年没犯大错误，不等于今后不会犯大错误。因此，今后从上到下，一定要保持谦虚谨慎、不骄不躁的作风，力戒犯大的、全局性的错误。只有这样，才能做到不管风浪起，稳坐钓鱼台，风景这边独好。

同时务必下大力气把干部队伍确实选好、配备好、培养好。在用人方面要注意在用准、用公上下功夫，坚决纠正帮派作风，努力消除带病上岗的现象。

第四，一定要把青年人培养好。什么是最大的政治？共产党不能垮，这就是中国最大的政治。这些年，我接触了不少各个方面的朋友和同志。他们虽对共产党有不满、有牢骚，但有一点是共同的，即共产党决不能垮，中国共产党绝对不能步苏联共产党的后尘，要绝对避免在中国发生苏联和东欧的那种悲剧，这是当前和今后中国的最大政治。为此，固然有许多工作要做，但我认为首先要抓的，是一定要把青年人培养好，也就是要把接班人培养好。为什么要强调这个事情？因为不管你愿意不愿意，未来的天下都是青年人的。我们共产党是执政党，在执政条件下，如果不能把年轻人培养成为真正拥护共产党，真心愿意为党的事业奋斗终生的接班人，那就是我们的失败。培养好接班人是一项十分艰巨的工作。这一点，国民党没有做到，苏联、东欧国家的共产党没有做到，但西方却有不少国家做到了。我们党现在已执政五十九年，再过四十一年，即到执政一百周年、时间节点在2049年的时候，我们干部队伍的形成将会发生翻天覆地的变化。届时，党和国家的领导人恐怕主要是九零后和零零后了。到了那个时候，中国和世界会变成什么样子？那个时候的中国领导人，会以什么样的理念和作风来治理、领导我们这个国家？会如何评价我们这个国家所经历的坎坎坷坷、风风雨雨？这些难道不应该严肃思考、未雨绸缪吗？

第五，一定要把我们的国防搞上去。古人讲，兵者，国之大事，生死之地，存亡之道，不可不察也；还说，天下虽安，忘战必危。军事手段是一个国家保底的手段。强军才能自卫，强国必须强军。一个国家经济上强大，还算不上强国，只有经济、军事、科技、文化都强了才算强国。在当今这个世界上，还存在一批战争狂人，战争的危险特别是大战的危险随时都有发生的可能，所以一个国家的国防不强大是不行的，是要受人欺负的。毛主席他们那一代人，如果当年不搞“两弹一星”的话，恐怕就没有中国现在的国际地位。像我们这样一个大国，在武器装备方面一定要有自己的东西，不能靠买，否则就谈不上军事安全。一旦有战事，仗就很难打。靠买武器是买不来安全的。对此，我们一定要认真对待。不过现在也恰逢其时。在不与他国搞军备竞赛的前提下，可以大抓一下国防建设，大抓一下尖端武器的制造，从而让我们的国防实力上升到与我们国家的地位、需要相适应的水平。这也是拉动内需嘛！

第六，一定要切实转变工作作风，不断提高各级政府的威信。要下大决心解决好干部队伍的作风问题。

下面我要讲讲个人。讲个人，就必须讲人生。而人生是个大题目，要讲透这个题目，除了今天的时间可能不够外，我大概也没有这个水平。所以我只想讲几点感受。

第一，人生是短暂的，但人生的内容却是很丰富的。人来到这个世界上，当然要“生”，要“活”，但关键还在于要懂得怎么去“生”，怎么去“活”。为此有几个导向性、决定性的观念问题必须解决。

首先，是价值观。我个人认为古往今来在人类价值观中占核心地位的只有两个主义：即个人主义和集体主义。自由、平等、博爱、民主、人权等，都是在不同时代、不同国家从这两个主义中派生出来的，具体内涵也因不同的空间和时间而不同。个人主义、集体主义都不能极端。极端个人主义易使社会发展畸形，产生无政府主义，造成社会混乱，影响一个国家、一个民族的和谐与发展。但只讲集体主义也成问题，会影响人的个体积极性，不利于提高生产效率，而且也脱离现实。一个成熟的社会，特别是在现阶段，还是应该既允许个人主义，也提倡集体主义。政府要给个人的发展创造条件，让个人在实现自我价值的同时为社会作出贡献，这就是我们常讲的人人为我，我为人人。同时，还要鼓励合情合理的集体主义，鼓励个人自觉处理好与国家、与民族的关系。总之，个人主义和集体主义两者要协调发展，个人、集体与社会发展应均衡。还有一点应当指出，个人主义是资本主义的一个思想基础，集体主义是马列主义的一个思想基础。凡是相信马克思主义的肯定提倡集体主义；凡是相信资本主义的肯定崇拜个人主义。所以在我们中国，现阶段如何处理好个人主义和集体主义这两个主义是一个大课题，需要好好思考，更需要大的政治智慧。

现在，有人到处鼓吹、贩卖所谓的自由、平等、博爱、民主和人权，并称它们是普世价值。我认为这是一种虚伪的悖论。因为在实践方面，真正的自由、平等、博爱、民主、人权，迄今还没在哪个国家实现过。自由、平等、博爱是1848年法国的一名起义军上尉最先提出来的。这些观念在后来的美国《独立宣言》和法国的《人权宣言》中均有所体现。自由，最初专指言论自由。法国一位著名启蒙思想家伏尔泰曾有一句名言："我不同意你所说的一切，但我誓死捍卫你表达自己意见的权利。"法国的另一位思想家卢梭讲："我们都是法律的奴隶。正因为如此，我们才有了自由。"所以，从来没有不受约束的自由。再说平等、博爱，在美国和西欧国家，它们国内真正实现了吗？其国内的少数民族真能享受到这些权利吗？在国际范围内，它们博爱中国吗？博爱亚洲、非洲和拉丁美洲吗？它们同中国和亚、非、拉美的国家讲平等吗？这些年来，一些国家无所不用其极，甚至动用武力，去推行他们的所谓普世价值。可结果呢？目前在亚洲、非洲、拉丁美洲的许多国家，包括西方国家用武力打下的伊拉克、阿富汗正陷入混乱，人民流离失所，挣扎在水深火热之中。在这些国家实现了真正的民主、自由、博爱、人权了吗？眼下，世界不少国家的动乱和混乱，都是一些国家打着推行其价值观的旗号，乱动武、乱挑拨造成的。可见这些东西，对一些基本生存权、发展权都没解决的国家和人民来说，既不能当饭吃，也解决不了他们面临的现实问题。所以我们才讲最根本的人权是生存权、发展权。

我认为在现阶段，有点个人主义并不可怕。事实上，个人主义和集体主义在每个人的身上从来就是并生并存的。比如有一种人，全是私心没有公心，一事当前只考虑自己；另有一种人既有私心，也怀有一些公心，但当公私发生矛盾的时候，往往也是优先考虑自己；还有一种人是私心、公心兼备，但当公私发生矛盾的时候，他们能够先出以公心。据此，我对小人、君子、圣人下了这样的定义：只想自己不想别人、甚至损人利己的是小人；想别人和想自己一样多的是君子；想别人比想自己多的就是圣人。我希望大家都来做君子和圣人。

其次，关于幸福观。人人都希望幸福。我们共产党当初搞革命的目的就是让人民都过上幸福生活。但什么是幸福？我有这样一些看法：一是幸福没有一个统一的概念、具体的指标和固定的模式，不同的人有不同的理解。关于幸福的标准，目前中外社会学界流行两种说法：一个叫快乐主义，就是人只要过得快乐，就是幸福。而快乐又是什么呢？就是身体无痛苦、灵魂无烦恼。换句话说就是身体健康、灵魂安宁。另有一种幸福观叫完善主义。这是许多人所追求的，即强调人格完善、精神崇高和道德的完美。美国《独立宣言》的起草人杰弗逊曾讲，没有道德就没有幸福，道德是幸福的基础。在中国，儒家接近完善主义，道家接近快乐主义。二是幸福当然需要一定的条件。三是幸福更多的是一种感悟和体验。幸福没有常态，幸福往往是一种点状反应。且幸福总是相对的，总是相比较而存在的。在同样的条件下，有人认为是幸福，有人认为是不幸福。四是幸福往往取决于个人心情和感受。因为人总是带着感情生活的，也是凭借自己的心境来观察世界的。一个气定神闲、心情愉快的人，幸福会时时来敲门，到处都是幸福。反过来，一个整天愁眉苦脸、悲观厌世的人，对任何事都横看竖看不顺眼，横看竖看不痛快，觉得喝口凉水也塞牙。这样的人，怎么会有幸福呢？五是在生存、安全等基本问题解决后，幸福在很大程度上取决于人的精神世界，或者说更多地取决于人的精神因素。一个人是否幸福，不是在于他拥有多少钱财，而是要看这个人的生活状态和精神感受。讲一个人的升华，是指他在精神上的升华，而不是指其在物质上的富有。天底下从来没有绝对的幸福，但痛苦和不幸却是硬性的。认识幸福是考验，认识不幸也是考验。只有既能享受幸福又能承受不幸的人，才会容易找到幸福，才会主宰幸福。一个人如果精神世界很充实，就会感到到处都是幸福。

那么怎么才能得到幸福呢？在现实中，我认为有这样几点值得注意。其一，处理好欲与得、得与失的关系。对幸福的期望值不能过高，要追求你经过努力能够得到的幸福。人常讲，自得多福，知足常足，终身幸福。对幸福追求，时下在社会上有两种态度：一种是主张高收入高消费，其后跟随的肯定是紧张与压力；另一种主张是追求适当的收入、适当的消费，其后相伴的自然是一种散淡与轻松。我是主张两种生活方式并存：你能做到高消费你就高消费，做不到你就适当地消费。如果不具备高消费的条件，却硬要去追求高消费，那就只能去偷、去抢、去走斜道。如果这样，社会就不会安全和稳定了。其二，要有正确的比较方法，不要瞎比较、瞎眼红。俗话说，人比人气死人。要甘守清贫，安于淡泊。否则，只会自寻烦恼。其三，还要善于自我调节。有时候还得有一点阿Q精神。要真看得开、想得开、拿得起、放得下，要学会自我安慰。其四，要注意不断丰富和充实自己的精神世界。什么都可以空虚，千万不能让心灵空虚。

最后，关于信仰。信仰是一种境界，是一种无形的力量，是你精神世界的一盏明灯，可以指引着你一生的前进方向。信仰是发自内心的，是别人强加不了的，是一个人对人生崇高价值标准的崇拜与追求。有没有信仰是人与其他动物的一个根本区别。一个人没有信仰等于没有灵魂。一个国家如果没有信仰，就会失去凝聚力和前进动力。

我们共产党是有坚定信仰的。我们党1921年建党时只有几十个党员，但凭着信仰，一批又一批的共产党员前赴后继、抛头颅洒热血，终于取得了革命的胜利。在几十年的创业过程中，作为个体的党员，谁知道哪一天共产党能取得胜利，谁知道哪一天能分享胜利后的幸福？就是为了信仰，他们才义无反顾，勇往直前。古巴领导人卡斯特罗讲过，世界上只有两种信仰是真诚的：真正的共产党人和真正的宗教徒。张学良在总结国民党军队为什么打不过共产党军队时，就认为主要原因是共产党有信仰。信仰并不是一个多么玄妙的东西，一个人也不可能没有信仰。毛主席讲人的头脑不可能是真空的，不是这个思想去占领，就是那个思想去占领。也就是说，你不信马列主义就肯定会去信仰别的什么主义，去信钱，去信权！一句话，一个人脑子里不可能没有思想、没有信仰，关键是有什么思想、什么信仰！全球现代化的发展，虽然是对传统的一种超越，但也残酷地摧毁了人类过去的各种理想与信仰。现在我们共产党面临的一个最大问题，就是在信仰上出了问题。难道我们走出了过去物质贫乏的时代，会再步入一个思想、信仰丧失的时代？美国的几位高官曾在公众场合多次讲，中国是世界上少数没有信仰的可怕国家之一，因此不要怕中国，一个失去信仰的中国有什么可怕的？话虽然讲得难听一些或者是别有用心，但对此，我们难道不应该深思吗？

信仰怎么建立起来？有人曾提出顿悟和渐悟。我认为信仰从根本上来讲，还是来自实践，来自个人对社会现实的思索与感悟。对社会上存在的种种问题，经过自己大脑的认真比较、分析总结，就会逐渐形成一种看法，进而上升为信仰。例如，当你在书本上读到的，或者在心里想到的，同在社会上观察到的东西相一致的时候，这个时候你就信了。这就是信仰的发端。

第二，人生是复杂、曲折的，人生的轨迹也不是一成不变的。但只要有了正确的人生态度，做好了应该做的准备，一个人的人生命运，在正常情况下还是可以由自己去把握的。不过，人生往往不是一帆风顺的，都会遇到一些挫折、坎坷、艰难与困苦，甚至危险与失败。海明威说过，生活可以让人遍体鳞伤。后来受伤的地方一定会变成最强壮的地方。也就是说，人也只有经历过了这一切后才能成熟起来。反过来讲，如果一个人太一帆风顺了，也是很危险的，不一定哪一天就会栽大跟头。同时也要看到，历史也好，人生也好，虽然复杂、曲折，但是关键之处就是那么一两步。这一两步你抓住了，也许就改变了你的人生轨迹；如抓不住那就是另外一种情况了，这就叫机遇。抓住了就是机遇，抓不住就是挑战。所以我们讲把握人生，关键就是把握住这一两步，把握住人生的临界点。

人生虽然曲折、复杂，但归纳起来，从认识论的角度讲，人这一辈子无非是在认识自己、认识别人、认识周围世界；从追求理想的目标来看，无非是战胜自我、超越他人，发挥自己的最大价值；从实践的角度看，就是做人和做事。

我认为在做事方面最重要的是敢任事，能成事。为此，就一定要有点真本事，千万不能眼高手低，志大才疏，大事做不来，小事不愿做，更不要去做毛主席讽刺的那种人：墙上芦苇，头重脚轻根底浅；山间竹笋，嘴尖皮厚腹中空。关于真本事，不同的工作岗位有不同的要求。对于县处级干部来讲，我觉得起码应有四种能力：第一，一定要有分析、判断、解决问题的能力；第二，一定要有制定政策和执行政策的能力；第三，一定要有沟通、协调、组织实施的能力；第四，一定要有一定的文字水平，也就是说要能起草文件、报告和调研材料。真本事从哪里来？主要靠学习、靠实践。在学习方面，要向别人学、向书本学、向实践学，要不断地老老实实地学。我的体会是大学毕业也好，硕士毕业、博士毕业也好，都是帮助人走向社会的基础。参加工作以后，能不能很快做出成绩主要决定于后天的努力。其中有两点最重要：一要看善不善于学习。学习态度一定要端正，不追风、不浮躁、不赶时髦，并能静下心来，要耐得住清贫，耐得住寂寞，要厚积薄发，而不是薄积急发。诸葛亮有一句名言，“非淡泊无以明志，非宁静无以致远”，如果一个人学习目的不纯，名利思想严重，是学不好的。新中国成立前清华国学院四大导师中，我最敬佩的是陈寅恪。按照他当时在国外游学的经历，要拿博士学位的话，可能会拿到好几个。但他坚持只要学问、不要文凭，卓然成大家。这在当下尤其值得大家学习。二要看善不善于总结。进步的快慢很大程度上取决于你善不善于总结。毛主席说过一句话，他是靠总结经验吃饭的。毛主席尚且如此，我们何敢懈怠！

关于做人，在当前的大环境下，我认为：一是要坚决守住做人的底线。所谓做人底线，其一是法律底线，其二是道德底线，其三是财、色的底线。我父亲是一个农民，没上过一天学。我考上大学离家赴京时，父亲送我到公共汽车站，临别时对我讲了两句话。他说：一民，你考上大学了，以后要靠你自己了，有一条你要记住，一辈子都不要贪财贪色。这是一位老农民讲的话。这句话我一直铭记在心，时刻不敢忘却。我认为不贪财不贪色是做人的基础。看看现在我们一些搞腐败的高官，哪个不是坏在贪财贪色上。希望同志们一定要守住这些做人的底线。二是要正确对待家庭和婚姻。改革开放以后，我认为我国传统的四世同堂、三世同堂的大家庭正在逐步裂变，但我没有想到会裂变得这么快。三十年不到，不但四世同堂、三世同堂的家庭见不到了，甚至还出现了单亲和丁克家庭，这不是什么好现象。婚姻是什么？家庭是什么？我认为，婚姻是爱情发展到一定阶段的结果和选择，是夫妻感情生活的契约方式。它受到法律的保护和社会道德的监督。而家庭，则是婚姻的合法驻居之地，是夫妻和家人共同享受生活的一处港湾，也是继续经营爱情的巢穴。婚姻不稳定，家庭不稳定，你怎么能事业顺利呢？所以能否正确对待家庭和婚姻，不仅关系到你生活的质量，而且还衡量着你的人品和道德境界，影响着你事业的成败。第三，要善于择友、交友。朋友是人在社会交往中的一个重要支撑体系。一个人没有朋友是不行的，关键是一定要择好友、交好友。这不仅取决于你的素质和品位，同时反过来还会预示着你的灾难和祸福。孔子讲："与善人居，如入兰芷之室，久而不闻其香，则与之化矣；与恶人居，如入鲍鱼之肆，久而不闻其臭，亦与之化矣。"也就是说，近朱者赤、近墨者黑，物以类聚、人以群分。所以自古以来人们都十分重视择友交友。什么是朋友？古人讲，同师为朋，同志为友。因此，这个朋友可不是那么好交的。《论语》里面有一句话，叫益者三友和损者三友。益者三友，指友直、友谅、友多闻。损者三友，则指友便辟（就是奉承），友善柔，友便佞。真正的朋友，是贵在知心、贵在知音、贵在可以生死相托。交友择友是有原则的，即和而不同、朋而不比，公谊私情要泾渭分明。公谊讲是非；私谊讲情义。现在在此方面，不少人是以商相交、以权相交、以色相交、以钱相交。这种朋友能持久吗？能为自己带来真正的友谊和快乐吗？第四，要不断完善自己，充实自己，不断加强自身修养。首先，我希望同志们要文理兼修。在县委县政府工作的同志有的是学理工的，有的是学人文的。我主张学理工的同志要学一点人文，学人文的同志要学一点理工，这样可以在思维方法、办事方式上相互取长补短。其次，人偏食了不利健康，读书偏了不利于成长。所以我主张读书要按比例读，即：既要读一点专业书，也要读一点专业以外的书；既要读与自己工作相关的书，也要读一点诗词歌赋和戏剧书法绘画等方面的书；既要好好利用网络，也要重视报刊。还有一点，就是一定要读一点历史。历史是一面镜子，不读历史、不懂历史的人是没有思想厚度的，也不会养成看问题的深度。

人生是一部百科全书，要读懂它不容易，要读懂它并且能够把握其真谛也许需要一辈子。怎样确定一个人的一生是否成功，怎样判断一个人在其一生中所做出的成就？我常想，我们可以不崇高，但绝对不能卑鄙；我们可以不做伟人，但绝不能做小人；我们在事业上也许不会那么轰轰烈烈，但也要力戒碌碌无为。

同志们，你们都是县一级的领导人，千万不能嫌自己位低官小，一定要清醒地意识到自己身上的责任。县一级的党委和政府，上连省、地，下管乡、村，最接近群众，最接靠地气，是人民群众的真正“父母官”。据我观察，现在农村的种种问题和矛盾都集中到了县这一级。为此，县级领导的差事是不大好干的，遇事必须站在第一线，必须直面问题和矛盾。这是一种考验，但也会大大增长才干。我个人认为，只有在县级党委、政府工作过的人，才有可能深切了解中国的农村与国情，才有可能胜任更高一层的工作。古人讲，宰相必起于州县，猛将必发于卒伍，就是这个道理。中央曾明确指出，中国的社会主义现代化建设，要分三大步走。你们今天在座诸位，已走完了第一大步，正在走第二大步，有些同志还要率领群众迈入第三大步。你们确实任重道远，肩负着国家和民族的希望与使命。希望各位一定要看清这一点，一定不要轻视县级的工作，一定要踏踏实实、尽心尽力地履行职责，践行党的宗旨。

讲到这里，章一民看了看手表，已是下午一点了。他立即收住了话题，向大家表示歉意。“对不起，讲得太长了。这次就到此为止吧！我的讲话，没有回答同志们的具体问题，只是从宏观上讲了一些看法与观点，但愿能对同志们有所裨益！”

会场里立即响起了雷鸣般的掌声。禹宪铎等校级领导纷纷过来同章一民握手致谢，并异口同声地称赞：“讲得太精彩了！真是听君一席话，胜读十年书。”

突然，禹宪铎的脸色拉了下来。他走过来轻轻拉了拉章一民的衣角，向礼堂后边一个正在低头匆匆离去的人努了努嘴。

“谁？”章一民不解地问。

“朴志海！这人是不请自到的。刚才，你作报告的时候，我远远瞧见后排有一个人低着头、压低了帽檐，不停地记录，旁边似乎还放了一个袖珍录音机。我觉得不像是本期的学员。现在看清了，竟然是他！”

章一民心中一沉。“夜猫进宅，无事不来！本不想作文字整理，现在看来不得不防有些人的害人之心。这样吧，我今天的讲话，你还是要亲自整理成文字并复印几份备用，讲话录音带也要妥善保存以应不测。剩下的嘛，就由他去吧！”

二十四

按照省委的统一部署，在2008年的最后两个月内，三江省下属的七个地级市和省会天源市都必须完成党委和政府的换届工作。这五年一次的大换届，当然就成了三江省政治生活中的一件大事。为此，各行各业、方方面面的人物，都闻风而动，紧张而又悄然无声地运作起来，从而牵动了上下左右和城乡八方。

有的人，由乡镇向县、地、省城奔跑，有的人由省城到县、地、乡镇忙碌，还有一些人则急着向周围的地、县（市）发力，当然还有不少人注意在本单位内部狠下功夫。

于是，令狐毅、于振天、单会涛、艾观波等常委的办公室和家里，天天门庭若市、热闹非凡。怀着各种目的前来拜访、面谈的人络绎不绝。说来也奇怪，章一民是省委的专职副书记，又是分管组织人事工作的，可他的办公室及住处，却人影萧疏，门可罗雀。据坊间传言：这个人油盐不进软硬不吃，不能去找，找了不但于事无补，反而可能会惹来麻烦！在旁观者看来，这一切都像是一场战争，亦颇似城市在传统节日期间的一次庙会。

省委书记令狐毅十分重视这次地（市）级党委政府的换届工作。因为这是下一步省委省政府换届的基础。何况，他更想用一场重大政事的完美结局，为自己的职业生涯画上一个圆满的句号。因此，他老是害怕出事情，担心出问题，期冀一切都能在稳定、平静中进行。国庆期间发生的几起事件已令他大吃一惊，绝不能再生事端了。所以关于这次地（市）级的换届工作，他要亲自抓、亲自部署，还挨个同地（市）的主要领导谈了话，提出了明确的要求。同时，为及时发现矛盾，总结经验，更好地指导面上的工作，他又点名让五岭市作为试点先走一步，明确该市十月下旬开始筹备，到十一月中旬完成换届。本来他一直在犹豫是否安排章一民负责试点工作，恰恰这时，单会涛却来了个毛遂自荐抢着要去。老书记虽有点不放心，但也不好驳回，就顺水推舟同意了。毕竟单会涛也是省委副书记嘛！

据说，单会涛在同于振天多次交换意见后，对五岭市的这次试点工作信心满满，并移动大驾，破天荒地到五岭市住了几天。

11月19日，五岭市的换届工作正式结束。20日上午，该市市委、市政府连同市人大、市政协领导班子的名单，堂而皇之摆在了省委每位常委的办公桌上。

章一民看完这份名单，胸中的怒气直往上冲。昨晚，他收到一封匿名举报，揭发这次五岭市的换届选举是一次明目张胆相互勾结、集体行贿的选举，并列举了一系列事实。他对这封匿名信将信将疑，不敢妄断。今天看到这份五岭市新一届四大班子的领导名单，他震惊了。别的不说，单就他认识的几个人，亦足以说明问题。

五岭市市委书记乐天夫，市长常占谊，在今年七月的大地震中不能与全市人民同甘苦，共命运，躲在省城迟迟不敢现身，群众对此反映强烈。本应现场追究他们的责任，但于振天、艾观波等人竭力为他们辩护。岭溪县县委书记鲍依安、县长殷时亮在地震发生后，不顾百姓死活，竟恬不知耻地带领全家躲了起来。这是典型的临阵脱逃和渎职失职的行为。章一民当场就要撤了这两个人的职务，后因有省主要领导出面干预，才让他们戴罪任事。在五岭市换届前，省委在讨论该市的四大班子时，曾形成一个倾向性意见：五岭市这次换届时，乐天夫、常占谊、鲍依安、殷时亮都不能再在主要领导岗位上任职。但从眼前的这份名单上看，这次换届却是反其道而行之，不仅常占谊当上了市委书记，而且乐天夫还被推荐为副省长人选。鲍依安、殷时亮也分别升任五岭市委副书记和市政府副市长。更让人匪夷所思的是，这几个人的得票率竟均在百分之九十以上。反观在地震中舍生忘死、日夜奔忙，受到广大群众爱戴的原五岭市的领导连石松、耿留成、左秩铁、汪鸣道、任一介，竟无一人进入新一届的四大班子。章一民越看越愤怒，愤怒之中又夹杂着一股寒气。这些人竟如此大胆，公然冒天下之大不韪，向人民挑战，向党挑战！他“啪”的一声把名单摔在桌子上，双手撑着桌面，浑身嗦嗦发抖。怎么办？这封举报信中的内容看来是真实的，然而信却是匿名的，如果找不到举报人当面作证，这封信也就难以为凭了。另外，这件事一旦查实，又是一件震动全国的丑事。令狐书记会怎么想？他可是把保晚节保平安离退看得重于一切的。这件事他能支持一查到底吗？种种迹象表明，这次选举舞弊的背后，隐藏着一个巨大的黑幕，不排除省内某几个高官是幕后的黑手。有些人至少是事先知情却又装聋作哑，妄图先造成既成事实，然后逼省委承认，让令狐书记吞下这枚苦果。可眼下该如何对待这个案子呢？从各方面的情况判断，有些人正在孤立自己。按职责分工，自己无法也不可能直接查办。让省纪委出面固然顺理成章，可他们有这个胆量一查到底吗？此时此刻，章一民思绪万千，怒火中烧，同时又伴随着种种无奈、忧心和痛苦。先把这封匿名信径呈令狐书记再说吧！如有必要，自己再直接向中央反映。决心一定，章一民反倒沉下心来。

这时，秘书小强走了进来。他看了看章一民，悄声说："刚刚接到通知，令狐书记让您立即到他的办公室开会。"

令狐书记的办公室在省委办公大楼的顶层。章一民有好长一段时间没有光顾这间办公室了。今天他一跨进室内，立即感到气氛凝重、异常。令狐书记坐在桌后，双眉紧蹙，铁青着脸审看着同样的一封匿名信和一份五岭市换届后形成的四大班子成员名单。旁边的沙发上坐着于振天、单会涛。噢，是一个书记碰头会！章一民心里一下子明白了，他拉过一把椅子，斜坐在令狐书记的对面。

"你们都见到这两份东西了吧？"令狐书记扬了扬信纸和名单，声音有些嘶哑。"如果这件事真如匿名信所述，那将是我们三江省的奇耻大辱，我也就无脸面对中央领导，更无法向三江父老交代！今天，我们开书记紧急碰头会，研究一下处理意见。"

"我看匿名信上的东西不能相信，这是有人故意捣乱。

五岭市的这个试点是我自告奋勇去抓的。我专门去了几天，同五岭市的领导认真做了研究，进行了精心部署，不可能会发生集体舞弊的事情！”单会涛依旧衣冠楚楚，白净的脸上满是坦然。

“那这个名单呢？这里面至少有四五个人，违背了省委的决定，还报称他们在选举中均得了高票。”令狐书记抬头紧盯着单会涛，口气出奇的严厉。“但凭你去了几天，就能断定不会发生此类事情？”

“我看不用大惊小怪。这也是民意嘛！既然代表们在大会上投了票，选出了四大班子的成员，岂能单凭这封匿名信就把代表们的投票结果一下子推翻！如果推翻了，下一步该如何收场？”于振天手里捧着一杯茶，跷着二郎腿自顾自地侃侃而谈。

“民意？谁的民意？如果匿名信中讲的事情是真的，还能说是民意吗？”章一民不紧不慢地顶了一句。

“是真是假，要查一查。今天请大家来，就是要讨论一下如何查。我当然希望这是子虚乌有、虚惊一场！”令狐书记心里很苦，但又不能不这样表态。

听到令狐书记这样的表态，室内一片沉默。章一民此时心如明镜。尽管他坚决支持严查，但在目前的这种形势下，自己是不能率先表态的。否则，既会开罪于振天、单会涛，也会让令狐书记如法炮制国庆期间的做法，让自己负责去查。章一民不是害怕去查，而是必须要有尚方宝剑。这个尚方宝剑就是省委的明确支持，至少也应有在场的几位书记、副书记的一致同意。而从于振天、单会涛刚才的发言判断，事情并非如此。何况，即使有了今天与会几位的一致支持，真要查清事情真相也绝非易事。多年的从政经验告诉他，此案一旦严查起来，势必会触及、牵扯到全省上上下下、左左右右的一大批位高权重的人物，必将在三江省引起一场政治地震，自己也会再一次被推上风口浪尖。种种迹象表明，一些人已把自己看成是他们升迁路上的绊脚石，一股要搞垮自己、搬开自己的暗流正在形成。这些年，许多得罪人的事情都让他去干了，得罪的人已经够多了。这次如果他再去牵头查办此事，肯定又要冒犯到许多人。过去得罪的人和将要冒犯的这些人，更会沆瀣一气，相互勾结，耍尽一切手段，把自己置于死地。其后果不仅仅是整倒了自己，而且还会改写三江省换届时的人事安排大局。

这时，令狐书记办公桌上的保密红机电话响了。他拿起听筒一听，脸上立即堆满了谦恭和尊敬。听筒里传来了中纪委主要领导的洪亮嗓音："令狐同志啊，五岭市换届选举集体舞弊一事，你们已得到消息了吗？"

"得到了，我们正在开书记碰头会专门研究。"

“中央主要领导和中纪委主要负责同志这两天都收到了实名举报，举报人已到了北京。我同举报人已见了面、谈了话。初步判断，这件事可能是真的。这可是新中国成立以来从未发生过的政治事件。中央主要领导指示我们，一定要严肃查办，一查到底，决不姑息。由中纪委牵头组成的中央工作小组已经动身，今天中午即可抵达天源。这个案子以工作小组为主查办，但省里也要派一位得力的副书记，带上省纪委、省组织部的部分同志协助工作。还有，这件事还要请你令狐书记亲自坐镇，不要护短，也不要有不必要的顾虑，下定决心一查到底！”

令狐书记放下听筒，头脑里先是一片空白，继而袭来的则是阵阵寒意与悲哀。真是越怕越有鬼，怕什么就偏偏来什么！又一个可怕的事实被证实了，自己心里原存的一份侥幸也荡然无存了。自己这几年一直期待的要在今年年底完美落幕的设想，看来是要落空了。弄得不好，将在三江省惹得人人唾骂、天怒人怨。人们会指责自己在省委一把手位子上的政绩，会质疑自己的能力、人格和人品，到头来势必把自己搞得灰溜溜的，无法抬头面对三江父老。令狐书记越想越烦恼，越思越泄气。痛楚、无奈、孤独、伤感，如一把把尖刀，无情地刺扎着他的心，切割着他的自尊和面子。他瘫坐在椅子上，仰面长叹，后背上沁出一层冷汗，眼睛里滚动着泪珠。

“中纪委领导怎么说？”章一民把茶杯送到令狐书记面前，轻声提醒。

“噢，对不起！”令狐书记身子一震，立即觉察到自己的失态。他低垂眼帘，把中纪委主要领导在电话里的指示复述了一遍。

听罢令狐书记的转述，于振天、单会涛如五雷轰顶，心慌意乱，不知所措。于振天万万没有想到事情会捅到北京，会惊动中央主要领导。纸是包不住火的！中央工作小组一旦来查，五岭市这次换届的黑幕可能就遮不住了。黑幕一旦被揭开，肯定会暴露自己和手下的一帮人。怎么办，怎么办？当务之急是要赶紧谋划自保之计。于振天，不愧为久经官场的老手，内心虽心急如焚，表面上却能装得平静如水。单会涛就不行了，一听说中央要派工作组来，便傻了眼，心中七上八下，脸上汗如雨下。他后悔自己当初不该自告奋勇，抢着去搞五岭市的这个试点，更后悔自己不该同于振天这些人搅在一起，被他们操纵着在五岭市拉选票，受贿赂，大搞幕后交易。这些事，虽不是自己的主意，自己也很少亲力亲为，可毕竟自己是代表省委去抓试点的，怎么能脱掉干系？事情真相如果查明，肯定会追究自己的责任。到了那个时候，自己如何向北京几个一直关心自己仕途命运的老领导交代？自己下一步的升迁恐怕也是凶多吉少要泡汤了。思及这些，单会涛已顾不得自己平时十分在意的外表，变得如同芒刺在背，坐卧不安了。唯独章一民在此时此刻仍安之若素，气定神闲。他十分拥护中央的决定，更清楚有了中央的干预，这个案子一定会查个水落石出，一些败类肯定会受到应有的惩处。

看到眼前这三个人的不同神态，令狐书记黯然神伤。他心里清楚，此事肯定同于振天、单会涛有所牵连。到底牵连到什么程度，他不愿想，也不敢想。单会涛倒好说，反正他是要被调走的，对三江省今后的政局影响不会太大。可于振天就不同了，他现在是省长、省委第一副书记。自己已经两次向中央建议，今年年底三江省党政换届时，由他接替自己，担任省委书记。如果他这次被卷进此案，不但直接影响三江省下一步的省级人事安排，而且中央领导也会认为自己用人不察，识人不准，败坏自己一向珍重的为官形象。对章一民，不知什么缘故，一年多来自己对他就是没有好感。按理说，章一民现为省委的专职副书记，将来由他接任于振天的省长空缺，并无不妥，可自己就是不愿作出这样的安排。章一民这个人桀骜不驯、恃才傲物，不听自己的话，多次伤害自己的自尊与权威，也不大体谅他这个将要离退下来的老书记的心事，既在生活上不大关心他本人，也极少照顾自己的家庭。在这些方面，章一民同艾观波、于振天比，可差远了，这也许是隐藏在令狐书记内心的一个不能明讲的心结。与此同时，令狐书记又不得不佩服章一民的清廉刚正、多谋善断和敢作敢为。国庆期间的三起群体事件，多赖章一民的现场处理。换了别人，绝不会干得如此漂亮。也正因为如此，他对章一民的态度同对单会涛、艾观波他们还是有区别的，在内心深处坚持着对章一民可用但不可重用的原则。刚才，中纪委主要领导在电话里要省委派一位得力副书记协助办案，派谁呢？派单会涛、于振天？绝对不行！那么剩下的，就只有章一民了。想到这里，令狐书记对自己在调兵遣将方面的如此处境，不禁感到尴尬和好笑。

“中央要求我们派一副书记协助办案，你们三位都是副书记，谁可以去？”令狐书记头都没抬，沉声问道。

“我手里工作太多，不能去！”于振天第一个表态。

“年底以前，宣传口有几件大事要抓紧落实，我实在抽不出身来。”单会涛恢复了常态，耸了耸肩膀，满脸正经。

“那，就剩下一民了。怎么样，一民？”令狐书记眼神复杂地盯着章一民。

事情的发展果如自己所料！不过，此时此刻章一民的心情也颇为纠结，虽不情愿却又无法推辞。

“我看，就这么定了。依据目前的情况，只有章一民同志去最合适。我相信他也一定能够坚持原则完成任务。至于省委组织部和省纪委要抽谁去，由一民同志选定。在整个办案期间，章一民同志直接对我负责，你们谁也不许干预！”令狐书记表情平淡，口气却出奇的严厉。

中午，令狐书记和章一民到机场迎接中央工作小组。小组组长是中纪委副书记甄书戴，副组长是中组部副部长储子建。在机场，甄书戴组长当场宣布，章一民也担任工作小组副组长。之后，中央工作小组连市区都未进，在机场便餐后，即乘坐一辆中型面包车赶往五岭市。

从令狐书记处回到自己的办公室，于振天着实动了一番脑筋。为今之计，只能大事化小、小事化了；能瞒则瞒、能拖则拖，实在不行，最后再来个舍车保帅。主意已定，他即来到单会涛办公室，当面告诉单会涛，一切该做的善后事宜均由他负责安排，单会涛只需在中央工作小组面前装糊涂，一切都往五岭市市委、市政府的头上推就可以了。同时，于振天还表示，不管将来出了什么问题，都不会把他单会涛牵扯其中，请其尽管放心，沉住气静观事态变化。

单会涛正在发愁不知如何是好，听了于振天的一通话，就如同吃了定心丸，惶恐不安的心顿时平静下来。

可五岭市那边该如何办？于振天仍是放心不下。想同五岭市通一下电话，却又顾忌在电话里讲不明白也不便多讲。

自己亲自去一趟吗，目标又太大，弄不好会引火烧身。如何办才好？看来，最稳妥的方法，是派一个自己信得过、又能干的人前往五岭市，躲在幕后替自己坐镇指挥。可派谁去呢？几个人影在他脑海里迅速闪过。突然，办公室桌上的电话响了。于振天抓起话筒一听，里边传来矫揉造作的女人的声音。心里一阵狂喜，怎么把这个宝贝忘了，她可是当下适合去五岭市灭火的不二人选。

“哟，是宛秋啊？好久不见了，怎么样，身体还好吗？”

“当然是我了。我再不打电话，你就会把我忘得一干二净了。”听到于振天的问候，房宛秋的身子麻酥酥的，声音愈加娇滴滴、腻歪歪了。

“宛秋啊，我正有重要事情找你。你今晚有空吗？有空，那好！晚上七点，在老地方见面。”

晚上七点，于振天一个人来到了望月楼一号楼顶层的包房。一打开房门，扑鼻飘来一种淡淡的似兰若梅的清香。他立即猜到房宛秋已经提前到了。他刚刚拉亮房灯，房宛秋就从门后扑了过来。她熟练地脱下浴衣，露出赤裸裸的胴体。灯光下，只见她肤如凝脂，又柔又滑。已是近五十岁的女人了，皮肤还像少女一样，白皙细嫩，仿佛可挤出水来。她先是紧紧抱住于振天，双唇猛扣在他的嘴上，又吸又吮。接着又三下五去二地剥掉于振天身上的衣服，两人赤条条地扭在一起。房宛秋一对又大又挺的乳房像两只大白兔，在于振天身上乱冲乱撞。于振天迅速亢奋起来，欲火狂烧，无法自抑，把房宛秋拦腰抱起，轻轻地放到床上……

于振天玩过不少女人，有的还是青春少女，但在这些女人的身上，从未得到像房宛秋这样美妙的快感。这也是为什么直到今天，他还喜欢同这个半老徐娘寻欢做爱的原因。不知为什么，这个女人性欲一直很强。有人说她常服雌性激素，亦有人说她爱用女性伟哥。刚才的疯狂似乎并未令她心满意足，她双眼色眯眯地瞟着于振天，双手不停地在于振天身上从上到下地摩挲，双唇配合着对他再次狂吻。于振天惬意享受着她的折磨与挑逗……许久，房宛秋从于振天身上滑下，两只白嫩的胳膊紧紧地搂着他的脖子，半条玉腿搭在他的身上，双眼半闭，一副昏昏欲睡的娇态。见状，于振天乐了，也有点急了。他轻轻拍了拍房宛秋的脸蛋。“喂，不能睡，我们还有正经大事没谈呢！”

“什么大事？”

“五岭市市委、市政府换届的大事。”

“怎么啦？”

“怎么啦？出了大事了！”

“不可能吧？”房宛秋的眼睛仍眯成一条缝。

“此事被人捅到了中央。中央工作小组今天中午已到了天源，眼下正在赶往五岭市的路上。此事的真相一旦查出，你我都得完蛋！”

“啊！”房宛秋一屁股坐了起来。“那怎么办？”她长期以来，一直把于振天当作自己的靠山，也始终认为今年省委换届时，省委书记非于振天莫属。到时候，水涨船高，自己当了五年的副省长位子也可能会动一动。近几年，这个女人在经济大潮中完全迷失了方向，丢掉了灵魂。在她眼里，世上的一切都是假的，唯有权力、金钱是真的。她认为，对于一个女人来说，最厉害的武器是美色和性爱。在市场经济里，一切都是商品，包括女人的美貌和身子。在现在的人际圈子里，性爱是硬通货，只要付出有方、使用得当，权力、金钱、名望均可随手得到。她暗暗庆幸自己有一个美妙的身材、一副姣好的容颜和长盛不衰的性欲。为此，她早已把陪男人睡觉看成是一种社交手段，当作自己巧取权力和金钱的通道。这些年她对于振天百般逢迎，主动以色相勾引，一方面是因为在性欲上她需要于振天这样威武强壮的男子。另一方面，也是更重要的，她意识到自己毕竟已是徐娘半老了，一个女人的风光要走到尽头了，只有紧紧抱住于振天这棵大树，抓紧加以利用开发，才会为自己今后的仕途锦上添花。自己以后的发展，没有于振天这样的大树和靠山是不会有希望的。五岭市这次换届时搞的一些名堂，虽有人私下向她透露过，但她从没想到同于振天有这么大的干系。她意识到了问题的严重性，虽然心中隐隐不安，但已下决心拔刀相助。

“怎么办？现在只有靠你了！”

“靠我？只要能对你有用，上刀山下火海，我都在所不辞。”房宛秋美丽的大眼睛中透着决绝。

“事情还没有那么严重，完全可以挽救。”他把房宛秋拥在怀里，在她嘴上又长长地亲了一口。“我现在不能直接出面，只能请你去五岭市代我布置一切。我已向乐天夫、常占谊打了电话，让他们一切听从你的指挥。具体办法有几个：一是封口，要用钱和其他办法封住所有知情人的口；二要销毁一切不利的证据，甚至可以重新制作相关记录，要做得严严实实、天衣无缝；三要动用一切手段，力求把大事化小，小事化了；四是若实在不行，就让乐天夫、常占谊，还有鲍依安、殷时亮把责任承担下来。对他们，大不了撤职，最不济是到监狱里蹲上几年。只要我当上了省委书记，他们还不会重见天日、官复原位吗？如果我倒了，他们可就万劫不复了。孰轻孰重，让他们好好掂量。这几点，你要分别向他们四个人当面说清楚。”

于振天的一番话，把房宛秋说得浑身发凉，胆战心惊。在她的为官生涯中还从未碰到过如此惊心动魄的事情。女人有

时是盲目的，但往往又是十分敏感的。她清楚自己上于振天的

这只祸船已经太久了，现在船已驶入远离岸边的深海区了，想往回返已绝无可能了，只有横下一条心顶风破浪往前闯了。于是，她一咬牙，朗声而答：“好，我明天早上就动身！”

“不行，现在就得动身。明早就晚了，一定要赶在中央工作小组之前布置一切！”

房宛秋二话没说，跳下床急忙穿衣。于振天从背后抱住她。“亲爱的，我的身家性命全押在你身上了。你现在已接替了经显声的位置，是分管城乡建设工作的副省长，对外就讲，你已报告了省长，是去五岭市检查指导震后重建工作的，这正好掩人耳目。去时，不要多带人，只带上秘书即可。到了五岭市之后，不要住市里的招待所，可到邻近的岭溪县住下。这样既可避免同中央工作小组的人碰面，又显示出一种廉洁、实干的作风。但记住，你只能同我刚提到的四个人见面。你不用主动相约，他们会上门找你的，其他人一概不见。关于对灾后重建的检查、指导工作也要假戏真做，争取能待上一周。你要时时刻刻细心观察形势，有什么特殊情况，可让秘书带信回来交给我。另外，一定要改掉你平时爱打扮、爱招摇、乱讲话的毛病，务必处处小心，事事谨慎，千万不能给我添乱子、帮倒忙。如果这次能迈过这一坎，我对你一定会重重酬谢。”

“怎么酬谢？”房宛秋早已为于振天的举动、言语所感动，心里也十分佩服眼前这个男人。遇到这么大的事情，尚能临危不乱指挥若定，且心思又如此缜密，安排得滴水不漏，对自己又如此信任和倚重。能结识上这么一个男人，也算不负此生，可谓值得、满足了！想着想着，她眼中已挤满了泪水。听到于振天还要重重酬答自己，心中顿时又涌出一股暖流，不由得破涕为笑。

“你说呢？”两人又拥抱在一起……

中央工作小组到五岭市已经三天了，案情却毫无进展。第一天，工作小组领导约乐天夫、常占谊分别谈了话，得到的结果却惊人地相似：一切都是按省里的部署进行的。当问乐天夫为什么鲍依安、殷时亮会当选副书记、副市长时，他泰然自若地说，事先报省委审定的五岭市的市委市政府领导建议名单中并没有这两个人。但在选举时，在300名代表中竟有280人投了这两个人的票。没办法，我们只好尊重代表意愿把他们两人上报省委。小组领导又问，你投了这两人的赞成票没有？乐天夫断然回答说没有，还补充说，投票结果出来后，他和市长常占谊也感到不可理解。常占谊还说他也没投这两个人的票。当小组领导问常占谊，在省委没有事先指示的情况下，是谁决定推荐乐天夫作为省级领导的候选人时，常占谊解释说：“这是代表们主动提议的。在表决时，有280位代表在选票的书记栏中划掉乐天夫换上我的名字，同时在旁边写明建议他任省委副书记或省政府副省长。选举结果出来后，乐书记十分生气，曾找我商量，考虑重选，被我拒绝了。之所以拒绝，没有别的原因，就是觉得如果重选，动作太大，会影响五岭市的稳定和正在进行的灾后重建工作。”

第二天，工作小组要求查看代表们的选票。市委组织部的负责人先是推三阻四，后来又煞有介事地猛找了一番，最后回答说：找不到了，可能已销毁了。销毁了？甄组长和储副组长勃然大怒。“你们知道吗？按规定，这选票至少要保留一届，即五年。你们说找不到，可能销毁了，这是为什么，不是明摆着心中有鬼吗？”市委组织部的领导也知道这样讲实在太荒唐，就一个劲地低头认错：“我们也觉得有点荒唐、蹊跷。原来选票是封存在档案室里的，不知为什么却突然失踪了。”

第三天，小组的所有成员一齐出动，分别找代表大会秘书处的负责人和工作人员谈话。这些人几乎是异口同声地说，在会议期间，他们没有发现有行贿受贿一类的不正当行为。况且，他们的职责，只是负责大会会务的服务工作，至于其他，就一概不知了。实在没办法，在第三天晚上，小组找来了写举报信的两个人，让他们提供线索。这两个人说，向他们提供揭发材料的会议代表是五岭市西城区的李书记和岭潭县石牛镇的镇长牛祖福。可这两个人，这几天都神秘地失踪了，谁也不清楚他们的去向。至此，一切相关线索都断了。大家都隐隐感到，一张无形大网正牢牢地罩在工作组的头上。一切都似乎被这张大网隔绝了。

第四天上午，中央工作小组召开了全体组员大会，让大家畅所欲言，分析讨论前三天的工作，研究今后如何破局。大家发言十分踊跃，虽一致认为肯定有问题，可却苦于提不出任何切实可行的突破办法。甄、储两位组长表示，这确实是一个谋划周密的大案，但再周密也会有缺口和漏洞，劝大家要坚定信心，沉下心来，再坚持几天肯定会有结果。最后，甄组长以诚恳的口气询问章一民："一民，你曾在五岭市工作过，对这个地方和三江省的情况都比我们熟悉，你说说看，下一步我们该从何处下手？"

对于中央工作小组三天来工作的进展，章一民看在眼中急在心里。他十分同意甄、储两位领导的判断，肯定是大案，但案情却被人掩盖得似乎天衣无缝，足见对手的狡猾与奸诈。听到甄组长询问自己，他理了理这几天反复琢磨过的思路，讲出了自己的看法。"我同意两位领导的判断。说老实话，案情的复杂程度超出了我的预料。工作小组是从机场直奔五岭市的，根本没有中间环节。但从各种情况来看，对手已先于我们一步，作了精心的应对安排。据此，我建议改变一下工作方法，把明察与暗访结合起来。明察的重点可放在殷时亮身上。这个人，我比较了解：私心重、能力低、胆子小。应该是整个案子的知情人，但绝不是核心人物。只要注意方法，反复晓以利害，他十有八九会扛不住的。为此，从今天下午起，请甄组长、储副组长共同出面，轮流找他谈话，中间禁止他同任何外人联系。我估计，过不了今晚，这个人就会交代的。与此同时，请求两位组长批准，让我单独活动一天。我有几个朋友，平时做事虽很低调，但交游甚广，我想私下拜访拜访他们，争取能让他们提供一些证据和线索。工作小组这次来五岭市，对外没有公开目的和来意，可以说没几个人了解我们在干什么。许多人可能正在冷眼观看，一些知情人也许还躲在暗处悄悄揣摩我们的态度。我们不妨干脆把网撒开，每位组员做好分工，夜以继日开展工作，分别约参加党代会、人代会的每位代表和会议工作人员谈话。我的建议对这类人较适宜，见到效果可能会快一些。”

甄、储两位相互对看了一眼，赞许地点了点头。“一民同志的想法很好。在工作局面没有完全打开之前，这是唯一可行的办法。还是那句话，大家一定要坚定信心，积极工作，沉着应付。事情的成败往往就在这最后的坚持之中。好，现在大家就分开行动吧！”

回到自己的办公室，章一民立即拨通了叶隐泉的手机。

十年前，在章一民的介绍下，叶隐泉来到三江大学美术学院任教授。他现在的住处“无名堂”，也是在章一民等几个朋友的帮助接济下筹资建成的。叶隐泉平日以素食为主，然离不开好酒名茶。叶隐泉待人的最高规格，是请其到自己的“无名堂”尝酒品茗。至于下酒菜肴则始终如一：一盘煮花生米，外加两只苹果。叶隐泉到三江美术大学任教后，性格逐步发生变化，从以往的落寞讷言变得愿意同人交往闲谈。特别是同丁寒诗离异后，他变得格外喜欢邀人聊天，且一旦兴起，常常海阔天空，每每有惊人之语。说来也怪，许多人反而愿意和这个怪人交朋友。渐渐地在叶隐泉周围形成了一个不大不小的朋友圈，圈内汇集了各行各业的各色人等。叶隐泉本不想掺和绘画以外的任何事情，但仍挡不住五花八门的信息塞满了耳朵，真成了“秀才不出门，却知天下事”的能人了。每隔一个月，章一民就带上一瓶好酒，来到“无名堂”同他大口喝酒，伴着的是天马行空的神聊。酒罄之后，两人就转入对书法、绘画的切磋，每每直到深夜方挥手而别。在叶隐泉眼里，章一民这个做官的，同他人不同，性格没被官气淹没，真情没让岁月蚀失，身上仍存留着农民的朴实风骨。所以，两人虽地位职业不同，却相互引为知己，视为挚友。叶隐泉常谓他人：在三江官场中，他只认章一民这个朋友。

对方手机里先是一阵古琴彩铃，接着传来一个老气横秋的嗓音："喂，哪一位？"

"我，章一民。"

"啊，一民呐，我正到处找你呢！"

"找我？"章一民有点奇怪。

"哎，好朋友，我想死你了。上个月有人给我寄来两斤'天仙'稀种绿茶。这是今年刚刚试种成功的顶级香茗。此人告诉我，今年全国只产了五斤，给我寄来两斤。我一收到茶，就马上想到了你这位老兄，有好事我们俩当然要分享啦！所以我马上以特快专递的方式给你寄去了一斤，不知你收到了没有？"

"什么时候寄的？"

"上星期！"

"噢，我记起来了。上周末我收到了一个特快专递包裹，可打开一看，里面什么都没有。原来是你老兄寄的呀？"

"什么，包裹是空的？请稍等，别挂电话，我查一查！……哎，这就对了。两斤茶不多不少都还在我书桌上。看来是没有寄出呀！"

"哈哈，你这个马大哈！"章一民捧腹大笑。"看来，真得找个人，替你管管家了。"

"别，别，千万别替我找。如果真找了，说不定一出门，我就会把她也忘掉了。哎，一民，你现在大驾何处？”

“在五岭市。”

“在五岭？是出差？”

“是。你今晚有空吗？”

“恐怕不行吧，好朋友！现在手头有两件大事让我忙得不可开交。”

“哪两件大事？”

“第一件大事，我正在赶写明年世界社会学诺贝尔奖的获奖感言。这可是要到瑞典皇家大厅去讲的。事关国家声誉，马虎不得！这次我可是下了大力气啦！”

“什么，诺贝尔奖获奖感言？”章一民知道是假，乃忍不住问了一句。

“正是。我用尽十年心血，写了一部社会学专著，书名嘛，暂定为‘中国两千多年的包办婚姻为什么会成功，兼论中国女婿与丈母娘的关系’。”

“你肯定能得奖？”章一民明知故问，有意调侃。

“肯定，当然肯定，百分之百肯定。我的这部专著涉及古今中外的一个社会学大课题。几个国外的著名学者都给予了很高的评价。我这回可真要为中国人争一口气了！”

“人家都是获奖后再写感言。你倒好，八字还没一撇，却先写起了感言。”

“我岂能同他们一样，中国与外国什么时候一样过！我就是要先写好，等他们来请。”

“那第二件大事呢？”

“你不知道？北京这几年雾霾严重，生态环境已不适宜居住，所以正在酝酿迁都。迁都的候选城市中，天源市算一个。中央有一位领导知道我在天源，就通知我代搞一个方案。你说这件事大不大？”

“大倒是大，不过全是胡咧咧，小心会办你个造谣蛊惑罪！”

“行了，行了，这两件事都不用你这位老兄多费心了。哎，听说你来五岭已三天了！”

“你怎么知道？”

“本人能掐会算。要不怎么会有许多人称我为‘叶神仙’呢！三天前我沐浴焚香，夜观天象，见一道黑虹横犯紫微，即推知五岭必有大事发生！”

“好了，别胡扯了。我预祝你争取诺贝尔奖成功！今晚八点，我要到你那个‘无名堂’走一趟，有要事相求，请在家静候！另外，依据你的标准，替我约几个信息灵通人士晚上一起相见。”说罢，即关上了手机。想到他刚才的这番戏闹，嘴角上不由得浮起了一层笑意。叶隐泉以往的种种趣闻逸事、坎坎坷坷，又一一闪现在脑海……

二十五

“叶隐泉，你给我滚出来！”

屋外的一阵阵高声叫骂，把叶隐泉从迷迷糊糊的睡眠中惊醒。他昨晚在医院里守了一夜，天亮时才回到了家里。叶隐泉不情愿地看了看手表，时针还未到九点。本不想理会这些吵闹，继续睡自己的大觉，无奈门外的叫骂一声高过一声，容不得他再睡下去。于是，他伸了一个懒腰，打了几个哈欠，慢腾腾套上衣服，连头发也顾不上整理，就趿着鞋过去开了门。

门外站着两个满脸横肉的彪形大汉，地上放着一块木板，木板上躺着一位自己昨晚服侍过的、奄奄一息的老太太，周围则是一群看热闹的市民。叶隐泉扫了一眼，顿时明白个中原委。昨天下午，自己开着一辆破车去北郊看望一位生病的朋友，回来时穿过一处十字路口时，红灯亮了，他赶紧刹住了车。突然，从车前下方传来几声老人的呻吟。叶隐泉闻之大惊，慌忙下车察看，见是一位老太太横倒在自己的车前。老人骨瘦如柴，眼窝深陷，脸上叠满了褶皱，穿着一身又破又脏的衣服，蜷伏在地上一动不动，仿佛已昏了过去。叶隐泉心中一阵惊怕，急忙一边呼叫一边试着把老太太扶坐起来。这时，猛然从路旁的树林里蹿出两个肥胖健硕的男子。他们不由分说一把揪住叶隐泉的衣领，硬说是他撞坏了老太太，并逼他赔偿所有损失。叶隐泉向四周望了望，不见警察的身影，想让旁边的两个路人为自己作证，他们却都摇摇头避开了。无奈之下，叶隐泉向两个大汉提出，眼下救人要紧，应先把老人送医院检查一下。如果有伤，自己愿意承担老人的医疗费用。两个大汉对视了一眼，觉得无法拒绝，就同意了。医院经过检查，确认老人身上没有被车冲撞的伤痕，可能是受到惊吓，一时失去了知觉，建议留院观察一晚，如无反复，明早即可出院。

这时叶隐泉才弄清，这两个大汉原来是老太太的两个儿子，一个叫赵大强，一个叫赵二强。当晚，叶隐泉一直守在医院。期间，医院一个上了年纪的护士了解了有关情况后，曾好心地提醒叶隐泉，可能是遇上“碰瓷”的人啦，并劝他对下一步的处理一定要谨慎小心。这让叶隐泉有了警觉。与此同时，赵大强也多次找叶隐泉嘀咕，说只要他肯赔偿两万元，就可以私了此事，以后的一切均由兄弟俩负责，不用叶隐泉操心了。事情到了这个地步，按理说叶隐泉也应该明白其中的“奥妙”了吧！可他一来听了护士刚才的提醒后多了一个心眼，二来他又偏偏认死理、一根筋，实在看不惯这两个浑球的嘴脸。于是，他就告诉赵大强，明天应请交警大队来评判，该自己承担的，别说两万元，就是十万元他也不含糊。否则，一分钱他也不会拿。赵大强听他说得如此决绝，就没再说话，拉着弟弟扬长而去。而叶隐泉呢，则趴在老太太床边守到了天亮。天亮时，老太太眼里闪着泪花说话了：“孩子，你是个好人，快回去吧！不然等我那两个浑球回来，你就脱不了身啦！”听老太太这样讲，叶隐泉心里十分激动。他起身为老太太订了早餐，又去同医院结清了账。在临近早晨七点半的时候，叶隐泉才拖着疲惫不堪的身子回到了家里。

上午八点，赵家两兄弟赶到医院一看，不见了叶隐泉的身影，顿时火冒三丈，高声谩骂。最后两人一合计，就雇了两个农民工，把老人抬到了叶隐泉的家门口。路上，这两个混蛋连劝带吓地叮嘱老太太，一定不要多嘴多舌乱讲话。否则，他们就再也不管她了。

“赵大强、赵二强，你们这是干什么？光天化日之下，想公开耍赖讹人吗？”

“撞伤了人，就得赔偿。你想就这么轻轻松松了事，门也没有！”

“你们想如何了断？”

“只能按我昨晚说的办。不过，由于你这个人缺乏解决问题的诚意，今天我要把原来定的数目翻一翻！”赵大强伸出了右手，把翘起的手指由二变成四，觍着一副无赖的嘴脸。

“什么，翻一翻？那我就借用你刚才的一句话，门也没有！”

“好，既然你无情，就别怪我无义。咱们就骑驴看唱本——走着瞧吧！”赵大强无理搅三分。

“这样吧，我们在这里争来争去，也争不出个结果。我看，我们还是到交警大队去，让他们评断吧！”叶隐泉心里明白，今天是秀才遇上兵，有理说不清了。

“什么，去交警大队？事情如秃子头上的虱子——明摆着的，责任在你，用不着再请人评断，还去交警大队干什么？你愿意去你就去吧，老子决不奉陪！”赵二强一蹦三尺高，手指几乎触到了叶隐泉的鼻子，唾沫星子喷了他一脸。

叶隐泉是第一次碰到这样难缠的事，这样难缠的人，脑子飞快转动，也想不出个万全之策。再看看周围，又找不到一个可以帮助自己的人。眼下开学在即，自己有许多教学任务必须马上开始准备，已没时间和精力同这样的家伙纠缠下去。再说，如此吵闹下去，影响不好，也有损自己的颜面和声誉。算了，还是拿钱消灾吧。想及此，他抬头狠狠地瞪了两兄弟一眼。“这样吧，咱们当着周围这些人的面问一问老大娘。如果老大娘指定是我撞了她，我就按你赵大强的要求如数支付赔偿款。倘若不是这样，那就对不起了，请你们这两位好儿子乖乖地把老大娘抬回去！”说罢，不等赵家两兄弟答话，即俯身向老太太询问。

老太太从昨天下午事故发生的那一刻起，就一直处于愧疚和不安之中。她原是一家国营制药厂的工人，三十岁丧夫，一个人费尽千辛万苦把大强、二强扶养成人，并先后为他们娶了媳妇。五十五岁时老人在厂里办理了退休手续，靠每月近千元的退休金维持生活。俗话说，娶了媳妇忘了娘，老娘放在墙头上。两个儿子结婚之初，尚能善待老太太。不料好景不长，两对夫妇就变脸了，对老太太的态度也越来越坏，经常摔盘子摔碗，给老人脸色看，时不时还指桑骂槐地公开训斥。最后竟演变到经常让老人受冻挨饿的地步。厂里原来分给老太太的一套两居室让两个儿子、儿媳占上了，老人一年四季只好栖身在屋外墙角胡乱搭就的破草棚里。老人爱面子，再苦再难都咬碎牙往肚里咽。有几次老人曾萌发了轻生的念头，但每次都被厂里的几位好心的姐妹劝阻了。老人今年已七十五岁了。上个月厂里为退休老工人做体检时，发觉老人得了子宫癌且是晚期。这下，两个儿子慌了。他们谁也不想为老人治病，更怕老人死在自己家里。过去，他们还盯着老人每月近千元的退休金，现在一看有点得不偿失，就把老人当成了一个包袱。兄弟两人推来推去，谁也没勇气尽尽孝心。最后，两人结成“统一战线”，关住门悄悄合计了许久，终于想出了“碰瓷”这出闹剧，企图把老人这个包袱转嫁到他人身上。

对于两个不孝儿子的这种行为，老人心知肚明，既气且急却又无能为力。昨晚，她虽然闭着双眼佯装昏了过去，但却一直在暗中观察着叶隐泉的一言一行。今天上午，两个不成器的混蛋又把她抬到叶隐泉的家门口，厚颜无耻地大耍敲诈勒索的勾当。这让这位正直的老人又羞又愧，愤恨难忍。她认定叶隐泉是个好人，不能再任由这两个猪狗不如的儿子为虎作伥，帮助他们欺负好人。为此，也不能再顾及可能给自己带来的什么后果了。想到这里，老人慢慢地坐了起来。

“大强、二强，你们两个混蛋听着，这位叶先生的车根本就没撞到我，一切都是你们两个事先预谋好的。唉，家门不幸啊！没想到我们赵家会出你们这两个孽子！你们快给我滚！

从此以后，我们之间一刀两断。我今后的一切不用你们再费心啦！权当我从未生过你们这两个败类！”

老人的话，如晴天霹雳，震撼了周围的人，感动了叶隐泉，也大大激怒了赵家两兄弟。“好，你这个老东西，既然把我们说得没有人样，那以后咱们就桥是桥、路是路，各走各的阳关道吧。你说谁好，就让谁管你好啦！”言毕，两人拍了拍屁股，撇了撇嘴，扭着肥胖的身躯，大言不惭地走了。

见两个儿子离去，老人颤栗着挺起身来，慈爱地端详了叶隐泉一阵，向他深深地鞠了一躬。“两个不孝的儿子给你添麻烦了，我这个老太太在这里代他们向你表示歉意。你是个好人，好好地安排你的生活吧，不要再管我这个行将就木的人了。”说罢，老人开始艰难地挪动双腿，打算离开此地。见状，叶隐泉“咚”的一声跪了下来。“大娘，你是非分明、大义凛然，令我这个晚辈十分敬佩。你现在身患重病，不能走，就在我家住下来。我一定像对待亲娘一样，为你治病祈福、养老送终！”说毕，即请围观的两个小伙子帮忙，把老人送进自己的画室安置下来。

这时，叶隐泉的妻子——丁寒诗，风风火火、怒气冲冲地闯了进来。“叶隐泉，这是怎么回事？”

“怎么回事？你没长眼睛？我要尽做儿子的责任，为老人看病治病、颐养天年。”

“难道你眼睛瞎了，这么个破家，往哪里安置她？”

“我已安排她住进了我的画室。”

“叶隐泉，你别忘记，这个家还有我的一份。没有我的同意，她这个外人，决不能住进来！”

“外人，谁是外人？从现在起，她就是我的亲娘！”

“那好，这个家有她就不能有我，有我就不能有她。你看着办吧！”丁寒诗恼羞成怒了。

“没有什么要看着办的，她必须在这个家待下去！”

“那我……我走！”

听到两个人争吵，老人扶着墙壁从画室里挪了出来。“孩子，你们不要吵了，不要为我这个土埋半截的老太婆伤了和气。媳妇，你不能走，还是我走吧！”

“不行，大娘！我叶隐泉堂堂七尺男儿，一口唾沫一根钉，说话历来算数。我说你是我亲娘、亲妈，就是我亲娘、亲妈。我说要为你治病调身、养老送终，就得信守承诺，照做不二。有人不同意，请其自便！”

丁寒诗听后打了个冷颤。自从同叶隐泉结婚以来，还是第一次听他讲出如此决绝、如此无情的狠话。两人闹矛盾已经很久了，彼此间爱情的火花早已奄奄一息了，自己对叶隐泉也越来越失望了。看来，他并不是自己心目中所希望的男人，该分手就分手吧！丁寒诗越想越气，一甩手，愤怒地把一只茶杯摔到地上，气急败坏地冲进卧室，发疯般收拾自己的东西。五分钟之后，她提着一只箱子，悻悻地离开了家门。叶隐泉冷冷地望着她的背影，既不相劝也不阻拦。

在以后的日子里，叶隐泉不折不扣地履行着自己的诺言，尽心尽意地实践着做儿子的孝道。他把老人数次送进医院，为她进行放疗与化疗。无奈癌细胞已扩散到老人的全身，无力回天了。在老人病危的那段时间里，叶隐泉衣不解带，昼夜侍奉在侧。老人去世后，他又依照老人的遗愿，在乡间为她买了一块墓地，并在墓前树了碑。叶隐泉这些做法，一时间在天源市传为佳话。

叶隐泉自幼酷爱绘画。1985年，经过严格的文化考试、绘画展示和当面测试，他终于跨进了梦寐以求的北京一所著名美术大学的殿堂。梦想的实现，为叶隐泉注入极大的前进动力；学业上的如愿以偿，使他浑身充满了激情；对绘画艺术的挚爱与追求，又使他产生了无穷无尽的力量。所以，在大学四年里，除了学校安排的野外写生和观摩活动外，不管春夏秋冬节日假期，他一直不浮不躁地沉醉于绘画的天地。在导师的引导下，他遍临学校收藏的古今名画，博览各种相关理论专著，潜心探究、钻研各个流派的笔墨神韵。特别是在大学的最后两年，他更集中精力，专心于对齐白石晚年画风的体悟与揣摩，进而又上溯至石涛、八大山人、龚显、董其昌、徐渭、倪瓒、黄公望、董源、巨然和吴镇等多位大家。功夫不负有心人。随着时间的推移，他的绘画水平大长，笔墨技法日臻成熟。他的毕业巨制作品《黄山云烟》，集中体现了他大学四年在“外师造化、中得心源”道路上的所学、所悟、所得。此幅画作，布局空旷、苍远，构图冷峻、豪放，立意超逸、沉雄。笔法上融合了皴擦、点苔、矾头、攒聚诸法，减笔、破笔兼用，既有细笔白描又有粗笔写意，极尽变幻莫测之奇。墨法方面，则把七墨、六色、五彩发挥得淋漓尽致，远用渴墨，近施泼墨，宿墨浸淫云海、积墨浓染山川，浓淡枯湿相参，黑白虚实互辅，从而使画面疏朗大气，酣畅空灵，如诗如歌。此画一出，立即在校内外引起广泛轰动，也得到了全国国画界的一致好评。此后，他又一鼓作气连续推出长卷《江山万里图》和《蒹葭飞鸿》两幅力作。这两幅作品虽系传统体裁，但他在画法上均有所突破，每每于跌宕中见俊逸，疏放中显规范，在直抒胸臆、挥洒自如的同时，充分展现了他对中国水墨山水画炉火纯青的功力，并给人以耳目一新之感。为此，这两幅作品均在全国举行的年度展览中斩获金奖。于是，叶隐泉声名鹊起，誉满画坛。1992年，叶隐泉被学校评定为优秀青年学术带头人，破格提拔为教授，并奖励他一套两室一厅的住房。

除绘画外，叶隐泉还有两大爱好：古琴和围棋。细说起来，这两个爱好竟是他在不经意间学会的。

1989年初夏的一个晚上，月朗星稀，良夜迢迢，清风徐来，杨柳依依。白天刚举行了毕业典礼。典礼的隆重、毕业作品的成功，让叶隐泉神清气爽、惬意自得，尽享收获的愉悦。晚饭后，他一个人在校园的林荫小道上漫步，突然从远处飘来一阵舒缓沉郁、似咏似叹的琴声。这种琴声他以前从未听到过。它如二胡、柳琴般呜呜咽咽，又如琵琶、古筝般苍苍切切。此音意境悠远，令人神摇心动。叶隐泉好奇心大起，不由自主地循着琴音觅去。大约一刻钟之后，他来到一片树林的尽头，只见一座简易平房的大门洞开，房内中央摆着一条长案，案上点着两支红烛，燃着一炉檀香，案后端坐一位老者。放眼望去，只见老者一身白绸衣裤，雪发盈头，美髯飘垂过胸，神态洒脱若仙。此时此刻，老者仿佛进入物我两忘的境界，双眼半闭，神情专注，两手在一件三尺见长的乐器上，或按或勾或弹或抚或挑或抹，手指下流泻出阵阵美妙绝伦的声律。叶隐泉如遇仙人，似闻神音。他生怕惊动老者，蹑手蹑脚小心翼翼地移入房内，坐在一只矮凳上侧耳倾听。老者视而不见，旁若无人，自顾自沉心弹奏。老者所奏之音，时而挺拔，时而低沉；时而如行云流水，焕然散淡；时而似雨过天晴，中正平和；时而宛如漠野风啸，苍凉悲壮，如泣如诉；时而又若静江扬帆，境怡神爽，从容闲适。不知什么时候，乐止曲终，老者长身而立，轻拂齐胸美髯，信步踱到叶隐泉面前。这时，叶隐泉仍沉醉于曲韵之中，还在细品袅袅绕耳不断的余音。

“小伙子，你爱这乐曲？”

“爱，十分地爱！”叶隐泉闻声抬头，见老者站在自己面前，连忙站了起来，多少有点惶恐地回答：“声音如此苍远、曼妙，不啻天籁之音！”

“小伙子，你叫什么名字！”

“我姓叶，名隐泉，是旁边美术大学的毕业生。老人家，您贵姓？台甫？”

“老朽姓耶律，名一石，字老草，是你们的邻居——音乐学院的老师。”

“这种乐器叫什么名字？”

“它是中国的古琴。在中国的文化长河里，这件乐器已流传三千多年，堪称中国最古老的乐器。春秋战国时，楚国人俞伯牙最善弹琴，钟子期最识琴音。一个善弹，一个会听，于是成就了高山流水觅知音的一段佳话。他们当时所弹所听的就是这种妙琴。据考证，这古琴有于周，臻于汉。长三尺九寸，宽六寸，以桐木为面，梓木为底，有弦七根但无柱。它形制优美，声色苍古。最好的古琴，应是雷击后的桐木制成。东汉蔡邕曾以被雷击烧焦的桐木制成一把好琴——焦尾琴。传说三国嵇康曾有名琴‘奔雷’。史载他临刑前仍索此琴，泰然弹奏一曲《广陵散》。之后，此琴与《广陵散》绝矣！目前传世的古琴中，比较有名的是宋琴‘八极引’和‘霜天铃铎’以及明代张氏兄弟所制的两张古琴。”

“真是‘泠泠七弦上，静听松风寒’，‘一声已动物皆静，四座无言星欲稀’。老人家，您是何时学操古琴的？”

“我本人的专业是古筝和洞箫，与古琴虽有相通之处，但毕竟不是同门。之所以学习古琴，也是为了弥补一点遗憾。由于种种原因，这古琴几近失传。这些年，我和几位老伙计，不忍让这件中国优秀传统音乐中的瑰宝埋没泯灭，就下了点功夫，研究了古琴的制作方法，整理汇集了一批琴谱，也学着试弹了几下。由于喜爱再加上耳濡目染，竟也能弹上几曲。但术业不精，实在有愧于这件乐器。今天是老朽的八十寿辰，为躲避时下颇为流行的祝寿俗举，特逃到这里求得一份安静。顺便弹奏几曲，聊以自娱自乐自慰。不想让你这位小老弟听到了，见笑了！”

“老人家，我是搞中国水墨山水画的。对音乐我是门外汉，但总觉得诗与画通，画乐互音，乐径入心。寄意琴音，悠然林下，也算是一种美妙无双的享受了！”

“小老弟识见透彻。世上常谓器乐三相：声、音、韵。三者在境界上是一层高过一层的，发乎心，忘乎情，得乎性。知声者为能，识音者为才，通韵者为神。与琴相守，固然寡而淡泊，却能吐出胸中的情愫和衷肠。”

“老人家，能否教我弹奏古琴？”叶隐泉望着老者的慈眉善目，不知为什么对老者突然产生了一种亲近之感，心里一激动就提出了这个要求。

“真愿学？”

“真愿学！”

“那好，我愿意倾囊相授。君子以钟鼓道志，以琴瑟乐心。不过，我们之间不是什么师徒关系，只是一位老人和一位青年后学的切磋行为。再说，按我的水平，实在无资格收徒。”

“老人家，不管您怎么说，我都认定您就是我的师傅了。”

“那我们就算成交。你以后每周日晚八点，准时到这里来。为期暂定一年，风雨无阻。”

在此后的一年里，按照两人的约定，一个教得认真，一个学得刻苦。叶隐泉原本天资聪敏，悟性又高，所以很快就掌握了古琴演奏的基本技巧，再加上他私下的勤奋练习，不到一年，已把古琴弹奏得像模像样了。

光阴似箭，日月如梭，转眼就到了1990年的初夏。早晨起来，不知为什么，叶隐泉的眼皮就跳个不停，心情也特别烦躁，冥冥中总觉得有什么大事发生。正思虑间，猛然响起了一阵急促的敲门声。他打开房门，见一个五十多岁的中年人站在门前。

“你是美术大学的叶隐泉先生吗？”

“正是本人。请问有何贵干？”

“我父亲耶律一石前天晚上无疾而终了。当天午饭后，父亲把我叫到书房，递给我这个木盒和这把焦桐古琴，嘱咐道：如果我有不测，你一定要帮把这两件东西亲自送到隔壁美术大学中国画专业的叶隐泉先生手中。”

“怎么，老人家驾鹤西去了？”

来人沉痛地点了点头，郑重地把两件老人的遗物递到了叶隐泉手中。叶隐泉手捧木盒和古琴，涕泗交颐，满目漫漶，痛不欲生。打开木盒一看，里面装满了老人整理、誊抄的古琴曲谱。再瞧那古琴，正是老人家生前使用的那把。据老人说，这把琴就是用雷击过的桐木制作的，虽年代不远，倒也难能可贵。叶隐泉再三抚摸琴身，真是慨当以慷，忧思难忘，契阔谈宴，心念旧恩，清天难补，空有余音，止不住又是一阵放声大哭。哭后细思，更体会到老人对自己的挚爱，更理解了老人对自己的一片苦心。老人是希望他能在继承和发扬古琴艺术方面多做一些有益的事情。叶隐泉暗下决心，此生此世决不辜负老人对自己的期望。念及此，他忙抬起头，想向老人的儿子再询问一些后事料理的情况，可举目四望不见人影。看来，儿子做事的风格同老子一模一样，默默地来，又默默地走了。

叶隐泉与围棋的缘分，也是出于偶然。一次，一位好友来访，见他作起画来，每每如醉如痴废寝忘食，超然物外忘却一切，一画就是几天几夜，担心这样下去会毁掉他的身体。为此，这位朋友就劝他要学会调节，比如可以找人聊聊天散散步品品茶，亦可与人对弈上几盘围棋。叶隐泉当时只是一个耳朵进一个耳朵出，并没有放在心上。不料几天之后，这位朋友竟给他送来一副上好的云子、一本《围棋入门》和一册《围棋棋谱》。一天晚饭后，他一边用茶一边随意翻了翻《围棋入门》和《围棋棋谱》。谁知不翻则罢，一翻则又翻出了他的好奇之心。围棋是中华民族智慧文化的结晶。孔子、孟子也多次讲到围棋。没有其他任何一种娱乐器具能如围棋这样，充分体现中国人精神层面的东西。19道直线，19道横线，361个交叉点，一黑一白两种棋子，对弈起来却能生出莫测高深的千变万化，演绎出神鬼难辨、历数难尽的变局。它既文静又激烈，既简单又复杂，既中国又世界。两人对阵，被美称为“对弈”“手谈”“座谈”“忘忧”，彬彬有礼，雅中透玄。一旦起手，则生死相搏，互为攻守，占势掠地，打劫做眼……对弈者惊心动魄，观赏者头晕目眩。

凭着天生悟性，叶隐泉一下就被围棋中的布阵谋局、阴阳相对、黑白相间、虚实相承之术所吸引，这不是同山水画中的构图、布局，立意及布黑留白一脉相通嘛！为此，他兴致大发，开始了一番认真的钻研，再加上这位朋友的耐心指导，他的棋艺突飞猛进，很快在北京的业余围棋圈里就有了名声。不过，叶隐泉心里十分清楚，绘画永远是自己的主业，对这份主业绝不能有丝毫放松。至于古琴围棋，对自己的绘画主业来说，只能是一种辅助和调节而已。正因为如此，他每弹古琴必在夜深人静、作画疲倦之后；动动围棋也只在茶余饭后的闲暇。偶尔也同到访的好友摆上一局，但绝不沉溺，并谢绝参加任何比赛。

1991年的春天，他经不住画界朋友的再三邀请，第一次向学校请了两天假，带着一幅画作，赴广州参加“1981—1991全国优秀山水画作品展”。谁知他前脚刚下飞机，后脚就收到了自己的绘画导师拍来的电报，电报上只有四个字：速返，半池。半池是他导师石淹的名号。叶隐泉阅之大惊，一点不敢怠慢，即乘当晚航班返回。第二天清晨，他连早饭都没顾上吃，就慌慌张张赶到了导师家里。进屋一看，老师正半坐半卧在床上，见叶隐泉进来也不理睬，只是虎着脸，垂目休憩。石淹老师已届孟夫子之年。他一生专攻、专授中国国画，其艺术造诣在国内首屈一指，在世界同行中也享有极高的赞誉。他为人低调，治学严谨，对己苛严，对学生也是如此。叶隐泉是他的关门弟子。大学四年中，他在叶隐泉身上倾注了大量心血，期之甚、要求更甚！四年中，他从未公开夸过叶隐泉，对其各种习作乃至对他赖以成名的《黄山云烟》，也只说了四个字：尚可入目。昨天下午，一个老友来看望他，闲谈中他得知叶隐泉已飞往广州参加展览，顿时勃然大怒，立即要女儿发出电报，让叶隐泉即返。叶隐泉从老师的脸色上，看出了老师的不悦，仔细一想，很可能与自己去广州有关。他不敢多言，赶紧跑过去坐在老师的床边。

“听说，你去广州举办展览啦？”老师一脸怒气，仍是头也不抬。

“老师，我不是去办展览。我只是带着一幅作品去参加展览。举办展览的是中国文联，名称叫‘1981—1991全国优秀山水画作品展’。”

“隐泉，你是不是觉得有几幅作品参展获奖了，就自以为了不起了，老子天下第一了？”老师语气冷若冰霜，字字如铁。

“没有，没有，我绝没有狂妄自大之念。只是这一次，我没经得住朋友们的劝诱，忘掉了老师的一贯教导。我错了！”

“现在的艺术界，浮躁成风，物欲横流，不少人已迷失了方向。我是担心你也误入歧途啊！”老师见学生认错了，口气遂放缓了许多。

“我一定以此为训。老师，请放心，这样的事，今后决不会再发生了。”

“隐泉啊，中国的国画，特别是水墨山水，有近两千年的传统。你现在只是初涉其中，学到了一些皮毛，与真正的融会贯通、立异创新还差十万八千里！我对你的希望，是在全面继承中，把中国特有的水墨山水画艺术推向一个新的高峰，上对得起先辈，下可引领来者！这，你懂吗？”

“我懂，我懂！一定谨记您老人家今天的教导！”

“我十岁开始学画。屈指算来，从事中国水墨山水画这门艺术已七十多年了。可我一直羞于有学而不精、有教而不深，尽管自谓没有懈怠和偷懒，仍每每感到与自己一生的追求相去甚远。对于你们和同辈，虽尚可说上尽心，但夙夜扪心，则常常愧疚交织，于心不甘。你天资聪慧、多才多艺又悟性甚高，是我几十年见到的少有的几个优秀学生之一。可一个人要获成功，特别是对搞中国水墨山水画的人来讲，固然要有天赋，但还必须要能勤奋刻苦，必须要再加上时间和实践。我这一生目睹了不少天赋不错的学生，但其中真有大成者，几乎无人可数。原因嘛，就是缺少了勤奋与刻苦，忽略了时间与实践。一些人急于成名成家，急于标新立异，结果自己毁了自己。前事不忘，后事之师。对此，你一定要引以为戒，决不能重蹈一些人的覆辙！”

听到老师的这些肺腑之言，叶隐泉十分自责和难过，深感自己有负老师的一片苦心。“我一定铭记在心，没齿不忘！”

“我老了！最近一段时间，自感身体状况与日急下，恐怕来日无多了！我这一辈子的遗憾、无奈颇多。唯一自慰的是，在晚年碰到了你这位弟子。这里有两本笔记，里面记录了我多年从事绘画实践的心得和体会。现在，送给你了，拿去看看，也许对你会有所裨益。”

叶隐泉接过笔记本，高兴、激动、感激、自责、沉重的思绪汇成一股急流涌上心头。品味老师的话语，仿佛有临终相托之意。他心中大惊，眼睛里闪着泪花，深情地望着老师。

“隐泉，我对你有三点要求，不知你是否有决心有毅力做到？”

“哪三点，请老师明示！”

“第一，不送画，第二，不卖画，第三，四十岁以前不搞个人画展！”

“我保证百分之百做到！另外，我想再加上一条：四十岁以前不结婚。”

“好，好，好！”老师高兴得几乎要从床上跳起来，脸上绽开了心满意足的笑容。

三天之后，石老师因突发脑溢血，抢救无效驾鹤西归。噩耗传来，叶隐泉关上房门大哭了一场。从此之后，这“四不”就成了叶隐泉从艺的戒律，决心以践行这四条戒律作为对恩师的报答和回酬。不过，这“四不”戒律也为他以后的生活和事业招致了一系列的麻烦与灾祸。

叶隐泉身材颀长，体格健硕，前额宽广明净，面孔白皙红润，双目炯炯有神，配上高挺的鼻梁和微微上翘的两个嘴角，尽管他平时不事修饰，衣衫也常常沾满了斑驳墨迹，但仍掩不住他的帅气和风度翩翩的气质。叶隐泉的帅气加才气，特别是他在画界崭露头角、声誉鹊起之后，自然让美术大学和邻近音乐学院的女生们十分心仪。于是，在一个时期内，以种种借口接近、观察叶隐泉的姑娘，如蜂缠蝶恋、络绎不绝。面对这种艳遇，叶隐泉牢牢贯彻“四十岁以前不结婚”的戒律，始终心静如水，神清气定。对女士们的造访，来者不迎，去者不送，不冷不热，淡然处之。久而久之，多数姑娘都明白了叶隐泉的态度与真意，自然也就畏而止步了。这时，有一个叫丁寒诗的女人却主动贴了上来。

丁寒诗是北大中文系的学生，长叶隐泉三岁，毕业后到美术大学任教，承担学校的公共课——中国文学的部分教学工作，讲授中国古典诗词。名如其人，丁寒诗身上确有一些浪漫的情趣，诗人的气质。她爱美爱才也爱钱。她心底里有一宏愿：下定决心，排除万难，此生一定要找一个貌美、才俊、富有的丈夫，既要成就美好的姻缘，又要保证婚后生活的舒适与浪漫。而这一切，在叶隐泉身上似乎都能得到。这位女士身上的部件，单个看来均称不上雅观，但这些部件却巧妙地安装、布置在她的身上。它们拼凑得恰到好处，装配得又如此和谐得当，以至于让人整体观之，觉得这个女人仪态可人，别有一番风韵。经过一番认真谋划之后，丁寒诗即开始了行动。起初，她当然也打着向叶隐泉学画的名义。她每次到叶隐泉画室造访的时间，都选在晚饭后。进屋后并不多谈，只是帮他沏茶、倒茶；每次待的时间均不太长，一般都在半小时左右，然后就知趣地走开了，而这正好是叶隐泉休息完毕，开始作画的时间。后来，她每次都把造访的时间稍微延长一些，每次除沏茶品茶之外，话题中又很自然地增加了不少有关中国文学和古典诗词的内容。当她得知了叶隐泉的两个业余爱好后，马上又下了一番苦功，了解了相关知识，这自然在两人相处时又平添了几分谈资。再往后，她开始装作漫不经心地为叶隐泉打扫打扫房间，整理整理画室，偶尔还为他洗上几件衣服。开始时，叶隐泉对这个女人仍搬用前面的做法，不冷不热不远不近。稍有不同的，是他的感觉。他感到这个女人处事比较得体、比较知趣，并不令人生厌。常言讲，女人是最敏感的，工于心计的女人更是如此。觉察到叶隐泉态度上的这些微妙变化，丁寒诗就加快了进攻的步伐。在保持每晚造访的基础上，又增加了节假日帮叶隐泉买酒做饭、陪他开怀畅饮的项目。不知不觉间，她同他之间的交往已持续了一年有余。

1992年的除夕之夜，北风凛冽，风冷如刀，夜寒似冰。漫天的鹅毛大雪，在风中飞舞飘落。刹那间，苍苍茫茫，洋洋洒洒，模糊了天地间的一切。叶隐泉伫立在窗前，兴致勃勃地欣赏着窗外的雪花，侧身细听它们落地的飒飒之音。三江省好久没下雪了。除夕之夜，白雪突然造访，无疑是锦上添花，加浓了节日的气氛。叶隐泉凝视着琼屑碎玉般的雪花，触景生情，一时诗兴大发，随口吟出一首《听雪》的诗来：

任由潇洒落，从容布梅馨。
习习近传远，飒飒悄来近。
绵绵浑无意，姗姗吐清音。
滋润天地间，淡泊是本心。

掌灯时分，丁寒诗穿着一件白色的羽绒大衣，蹦蹦跳跳地闯了进来。她左手提着两瓶茅台酒，右手拎着两只刚刚出炉的烤鸭，大衣口袋里还装着几支红色蜡烛。进屋之后，丁寒诗脱掉大衣，麻利地切好烤鸭，打开了酒瓶，点上了蜡烛。叶隐泉见丁寒诗如此进屋，又如此忙碌，不由得回头多打量了她几眼。

此时，丁寒诗上着一件薄薄的红色低领羊绒长衫，下配一袭米黄色细毛短裙，脚蹬一双红色高筒皮靴。裙边遮住了少许的大腿，剩下的美腿则在靴沿上方闪着白光。短裙紧紧裹着她那滚圆后翘的臀部，低领羊绒衫内，两只圆形丰乳，高耸坚挺，若隐若现。乌发及肩，上面还隐隐挂着几朵未来得及融掉的雪花。可能是在外边受了点冻，此时刚刚缓过劲来，她的脸红通通、柔嫩嫩的，俨然熟透了的苹果。彤衫黄裙，红靴丰臀，乌发秀乳，笑靥如花，在烛光的映衬下，让丁寒诗整个人显得格外亮丽鲜艳，魅力四射。叶隐泉是第一次这样仔细打量丁寒诗，也是第一次发现她竟有如此的倩影美姿，一时间有点心旌摇动，人也愣住了。

这时，丁寒诗已大方地坐在了餐桌前。看见叶隐泉对自己似痴似呆的神态，心里一阵暗喜，立即装出一副害羞的样子，把头埋入羊绒衫的低领之中，旋即又抬头笑眯眯地斜睨着叶隐泉，挺了挺凹凸有致的胸脯，连连闪了闪媚眼，最后干脆娇滴滴地飘到叶隐泉跟前，牵起他的一双大手，把他拉坐到自己的身边。是夜，叶隐泉丢掉了平时的矜持，也忘却了与女性应保持的距离。对丁寒诗的举杯相邀，可谓来者不拒。待两瓶酒见底，叶隐泉已头晕目眩，身子一软，就溜倒在桌下。

初一的凌晨，雷鸣般的爆竹声把叶隐泉从沉睡中惊醒。他头痛欲裂，口干舌燥，想爬起身来找杯水喝。不料一伸手却触到一堆润滑柔软的东西。低头一看，丁寒诗正像一条白嫩的鳗鱼，一丝不挂地蜷伏在自己的胸前。再看看自己，也不知什么时候被脱得赤身裸体。他大吃一惊，身上的醉意一扫而光。他忽地坐起身来，急忙寻找自己的衣服。这时，丁寒诗醒了，她伸了伸蛮腰，打了个哈欠，色眯眯的眼神在叶隐泉的身上荡来荡去。

"这是怎么回事？你怎么在这里？谁把我的衣服脱光了？"叶隐泉又惊又怕，向丁寒诗发出一连串的责问。

"是谁？亏你还有脸说！"丁寒诗若无其事地把身子往叶隐泉跟前靠了靠。"你昨晚喝得酩酊大醉，狂耍酒疯，不但扒光了自己的衣服，还把我剥得干干净净。我极力劝拦，哪能挡住你那身蛮劲。临了，你把我抱到了床上，不由分说就把我压倒在你的身下……下面的事，还要说吗？"丁寒诗娇装羞涩，低垂下双眼。

"天哪，我怎么这么浑！"叶隐泉紧揪着自己的头发，心中懊悔万分。

"得了吧，你们男人都是这样，得了便宜还卖乖！"丁寒诗娇媚地笑了笑，嗲声浪气地说着，同时伸出两条鲜藕般白嫩胳膊紧紧地圈住了叶隐泉的脖子，红柔的厚唇急急地靠了过来，猛地压在了叶隐泉的嘴巴之上，两只熟透的水蜜桃般的傲乳，又坚又挺，一个劲地在他身上狂蹭猛撞。叶隐泉第一次接触女人，第一次经历这样的场面，一时间心慌意乱，不知所措。但他毕竟是一个血气方刚、精力正旺的男人，也有七情六欲，身上也潜伏着一种对性欲的渴望，哪禁得起丁寒诗的这番挑逗。他顿时感到呼吸急促，血脉偾张，浑身燥热，脑子一阵昏晕，情不自禁地搂紧了丁寒诗柔滑光嫩的胴体，不可遏制地迎合了她的撩拨。一阵云雨狂欢之后，叶隐泉心中升起了一种后怕和无奈。可丁寒诗呢？胸中则充满了如愿以偿的喜悦与满足。

这件事发生后，丁寒诗想趁热打铁，一再催促叶隐泉快点举办正式婚礼。他对此一再婉言推却。两个半月后，丁寒诗把一张医院的化验单摆在了他的面前。化验单上赫然写着：已怀孕。叶隐泉脑子轰然一声炸开了。忆及老师临终嘱托和自己定下的“四十岁以前不结婚”的戒律，心中万分愧疚和自责。他呆坐在画案前，花了整整一个晚上冥思苦想，却怎么也想不出个万全之策。看来，只有吞下这枚苦果，面对现实了！于是，他同丁寒诗办理了正式结婚手续。

叶隐泉成名后的最大烦恼之一，就是来向他索画的人，一批接着一批，络绎不绝。对此，他坚守同老师订下的“不送画、不卖画”的戒律。好友向他要画，他每每耐心解释；校系领导向他讨画，他也是认真说明原因；一些校外领导向他索画，照样说明理由予以婉拒。后来，有人妄言，叶隐泉拒绝送画，可能是要让人用钱来买。于是，就有一批朋友、领导向叶隐泉出钱买画，也被他断然拒绝了。再后来，还有人散布叶隐泉拒绝售画的原因，是嫌出价太低。随之，就有一些人躲在幕后，指使一些企业家或一夜暴富的商人频频光临他的住处，声称愿意高价买画。叶隐泉对此啼笑皆非，依旧说明原因照拒不误。20世纪90年代，经济大潮排山倒海，令许多画家包括美术大学的一些教师、学生，纷纷高价售画，甚至弄虚作假，欺世盗名。不少人一夜之间赚得钵罐大满，成了千万富翁、亿万富翁。对此，叶隐泉一概视而不见，听而不闻，无动于衷，心静如水。期间，也有一些好心人劝他趁画价猛涨之机，举办个人画展，出售个人作品，既可成名又可致富。对此，他严守“戒律”，毫不犹豫地回绝了。一次，一位系领导未经他本人同意，将其两幅作品送出展览。他得知后，大发雷霆，逼着这位领导把他的作品中途撤出。面对叶隐泉的这些所作所为，赞同者少，持疑者多。相当多的人认为，叶隐泉是个放着大把大把的钱不赚的傻瓜，是个典型的明明有出名的机会却又偏偏弃之如敝屣的疯子！还有一些人把他看成是个不近人情、不食人间烟火的书呆子！更糟糕的是，他的这些做法，莫名其妙地也得罪了朋友，冒犯了同事，触怒了领导。如此一来，叶隐泉周围的人际关系渐渐地变了。一些同事对他敬而远之了，一些朋友也不同他来往了，不少领导对他的态度也日益冷淡、疏远了，过去来来往往的学生身影也不见了。不知不觉间，仿佛有一张大网把叶隐泉罩了起来，让他陷入一种形影相吊、茕茕孑立的境地。叶隐泉精于绘画却不谙人间百态。他对这些情况的感觉是迟钝的。直到有一位挚友告知真相后，他才似有所悟。在静心严肃地考虑了几天之后，他又恢复了故态，依旧我行我素、埋头作画、厉行“三不”了。

叶隐泉在美术大学的处境，由于妻子丁寒诗的不断搅和，越发变得每况愈下。结婚初期，丁寒诗还算本分，曾有几个月的时间，她颇为安心地履行着一个做妻子的责任，后来就原形毕露、面目全非了。丁寒诗之所以不择手段骗取同叶隐泉的婚姻，固然有相貌、才气的因素，但更多的还是瞄上了他的身价和背后的财源。结婚之后，她发觉叶隐泉除绘画之外，从不涉足任何社交活动，对旅游观光之类的事情毫无兴趣。俩人日常相处，除偶尔谈及中国古典诗词时爆出几个兴奋点外，在其他方面很难找到共同语言。这同丁寒诗原来所期冀的浪漫潇洒的生活大相径庭。时间一长，心中就感到同这样的男人共同生活实在乏味，缺少情趣。尤其令她不能容忍的，是叶隐泉始终死守“不送画、不卖画、四十岁以前不办个人画展”的戒律。目睹学校和周围的教授、画家，因卖画而有了小车，有了豪华的住房，有了花天酒地的生活，丁寒诗每每心里奇痒难忍，眼馋得死去活来。为此，她劝过叶隐泉，也同他争吵过，但一切都如对牛弹琴，毫无成效。这让她对自己的婚姻大失所望，曾一度产生过同叶隐泉尽早分手的念头。可转念一想，又觉得如此分手，自己无异于鸡飞蛋打，人财两空，也太便宜了叶隐泉！经过一番盘算谋划，决定不再同叶隐泉商量，自己动手，抓紧利用叶隐泉这块金字招牌多做文章、多捞钱。从此之后，丁寒诗变得十分忙碌了。她以叶隐泉妻子的名义，广交校内外画家，频繁同一些领导接触，在绘画圈内上蹿下跳，最后又干脆同人合伙，在琉璃厂旁边租了两间铺面，开了个“新萃轩”，专门收购国内年轻画家的作品出售。鉴于叶隐泉的名声或其他方面的原因，据说生意还挺兴隆。本来，叶隐泉对她的这些行径一无所知，也从不过问。如果她别再贪心，就这么波澜不惊地干下去，也许两人之间还会相安无事一段时间。谁知丁寒诗越干胆子越大，捞钱的心也越来越膨胀，更有两件事触及了叶隐泉的底线。首先，她为了讨好、逢迎系里的一个领导，背着叶隐泉，把他的一幅心爱之作赠送给了这位大人。接着，又把他的两幅作品拿出，分别以叶隐泉和两位校系领导共同创作的名义参展。后来，她又进而把叶隐泉的两幅成名之作拿到琉璃厂出售。这些事叶隐泉一直被蒙在鼓里。

一天晚上，唯一还同叶隐泉保持密切来往的一位挚友，带着一本美术画刊，到家里同他下棋。行棋之间，这位朋友突然问叶隐泉："嫂子怎么还未回来？"

"天晓得！不知又疯到哪里去啦！"

"嫂子不是已怀孕六个多月了嘛，要劝她多加注意，不要影响了肚子中的宝贝。"

叶隐泉心中"咯噔"一声，脑子里立即生出了一个大疑问，顿时失去了把棋再下下去的兴趣。

这时，这位朋友又仿佛不经意地摊开了画刊，指着其中的两幅作品笑问："隐泉，你什么时候开始同这两位领导合作创作了？"

叶隐泉低头一看，顿时目瞪口呆，火冒三丈。

"隐泉，你最近开始卖画了？"

"没有，绝对没有！"

"上星期，有人告诉我，琉璃厂的一家公司最近收购了你的两幅力作。我不信，特跑去认真看了看，真是你的作品，不像是别人的仿作。"

"什么？"叶隐泉惊得背上直冒冷汗。他急忙跑过去打开一只樟木箱，一阵急翻之后，发觉那两幅力作确实不翼而飞了。"这个坏女人，这个王八蛋！"叶隐泉气得面色发青，一扫往日的儒雅，破口大骂。

送走了这位朋友，叶隐泉气愤难平，人像疯了一样，绕室乱转。恰在这时丁寒诗风风火火地从外面跑了进来。叶隐泉一把抓住她，让她坐到了床上。他自己则盯着她的肚子看来看去。丁寒诗的肚子平平的，一点也看不出孕妇惯有的凸鼓。叶隐泉再笨，也一下子明白了丁寒诗欺骗了自己。“丁寒诗，六个多月前，你告诉我已经怀孕了，怎么到现在，你这个肚子还毫无动静。你老实说，这是怎么回事？”

丁寒诗做梦也没想到，这件事会在这个时间、以这种方式被揭出真相。她心里一阵慌乱，咬了咬牙，抱着叶隐泉的双腿扑通一声跪在地上放声大哭。“是医院弄错了。医院把另一个女人的化验结果错当成了我的。一个月后我去复查时，他们才告诉了真相。我本想早点告诉你，又怕你产生误会。隐泉，我是真心爱你的，现在我们已正式结为夫妻了，再追究这件事有什么意思！”丁寒诗如果当演员，也许能搞出大名堂。灯光下，只见她一把鼻涕一把泪，抽抽泣泣、哽哽咽咽，哭得如梨花带雨，楚楚堪怜。叶隐泉见此情形，一时起了怜香惜玉之心，口气一下子变软了。况且同丁寒诗结婚这件事，不能说自己没有一点过错。

“好，此事可以作罢。我再问你，我有一幅画不见了。另有两幅画分别被两位校系领导拿去以合作创作的名义参展了。还有两幅我的代表作，也在琉璃厂出售了。这是怎么回事？你说，这是不是你干的？”

事已至此，再隐瞒下去已不可能了。于是，丁寒诗和盘讲出了一切。

“丁寒诗，你用假怀孕逼我同你结婚，已打破了我和老师共同约定的一条戒律，陷我于不诚不义。不过，这事我也有责任，可以放在一边。但你私自把我的作品拿去送人、出售、让人冒充合作的名义参展，这既违背了我另外的三条戒律，也突破了我做人做事的底线。好汉做事好汉当，谁捅了娄子谁去补！限你两天之内，把我的五幅作品都给我找回来，并让那两个校系领导公开承认错误！”

丁寒诗心中一寒，知道她同叶隐泉的关系差不多已走到尽头。对此，她早已准备。但眼下最为严重的，是如果按叶隐泉刚才要求的去做，她会一下子把人都得罪光了，自己的颜面亦丢失殆尽，以后再也无法正常做事做人了，更遑论赚钱捞钱了。念及此，她又拿出了女人的看家本领，“哇”的一声大哭起来。“隐泉，这次能不能放我一马，不要再去追讨了。我保证以后绝对不会再干出这样的蠢事！”

“不行，这事没得商量！”叶隐泉说罢，推开房门，愤怒而出。

本来，这几件事如果丁寒诗能向相关人员如实讲清原委，老老实实进行处置，多数人还是可以理解的，也不会产生太大麻烦。可丁寒诗偏偏不是这样的女人。她到处哭哭啼啼，一遍又一遍地对人述说，装出一副可怜委屈的样子。在装疯卖傻中，把责任都推到了叶隐泉身上。也许，她这样做的本意只是为了博得廉价同情，有利于事情的解决，可实际情况却是把问题闹得沸沸扬扬、尽人皆知了。这样一来，在京城的绘画圈中，人们更加深了对叶隐泉的误会，普遍认为他做事太荒唐，太不近人情。在美术大学的校、系两级领导中，大部分人对叶隐泉也彻底失望了，觉得他这个人太恃才傲物，狂妄自大、目无余子了。联想到他同丁寒诗匆匆结婚的种种传说，再考虑此前他同一些女同学的频繁过往，这些领导们就进而得出叶隐泉生活作风不检点、难以堪为师表的结论。为此，学校停止了他授课的资格，取消了以往学校对他的一些特殊照顾，还限制了他出席相关学术活动的权利。知道了校系领导的态度和做法后，叶隐泉差一点被击垮。他无论如何也想不明白，自己老老实实作画，正正派派做人，怎么落得这么个下场？他痛苦、寒心，又忍不住阵阵悲怆。石淹老师去世了，自己唯一信赖的恩师无法再指导自己了。怎么办？怎么办？难道就如此沉沦下去？难道只有抛弃与恩师共同约定的戒律才能有出路？

恰在此时，任市委书记的章一民进了中央党校为期三个月的全国厅、局级干部专修班。一个星期天，他到党校图书馆查阅资料，无意间在一期美术杂志上见到了叶隐泉的两幅画作，读到了相关的一些评论。那两幅画作给章一民留下了十分深刻的印象，以至于作品中的笔墨神韵一直不停地在他脑海里闪现。一天晚上，一位在光明日报做编辑的朋友来看望他，相互交谈中，章一民提到了叶隐泉。而这位朋友也十分赞赏叶隐泉的才华，同情他正面临的不公正遭遇。于是，他就向章一民细述了叶隐泉的近况。章一民听后动了心，立即托这位朋友约叶隐泉商量，看他愿意不愿意动一动？离开京城到三江大学美术学院工作。当晚，章一民即同三江大学校长通了电话，问他是否可以接收叶隐泉。校长对叶隐泉情况的了解大大甚于章一民。一听章一民这样询问，立即表态：十二万分欢迎！只要叶隐泉肯来，一切均可从优。转眼又到了周末。光明日报的那位朋友领着一位相貌堂堂、文质彬彬、面色有些疲惫的年轻人进了章一民的房间。经过一番倾谈和交心，叶隐泉当即表示愿意到三江大学去任教。唯一的条件是去了之后，只做教师，不担任行政职务。从党校回来，叶隐泉立即告诉丁寒诗：北京是待不下去了，要到三江大学去任教。她何去何从，由其自定。丁寒诗辗转反侧，觉得目前还不能同叶隐泉彻底闹翻，于是勉强表示愿意随他同赴三江。离京前夕，叶隐泉独自一人来到恩师石淹在昌平的坟地，跪在地上向老师磕了三个响头，高声复诵了他和老师共同定下的“四不”戒律。最后，哭告先师：高山苍苍，河水泱泱，师生之情，地久天长。师视生犹子，生却空负血心。定力有亏，知人不深，已毁戒律有一，特来谢罪。自兹之后，当以余命救补。

叶隐泉于1994年底到三江大学正式上班，任该校美术学院国画专业教授。丁寒诗则仍任学院公共课的讲师，主讲中国古典诗词。此外，学校临时为他们安排了位于一座宿舍楼底层的一套两室一厅的住房。赵大强、赵二强兄弟制造的“碰瓷”案发生后，丁寒诗以不同意老人在家居住为由，同叶隐泉公开分手了。她先是到一个亲戚家住了八个月。老人去世后，她回来同叶隐泉正式谈判，提出了离婚的条件。当时，丁寒诗提出两个条件：一是他们目前居住的这套房子要归她使用；二是要从叶隐泉现存的作品中挑出二十幅拿走，作为对她精神损失的补偿。第一个条件，叶隐泉毫不犹豫地答应了。关于第二个条件，他不同意从其现有的作品中挑选，可另外为她创作二十幅。经过一番争论，丁寒诗表示可以不拿现有作品，但如另行新作，数量须增加至三十幅。对此，叶隐泉虽然觉得这个女人身上的铜臭味太浓，心也太狠，但毕竟两人夫妻一场，何况离婚对一个女人来讲，可能影响、伤害更大。于是，也就答应了。为此，叶隐泉不分白天黑夜，整整画了六个月，才还清了这笔孽债。

原来的住房归丁寒诗之后，学校一时又无现成的房子可做安排，这让叶隐泉十分为难。怎么办，自己能住到哪里呢？何况，自己今后要以绘画度过一生，总得有一个适合创作的场所。左思右想始终找不到答案。他迟疑良久，最后还是与章一民通了电话。此时，章一民已升任省委副书记。接到电话后，他立即把叶隐泉约到自己的办公室。章一民先后提出了几种解决方案，可叶隐泉均不十分满意。最后，还是章一民建议：可在天源市和五岭市之间的山区，买一块山坡地自行建房，房型和院落布局可由叶隐泉按自己的意愿设计。如果是盖平房，估计造价不会太高。所需资金，一部分由学校按规定予以补贴，一部分则由叶隐泉自筹，还有一部分亦可托朋友相帮。至于章一民自己嘛，也将尽力而为。这个建议正中叶隐泉的下怀。经过种种努力，一年之后，叶隐泉终于有了目前这处居室“无名堂”。

二十六

晚上八点，章一民一个人准时走进了“无名堂”。在房子正中的一张不起眼的黄花梨旧桌上，像往常一样，放了一盘水煮花生米。不过惯常摆放的苹果却由两只变成了六只，整整装满了一个小盆。两瓶五粮液的瓶盖已经打开，六只杯子中的酒液闪着诱人的光亮。叶隐泉若无其事地坐在桌旁。章一民甫一坐下，从两边的房间里猛地走出四个人来。章一民注目细看，认出是五岭市公安局局长余光平、市政府办公室主任丁聪、市委办公室主任姬光迈和市地震中心的副站长苏存仁。

"好哇，都是老朋友了。谢谢你们的到来！"章一民一一同这几位同志握手，同时赞赏地瞥了叶隐泉一眼，暗暗钦佩他的细心周到。

"来，先喝三杯，再谈其他！"叶隐泉主动提议，大家一起响应。

"一民，我不知道你这次来五岭的真正日的，但我还是把这几位请来了。有什么事，你就直说吧，这几个老弟都信得过。"

章一民放下酒杯，正色说道："你们四位在抗震救灾中都和我共过事，受过苦，患过难，你们的表现也让我十分钦佩。现在五岭市又发生了一件大事，就是市委、市政府换届选举集体舞弊案。此案已惊动了中央。中央已派了工作小组到五岭市直接查办。可三天过去了，进展并不大。知情者不举，当事者隐瞒，小组找不到有用的证据，致使查办工作难以突破。我是工作小组的副组长。今天本来是要专门请教'叶神仙'的，碰巧也遇上了你们几位，那就求诸位帮忙了。你们不要有什么顾虑。中央主要领导已明确指示，此案要一查到底，决不姑息。"

听了章一民这番话，几个人连同叶隐泉在内，都既震惊又振奋，眼睛里闪烁着兴奋的光芒。

"我估计，你就是为此事而来的。所以我就自作主张把他们几个约了过来。关于五岭市委、市政府换届一事，本人已隐隐约约感到内藏玄机，选出的人选令人啼笑皆非，坊间议论很多。我们几个也在一起议论过两次，有些看法，也有一些证据，但却苦于不知向何人诉说。我们也不相信五岭市眼下的这些人。你来了就好了。各位就大胆说吧！”叶隐泉第一个带头发言。

丁聪、姬光迈是最近才被分别任命为两办主任的。“市政府换届会议期间，我是大会的工作人员。”丁聪开了腔。“在人代会代表投票选举的前一天晚上，市长常占谊分别找了几个工作人员谈了话，其中也有我。谈完话之后，他递给我两个封好了的纸袋，指名让我连夜送给岭溪县的两位代表，并说，此事一定要保密，事情办好了，对我会重重有赏。我去送了，从纸袋的形状和分量看，估计里面装的是人民币。”

“这两个代表叫什么名字？”

“一个叫马由南，一个叫程非钧。两人都是岭溪县的代表。”

“你以前认识这两个人吗？”章一民问。

“不认识。”

“作为试点，省里这次对五岭市委市政府换届工作，在时间上要求很急。所以，这次市党代会、人代会是连在一起召开的。党代会开了两天，人代会开了三天，与会代表均为三百名。”姬光迈是一个急脾气，丁聪话音刚落，他就接过了话茬。“在两个会议期间，市委书记乐天夫让我在正式选票之外，又定量印制了两种名单。每种名单的纸色虽都是白色，但白的程度却略有不同，仿佛只是为了让票面美观一些而特意安排的。不细心的人，乍看之下难以区别两者的不同。这两种名单是把党代会应选出的五十名委员和人代会应选出的政府组成人员名单，均分为三组。两种名单印好后，我全交给了乐书记。名单的分发是由乐书记另安排人直接送到有关代表手中的。当时，乐书记还亲切地拍了拍我的肩膀，要我好好干。等换届工作圆满结束后，便可把我扶正，去掉副主任前面的那个‘副’字。”

“这两种名单你留了样本没有？”章一民忙问。

“当时，我虽不知道乐书记的真实用意，但总觉得这种名单怪怪的，就各留了一份。”说着他从提包里抽出来两份名单递给了章一民。

章一民和在座的几位围在一起，仔细琢磨、分析两份名单的奥妙。大家左看右看，一时猜不透其中的玄机。后来有一个现象引起了章一民的注意，就是在党代会和人代会的两份名单的第二组中，均只列了五个人的名字：任一介、连石松、汪鸣道、耿留成和左秩铁。在第三组名单中则列了鲍依安、殷时亮、于洪海和靳占天。于是，他恍然大悟，抬头问丁聪和姬光迈："这第二组中的五个人，是不是在此次市党代会、人代会上均未当选？"

"是，均未当选！"两人点头确认。

"那，第三组中的四个人，是不是都当选了？"

"是。"两人也渐渐有些明白。

"这个靳占天是什么人？"

"五岭房地产公司董事长兼经理。"姬光迈作了回答。

"还有一件事，也必须向您报告。"丁聪的表情十分严肃。

"会议期间的一个晚上，有一个我不认识的人，拿来十五个封了口的纸袋，说是工作人员每人一份。这些天大家都辛苦了，特表示一点心意。我当时正在忙着安排第二天大会分组讨论的事宜，没太在意此事，就让另一个工作人员给大家分了。第二天早上，我打开自己的纸袋一看，里面装了三万元。喏，就是这个纸袋！"

"我这里也有一个纸袋，可能也是三万元！"姬光迈也把纸带从提包中掏了出来。"现在，当面上交！"

"先不要急着上交，你们暂且再保管一段时间，这是重要物证。何时出示、上交，听我通知。"

章一民双眼遥望屋外的夜空，深深地倒吸了一口气，眼中冒出阵阵怒火。“真是胆大包天，丧心病狂！”

这时市公安局局长余光平又把这两份名单举起端详了一阵说：“我见过这其中的一份。”

章一民心中一喜，忙问：“在什么地方见过？”因为他知道，现在虽然有了一些舞弊的物证，但最缺少的是人证。听余光平讲他曾见过这种名单，顿时满怀希望。

“这次我是市党代会的代表。在要正式投票选举五十名党委委员的前一晚上，我去看望住在隔壁房间的焦向东，他是我们公安系统的两位党代会代表之一，具体职务是五岭市西城区派出所所长。当我走进他的房间时，见他手里正拿着这种名单仔细端详。我一时起了好奇心，就一把抢过名单匆匆扫了一眼。焦向东十分惊慌，忙把名单夺了回去。同时，结结巴巴向我解释：‘这是朋友送给我的，你不能乱看。’”

“这个人平时表现怎么样？”章一民望着余光平低声询问。

余光平是在五岭市大地震中认识章一民的。根据自己的所见所闻，他认为章一民是一个难得的好干部，是值得信任、依赖的一位好领导。所以当叶隐泉电话约他今晚来见章一民时，就毫不犹豫地答应了。

“焦向东是我们五岭市公安系统连续三年的劳模。”见章一民询问，余光平略一思忖，即作了回答："此人工作踏实、认真，不过家庭负担重，困难多。"

"你要对他多做工作，多帮助。让他敢于在必要时出来作证！"章一民郑重叮咛。

"章副书记，还有一件事，也应该向你报告。"余光平喝了一口茶，清了清嗓音，继续说道："今天上午，负责监控银行大额资金流动情况的同志向我汇报，在本月的11日至18日期间，靳占天连续从他公司的开户银行——建设银行提取现金，每次500万元，先后共提出3500万元。银行的同志曾建议他少提现金改走转账或用支票，均被他拒绝了。结果，他把公司的存款很快就提空了。为此，建设银行向其公司的资金信誉发出警告提示。说来也怪，一天后，他公司的账号上却一下子又打进了3500万元。这位同志觉得这家公司的行为不合常理，就来向我汇报了相关情况。"

"这就对了。这可能是他们一伙行贿的资金来源。余局长，这条线索一定要盯住，尤其要控制住靳占天，不能让他跑了！"

这时，叶隐泉又为每人眼前的酒杯里加了些酒，并示意章一民举杯。

章一民举杯在手，心情十分激动，眼眶也湿润了。"首先要感谢我的好友'叶神仙'，感谢他识我、知我、帮助我。古人讲，心有灵犀一点通。我们还未碰面，他就主动为我约来了你们几位。刚才，大家提供的情况十分重要，对下一步揭开案情真相意义重大。我代表工作小组向你们表示由衷的谢意。来，我们共同干了这杯！”

“不过，我还有事相求。”章一民仔细审视着在场每一个人的面孔和眼睛，口气陡然变得十分严厉：“五岭市这次换届选举舞弊案是个大案，侦办工作才刚刚开始，估计还会遇到各种阻力、困难甚至危险，有些人也可能狗急跳墙。因此，希望大家对今天晚上的事情要绝对保密，且要提高警惕，时刻注意自身的安全。在未来的十天内，请你们都不要外出，时刻准备到工作小组作证备询，如有特殊情况，可由叶隐泉代转。余局长，你的担子很重，从今天起，你要派人暗中保护叶隐泉，保护我们刚才提到的马由男、程非钧、焦向东及靳占天这几个人。因为他们都是我们办理此案的重要证人，而且明天我们还要一一拜访他们，录取口供，搜集证据。保护证人这件事，你不用再向任何人请示，认真做好安排就行了。当然这一切眼下还都是只做不说、悄悄地进行。如有人问及，就说是中央工作小组交代的。现在，时间已经不早了，你们该回去了。”章一民看了看手表。“这次的见面会就到此为止吧。”

望着一一离去的这几个人，章一民百感交集，感慨万端。他站在门口，迟迟没有迈步。这时，叶隐泉走了过来，挽住了他的胳膊，悄声说道:“来，我送你一程。”

外边，繁星无声，星河耿耿。人们可能都已进入了梦乡，偶尔从远处传来几声婴儿的哭声。

“月晕而风，础润而雨。风生于地，起于青萍之末。”叶隐泉突然发出一声叹息。

“溪云初起日沉阁，山雨欲来风满楼。”章一民也有感而发，随口吟出唐代诗人许浑的两句诗。

“统观三江省今天的政治大局，表面平静如水，下面却是暗涛汹涌。老兄胸襟博大，志存高远，既有雄才，又有大德，敢任事，能成事，且清风满怀，忧国忧民，堪为三江的中流砥柱。不过有一批人已把你视为眼中钉，肉中刺。对此不可不防，亦令我十分担忧啊！我这个人眼高手低，志大才疏，清谈高论尚可，若要任事克难，就成了头重脚轻根底浅了。看来，我这辈子是无可救药了。然清夜置酒，青灯独坐，亦遥夜惊心，胸有不平之气。虽不能扼腕振臂，华庭扫穴，但亦愿天下清平，百姓安乐。所以，我佩服老兄，更期待老兄，能百尺竿头更进一步，那将是三江民众之福了！”

“老弟，言重了。我如今已是江郎才尽，心劳日拙。虽有赤子丹心，却也有些无能为力了！”

“过谦了！古人言，木秀于林，风必摧之；堆高于岸，流必湍之；行高于人，众必非之。为了三江，为了国家，老兄何不韬光养晦，暂时忍让、委屈一些？”叶隐泉声中含泪，几近哀求了。

章一民紧紧抱住叶隐泉，不禁热泪盈眶。“老弟的心意我十分明白。但人生一世，各有各的活法。明朝一个叫洪应明的人讲过：直躬不畏人忌，无恶不惧人毁。古人还说，人生追求，宁可缺不求全。历经磨难，矢志不移，叫信念；不畏强权，虽死不屈，叫勇气；危难之际，挺身而出，为国效力者称英雄；不辱身不降志，不被收买者为君子。我所受的教育，党对我的培养，乡亲们对我的期望，常令我有一种畏惕之感。作为一个中国人，应事事处处为国争面子；作为一个党员，应时时刻刻牢记党的宗旨和信仰；作为国家的一个高级干部，应日日夜夜勿忘自己身上的责任，绝不能尸位素餐、碌碌无为。因此，剩下的只有一条路，也是《史记》里所讲的：触白刃，冒流矢，义不反顾，计不旋踵。”

“没有其他选择？”

“没有！”

“你想到结果没有？”

“可能会头破血流，粉身碎骨！”

闻此，叶隐泉仰天长啸，像一头老狼的悲嘶，在夜空中回荡。

说实在话，此时此刻章一民也有一种悲怆之感。话也许说过了头，但句句都是热血沸腾后的锥心之言。稍顷，章一民立即意识到，叶隐泉毕竟是一个普通群众，可自己却是省委副书记啊！他摇了摇叶隐泉的身子，替他擦了擦眼泪，劝慰道："老弟，我们刚才讲的虽发自肺腑，但也是一时情动所致。事情没有那么悲观，天下还是共产党的天下。一小撮人想一手遮天、倾覆三江，这无异于是蚍蜉撼大树，白日做梦，也无异于飞蛾扑火，自取灭亡！他们固然是机关算尽，到头来还是会误了卿卿性命，正应了杜甫的诗句：**尔曹身与名俱灭，不废江河万古流！**"

叶隐泉止住眼泪，一声长叹："一民，这些年对许多事情，我算是看清楚了。过去我总想游身世外，以画为生。现在看来，是行不通了。从今之后，我唯你马首是瞻。"

"哪里话，你可以继续像现在这样安排生活，需要时，我自然会找你。不过，你这个朋友我是交定了。鲁迅说过，人生得一知己足矣，斯世当以同怀视之。"

两人肩并肩紧紧地靠在一起，仰视着浩瀚的夜空。

回到住处，章一民立即向两位组长作了汇报。甄、储两位听后十分高兴，连夜作出相关安排。

11月28日，工作小组的侦办工作实现了重大突破。首先，在工作小组耐心劝导和政策攻心下，殷时亮交代了。后来，鲍依安也主动交代了。接着，常占谊也扛不住了，全盘交代了他和乐天夫策划舞弊的全部过程。经不住章一民的周密盘问，加上出示的人证物证，另一个重要知情人靳占天也开口了。他交代说，在这次五岭市委市政府的换届选举中，根据于洪海的授意，靳占天先是动用了五岭房地产公司在建设银行的全部存款，又在工商银行贷款2000万元，前后共筹款5500万元，用于贿赂两会的代表和工作人员。行贿代表和工作人员名单由乐天夫和常占谊亲自提供。经办人是他本人挑选的本公司的职员。每位代表平均受贿8万元左右，有少量代表没有送，另有几个代表经乐、常亲点，还多送了一些；收贿最多的个别代表高达50万元。送钱的时间均是在晚上，且直接送到代表的家中。这5500万元用完后，于洪海按事先的商定，暗中向他的公司账号上打进了3500万元。实际上这次靳占天自己的出资额为2000万元。当工作组要靳占天交出受贿代表名单时，他拒绝了，说都销毁了。稍后，由马由南、程非钧、焦向东提供的证词，又进一步验证了殷时亮、鲍依安、常占谊、靳占天的说法。

乐天夫得知几个重要知情人已向工作小组作了坦白交代后，知道事情已经败露、纸再也包不住火了。他立即同躲在岭溪县的房宛秋通了电话。房宛秋足足沉默了十多分钟，才用颤抖的嗓音告诉他，按第三套方案善后：一切责任均由你先顶下来，绝不能说出任何一位省级领导的名字。接完电话，乐天夫瘫坐在椅子上，觉得周围的一切都在旋转摇动，天要塌下来了，自己的政治生命要彻底完蛋了，弄不好还要到牢房里度过余生。

他恐惧、悔恨、痛楚、绝望，冷汗湿透了上衣。在万般无奈、无路可走的情况下，他约见了甄组长，作了“坦白”交代。具体做法是把一切责任都揽到自己的身上，一个劲地痛哭流涕，一个劲地狠批自己。当问他是否有省级领导参与、策划时，这个人却一口封死了。当甄组长问他为什么要另准备两份名单时，乐天夫倒也痛快，坦率承认是为了实现自己的人事安排，同时又担心受贿代表在填写选票时出差错，就专门另制了两份名单，提醒代表们届时按此打钩打叉或另荐他人就行了。名单中的第二组，是让受贿代表们打叉用的，目的是把第二组中的几个人全部选下去。第三组的几个人，则是让代表将第二组名单打叉后，另行在选票上补填的。同时，储子建副组长还专门约谈了于洪海。当问他为什么要平白无故地向靳占天公司账户注入3500万元资金时，这位公子哥则堂而皇之地说，自己和靳占天是铁哥们。过去自己有难时，靳曾出手帮过自己。现在看他的公司要倾家荡产了，不能见死不救。当他被问得哑口无言时，这个人就干脆也把责任推到了乐天夫身上。

与此同时，章一民又单独约谈了十多位代表，小组的其他成员也分别同绝大部分的两会工作人员见了面。这些人都承认接受了贿赂并交出了赃款。这样一来，再加上丁聪、姬光迈等人的当面揭发，五岭市党政换届时的集体舞弊大案真相已基本查清。美中不足的是始终找不到两个最初写信告发此案的牛祖福和李甲中。一个月后，这两个人在五岭市现身了。据他们说，经乐天夫批准，五岭市组成了一个五人震后重建工作考察团，两人被列其中。代表团一成立，就被拉到了偏僻的丫江市。在禁止同外界交往的情况下，代表团先是准备了一星期，之后到拉美地震频发的几个国家考察了两个星期。回来后又闭门总结了一个星期。这一切显然是蓄意安排。好在案子已破，李、牛两位的证词已无关紧要了。

11月30日晚上，工作小组召开了全体大会，认真分析、研究了有关情况。大家一致认为案子已基本查清，可以结案。至于幕后的黑手，因常占谊、鲍依安、殷时亮、靳占天、于洪海几个主要涉案嫌疑人，均一口咬定是乐天夫一手策划安排的，而乐天夫对此又供认不讳，看来再往下查就难了。最后，甄、储两位组长作了总结，发言中，特别表扬了章一民，同时又指出此案不宜久拖，久拖不利于三江省的稳定，先依据现有人证物证结案，下一步怎么办，待向中央汇报后由中央决定。

三天后，中办针对五岭市党政换届集体舞弊案向全国发出通报，宣布这次选举结果无效，撤销所有受贿代表的资格，由三江省省委另行组织重选。乐天夫、常占谊、鲍依安、殷时亮被开除党籍，开除公职，撤销现有职务，并移交司法机关；靳占天、于洪海等人也由司法机关介入，立案另行侦办。省委对这次案件负有领导责任，对省委书记令狐毅予以通报批评。省委副书记单会涛负有直接领导责任，给予党内记大过一次。

房宛秋在五岭市一直待到中办的通报下来，才悄悄地潜回了天源市。在抵制中央查办这起舞弊案的过程中，扮演着重要角色的这个女人，来无影，去无踪，像蛇一样的滑掉了。她的漏网，既成功地掩护了此案的真正后台，也有效地阻碍了案件的深入侦办。

之后，令狐书记大病了一场，人几乎崩溃了。病因嘛，据可靠的人嚼舌，皆缘于此案让其颜面丧尽、晚节不保。

二十七

12月5日上午，章一民专门到医院看望了病中的令狐书记。见到章一民，令狐书记心中既高兴又纠结。高兴的是章一民除了工作以外，好久都没有私下来看望过自己了。现在，终于来了。纠结的是，这个人此次又漂亮地完成了对五岭市选举舞弊案的协查工作，得到了中央工作小组的甄组长和储副组长的充分肯定与赞扬。与此相反的，却是自己受到了中央领导的严厉批评。按理说，下属受到褒奖，顶头上司理当高兴，可令狐书记就是高兴不起来。对此，令狐书记自己对自己也感到莫名其妙。然细究之下，仍是内心深处的一个定见在作祟：这个人不听话，难以驾驭，多次公然冒犯自己，绝不能让他接任自己退下后的三江省主要领导的职位。而章一民呢，也早已感觉到了令狐书记对自己的冷淡与疏远，可却始终无法彻底弄明白个中缘由。在百思不得其解的情况下，章一民只能依照自己定下的从政原则处置：一切摆在明处干，一切均按规矩办，一切都以工作为重。所以两人见面，怎么也亲热不起来。

"一民，谢谢你来看我！"令狐书记半躺在床上，抬了抬眼皮，勉强挤出一句话来。

"老书记，谢什么？我早就想来看看您了！"章一民顺势坐在令狐书记的身边。

"那以后就经常来看看吧！我们在一起共事的时间恐怕不多了。"令狐书记突然感到心中发热，不由得动了几分真情。

"在一起共事时，因常常见面，一切都司空见惯、习以为常。一旦不能再在一起工作了，却又感到有些不舍与哀伤。不过您放心，我以后会经常看望您的，到时候您可别不耐烦、讨厌我！"章一民也有些激动。

"哎，一民，你对三江省当下的总体形势怎么看？"

"总的形势当然是好的。在党中央、国务院的领导下，在以您为首的省委直接率领下，这几年我们三江省工作取得的成绩是有目共睹的。今年以来虽出了几桩事情，可这丝毫不能动摇对整体工作的评价与判断。”章一民当然明白令狐书记的试探之意，不过说出的话也是发自内心的。

“五岭市的这次案件会不会牵扯到于振天或其他省委领导？”

这是个极为敏感的话题，也可能是令狐书记心中一个十分纠结不安的问题，抑或他正在苦思这个问题会不会影响下一步省委省政府主要领导的安排。

章一民低头思忖了一番，认为在书记与副书记之间，应当实话实说。“从目前的人证物证来看，并没有牵扯到于省长。但我一直有个问号，乐天夫、常占谊这次为什么会有这样大的胆子？”

“那有什么奇怪，权欲熏心嘛！”令狐书记似有所忌，立即转换了话题。“一民呐，我当下的最大心愿，是维系三江省的稳定，确保三江省委省政府班子的顺利换届，让我这个老头子能顺顺利利地完成交班工作。对此，你要牢记在心，应尽力予以配合。”

“老领导，请放心，我一定会全力配合。”

“我有点累了，你去忙吧！”令狐书记婉言下了逐客令。

章一民没有再逗留，立即抽身而退。他对这次同令狐书记的意见交流感到欣慰，毕竟这是两年来令狐书记同他私下进行的带有真情的一次谈话。

刚刚走出医院的大门，手机的彩铃就响了起来。章一民把手机贴近耳朵，立即传来女儿可染的哭腔：“爸爸，你在哪里？快来医院，訾阿姨被车撞了！”

“啊！什么时候撞的？”

“今天上午九点左右。”

“你们现在在哪家医院？”

“在省医科大学第一附属医院急诊室！”

“好，我马上就到！”

到了医院急诊室，见里面挤满了参与急救的医护人员，章一民心里一紧，快步走近病床。人们见是省委副书记来了，立即闪出了一条通道。

“怎么样，泽尘？”章一民一把抓住訾泽尘的双手，一脸焦急和不安。

这时，訾泽尘平躺在床上，医护人员正在往她的左腿上打石膏，胳膊上已扎满了输液的管子。看到章一民，訾泽尘心情十分激动，泪珠止不住滚滚落下。“被一辆大卡车撞了，左边的小腿骨折了。多亏鲍坚，否则今天我们就不可能见面了！”半是伤心，半是疼痛，更掺着一种莫名的娇柔，她竟放声哭了起来。

章一民懵了，一边忙着为她擦拭眼泪，一边询问旁边的医生。“怎么样，严重吗？”

“经初步检查，除左小腿骨折外，其他地方没有发现严重的伤情。”

“左腿不会留下残疾吧？”

“不会。訾女士身体整体状况很好，加上送来得及时，估计骨折处会很快愈合。不过，俗话说，伤筋动骨一百天，她需要卧床静养一段时间。今天，我们还要对她的全身作进一步检查。如无特殊情况，在医院观察一个星期后就可以回家休养了。中间只需定期到医院换药、复查。”

听到这里，訾泽尘不好意思地笑了。章一民用手指在自己脸上划了几下，作出一个羞她的样子。

“爸爸，多亏了这位鲍叔叔。如果不是他及时出手，恐怕訾阿姨小命休矣！”章可染挤了过来，指了指站在窗边的一个身着警服、四十岁左右的男人。

“啊，是鲍坚呀，你说说，到底是怎么回事？”

“根据你的意见，这两个月来，我和訾老师一直在暗中调查赖锐、杨雪凝被害一事。今天上午，訾老师没课，我们俩就带着可染，再次到赖锐遇害的地方观察，希望能发现一些新的线索。这时，我接到一个电话，就闪身到路边接听。突然发现两百米开外的一辆黄河牌大卡车开足马力呼啸着直冲过来。我下意识地觉得情况不妙，就一边朝她们大喊，一边把站在路中间的訾老师猛拽过来，也许是用力过猛，訾老师摔倒在路边的护栏上，把小腿摔断了。”鲍坚一脸歉疚。

“多谢你了。你看清大卡车的车牌了吗？”

“因忙着救人，没来得及细看。不过，从车牌编码的首位数字可以判定，这辆卡车是来自梅州市的。车体颜色是浅灰色，车牌的最后一位数好像是8！”

“梅州市的卡车怎么会跑到天源市来撞人？”章一民双眉紧皱满脸疑惑。“不过，这也是一条线索，可以布置人去查查。还有什么情况？”章一民接着问。

鲍坚向医护人员扫了一眼，欲言又止。

章一民立刻会意，即笑着向周围的医护人员说：“我代表受伤者和我个人，非常感谢你们的及时救治。下边，我们要研究一下案情。你们可以去休息了。如果需要，再叫你们进来。”

待医院人员全部退出后，章可染立即关上了房门，并守在了门边。

“这段时间，我和訾老师反复研究了赖锐遇害前寄出的U盘内容。虽未点名，但根据赖锐生前向杨雪凝、訾老师断断续续透露的一些情况，这案子肯定涉及省里一个大人物。”说至此处，鲍坚用手在章一民手掌上写了一个“单”字。章一民见到此字，仍止不住悚然一惊，但随即恢复了平静。鲍坚接着说："由于赖锐在U盘中未直接说出人名，故还得寻找进一步的人证与物证。为此，我以查户口为名，用二十多天时间走访了案发现场周围的所有住户和单位。经多次做工作，有一个叫梁拥军的老人向我讲述了一个重要情况。梁拥军幼时患了小儿麻痹症，导致两腿瘫痪。他父亲是原省红旗手表厂的老工人。父亲退休后，厂里作为特例，让残疾的梁拥军进厂顶替上岗，并根据他的身体状况，安排他做手表质量检验员和修理工。这个厂在'文革'结束后，曾从瑞士进口了一条手表生产线，作为辅属配件还有一套检验修理手表的专门设备。梁拥军如获至宝，在师傅的指导下，他如醉如痴地了解手表结构，拼命钻研手表修理技术，从而练就一套娴熟老到的检验、修理手艺。手表厂破产后，他同原厂领导好说歹说，把这套设备搞到了手里。梁拥军终身未娶，父母去世后，就以修理手表和眼镜谋生。原来厂里曾在一栋宿舍楼的五层分给他们家一套两居室的住房。他因腿疾上下不方便，就同厂里商量，用这两居室交换夹在两栋宿舍楼之间的一处平房，厂里同意了。梁拥军就把这间平房一分为二，前面是铺面，架上台案，摆上了自己的一套设备，后面则作为自己的卧室。这处平房正对着赖锐遇害的现场。据这位老人讲，赖锐出事的那天晚上，因当天下午下了一场罕见的暴雨，老人的平房里进了水，他为了往外淘水，整整忙乎了大半天。临近晚上十一点时，他才坐到台案前休息，一边吃着花生米一边喝着小酒。突然，从对面马路上传来一声女人的惨叫，他抬头隔着玻璃窗一望，隐隐约约看见是一辆黑色小车先将一个女人撞倒在地。大约一分钟后，又驶来一辆白色小轿车。这辆车从这个女人的身上直接碾过。令人气愤的是，碾过后车还停了下来。从车上跳下一个高个子男人。他用脚踢了踢女人的躯体，又用手指在女人的鼻子下面试了试，认定这个女人确死无疑后，高个子男人就上车扬长而去。老人当时气极了，也吓坏了，天底下还有这样明目张胆杀人的！他赶忙拨打电话报警，可就是无人接听。老人如同热锅上的蚂蚁，急得捶胸顿足。最后，他强拖着两条残腿，连滚带爬地到了邻近宿舍楼的一层敲门喊人。可当被喊的人走出楼房时，发现一帮警察已到了现场。”

“老人记住车号了吗？”

“老人说，人老了又是黑夜，再加上气愤，根本没顾得上细辨车号。但他十分肯定车不是天源市的。”

“对这些情况你如何看？”章一民声音发抖。

“至少可以判断赖锐不是死于一般的车祸，而是死于一场谋杀。后来，我又从在省公安局刑侦处工作的一个战友口中了解到，案发后，刑侦处在第一时间就调看了案发道路上的监控录像，结果发现离现场最近的两个监控录像的电源线均被人事先剪断了，从下午两点到晚上十二点，呈现在监控录像中的是一片空白。由此可以进一步推断，这是一场精心策划的谋杀，且做法老到、专业，手段残忍毒辣，绝非是一般流氓痞子所为。我敢肯定有公安系统的人参与。”

“对那两辆小车查了没有？”

“在全市乃至全省查找这两辆车号不明的小车，是一个大工程，我们两个是无法完成的。不过，白色奥迪车，倒是一个突破口，我估计三江全省恐怕也没有几辆。眼下我正在集中精力暗中寻找这辆小车。”

“还有什么情况？”

“我有个外甥叫高清山，经我介绍在杨雪凝所住的‘聚春林’小区当保安。杨雪凝案发生的当晚，是他值班。他半夜例行巡逻到杨雪凝住的14号楼时，看见一个黑衣人正在翻越小区围墙。他本能地大喝一声，并把手电筒照了过去。刚刚爬上围墙的黑衣人听到喊声，下意识地回头看了一眼，高清山隐约认出这个人有点像南城公安分局局长勾连帮。他越想越害怕，第二天一早就跑来见我，并交给我一盘当晚聚春林小区的监控录像带。我听了他的讲述，感到事态严重。他是一个乡下孩子，老实本分，难以应对复杂的局面。况且，如果那个人真是勾连帮，绝对不会放过他。于是，我让他以母亲病重为由，辞掉保安工作，并从我办公室直奔车站躲回岭潭县。行前，我送给他一部手机，禁止他平时使用，只收我一个人的信息。同时嘱咐他，不要直接回家，先到我的一个朋友办的一家公司待上一段。听分局办公室的人在闲谈中透露，勾连帮在事发的当天，即派人去索要聚春林小区那晚的监控录像，同时还传高清山到分局谈话。听说高清山已辞职返家后，又派两个人到了他老家高家庄。结果嘛，当然是无功而返。前些天，我利用自己值班的机会，再次仔细审看了聚春林小区那晚的监控录像，经放大影像后反复辨认，确定高清山当晚用手电筒照到的那个人就是勾连帮。这让我心惊肉跳、胆战心惊，深感案情严重、复杂。”

“鲍坚呐，你立了大功了。这至少可以证明杨雪凝的死，绝不是自杀。同赖锐一样，均是死于一场精心筹划的谋杀。”章一民脸色铁青，眼睛闪着愤怒的火花。“大家说说看，杨雪凝和赖锐被谋杀于同一个晚上，这是预谋的还是偶然巧合？”章一民看了看病床上的訾泽尘，又回头看了看鲍坚。

訾泽尘和章可染均被鲍坚刚刚讲述的情况惊呆了。两人做梦都不会想到，作案者竟如此疯狂、残忍，赖锐、杨雪凝的死竟是如此悲惨、恐怖。两人被愤懑、悲痛搅得心乱如麻，一时也不知道从何说起。特别是訾泽尘，这个善良、贤惠、温静的大学教授，虽然已下定决心要为两位好友讨个公道，然而事情一旦开始露出真相，却又感到恐惧和震撼。她顾不得平时的矜持，不由自主地把章一民的一只胳膊紧抱在怀里，身子也紧紧贴了过去。此时此刻，她把信任、希望乃至依赖都放在了章一民身上。她清楚，眼前这个老同学，肯定有办法有能力为赖锐、杨雪凝报仇雪恨。至于她自己，将会竭尽全力予以配合、帮助，是否可以做得更多一些，恐怕就很难说了。

望着訾泽尘和女儿可染的表情，章一民故意装得轻松一些。“社会是复杂的，我们所不愿看到的许多事情往往是残酷无情的，也不是以我们个人的好恶为转移的。不过也不用怕，天是塌不下来的。天网恢恢，疏而不漏。不是不报，而是时候未到！”他拍了拍訾泽尘的手，同时用鼓励的眼光瞧了瞧女儿和鲍坚。

“这两个案子是同一伙人干的，或者是两桩互不相干的独立案件，我还说不准。”鲍坚语气低沉严肃，“但从各方面的情况综合判断，两个案子都有来头不小的黑手在幕后操纵。”

“鲍坚同志的判断是对的。”章一民接过了话茬，“现在的难点是，我们在明处，他们在暗处。他们随时可以再下黑手，而我们暂时却只能被动等待。因案子可能会牵涉到几个大人物，再加上我个人目前的处境，在未掌握确凿的证据以前，还无法向省里主要领导和中央纪委进行举报。我们现在面对的是一张大网，却一时还无精准的突破之处。这么大的案子，单靠你们几个人怎么能行？可偏偏目前我们又不能再去找其他人帮忙。一旦泄了密，不但案子破不了，可能还会殃及你们几位的安危。所以，我在这里宣布几条规定：一是为防万一，现有的证据一律准备三份，鲍坚、泽尘和我各存一份；二是泽尘和可染今后不用再参与直接查找证据，而是人身安全第一。任何时候你们都不要单独离开学校。我会让学校保卫处作出安排；三是鲍坚同志更要注意安全。一切工作都要在暗中进行，且不能性急，不要勉强。能做则做，不能做就暂时停下来；四是今天我们在这里所讲到的一切，只限于我们四个人知道。除此之外，对任何人暂时都不能透露。至于什么时候能讲，要听我的通知。对此，大家同意吗？”

在场的人都严肃地点了点头。

“章副书记，我还有一件事情，想向您请示！”鲍坚似乎有点犹豫。

“什么请示？以后不要这么客气，有话请直说！”

“昨天晚上，我这个外甥不顾事先的约定，出人意料地向我手机上发来了短信。短信中说，他想回天源市一趟，有重要东西面交。我考虑了大半个晚上，想不出他手中还有什么重要东西。不过，我又不想放过这条线索。”

“那你准备怎么办？”

“不能让高清山回天源。比较稳妥的办法，是我私下悄悄去同他见上一面，取了东西就回。这样对他的安全有利。我就说家中父亲病危。这样我就可以向分局请上三天假，速去速回。”

章一民起身来到窗前，沉思良久。“我看可以这样办。不过，你千万要注意保密，注意自身安全，你可是我们办案的顶梁柱啊！”

中午十二点的钟声响了，鲍坚同章一民、訾泽尘、章可染一一握手告别。

……

按照与章一民商定的方案，鲍坚于12月6日下午匆匆赶到了岭潭县旺达房地产公司。公司董事长兼总经理孙纯义见鲍坚不期而至，自然十分高兴，就拉他到家里狂喝了一顿。晚上十点，鲍坚把高清山找到自己在旅馆订下的房间。高清山把路遇李猛川的经过，简明地叙述了一遍，并详告了李猛川在杨雪凝案发当晚在其家中所目睹的一切，最后又把从李猛川手里得到的U盘交给了鲍坚。鲍坚喜出望外，一再夸奖高清山此事办得漂亮得体。他一边反复摩挲U盘，一边闪电般思索下一步的行动。鲍坚本想马上再约李猛川详谈一次，旋即又觉不妥。“清山，你一定要把李猛川保护好、照顾好，他是我们下一步破案的关键证人。如果他生活上有什么困难，你也要及时帮助解决。如果需要钱，我马上给你寄来，但千万不要向第三人借钱。”

“我和猛川目前的关系很好，他一切都听我的。”

“你们要在旺达公司再待上一段。什么时候离开，我会通知你的。”

“一切听舅舅的安排。”

“杨雪凝的案子很复杂，凶手的手段也很残忍，你和猛川务必把安全放在第一位！”

“我也有此感觉。”

“关于我这次来旺达公司的事，”鲍坚思索片刻，又郑重叮咛：“一定要守口如瓶。眼下保密工作尤其重要。U盘的事不能告诉任何人，包括你最亲近的人。今后除我之外，你不要同其他任何人联系。”

“好的，请放心，舅舅。”

“还有，”鲍坚再次低头沉吟，稍倾又抬头盯着高清山。“为防万一，这个U盘我要复制三份，一份我带回，两份交给你，其中一份你要随身携带，剩下的一份则另找一个地方藏妥。如果我出了意外，你可带上这两份U盘复制件，和李猛川一起到三江农业大学找訾泽尘教授，她会安排你们去见需要见的领导。”

听完了舅舅的话，高清山打了个寒颤。“有这么严重吗？”

“事情可能比我说的还要严重，千万不能掉以轻心。你一个人在这里，务必要多观察、多留意，遇事遇人须三思而后行。总之，一定要小心小心再小心，谨慎谨慎再谨慎。好了，已经很晚了，你回去休息吧！”鲍坚爱抚地拍了拍高清山的肩膀，替他理了理衣领。“明天一早，我就要赶回天源。你不要来送了。”

第二天清晨，鲍坚一个人悄悄离开了旅馆，到长途汽车站买了由岭潭开往五岭市的车票，两个小时后就到了五岭。也许是职业习惯，在路上，他总隐隐感到背后有一双贼眼在盯着自己。鲍坚心里清楚，自己身上的这个U盘太重要了，绝不能出任何问题，小心驶得万年船！于是，他就先后使用公安人员反跟踪的几种办法，反复对身后作了侦察，始终没有发现可疑的人和现象。尽管如此，到五岭火车站买车票时，鲍坚还是多了一个心眼，同时买了两张坐票，一张在二号车厢，另一张则在八号车厢。上车之后，他先到二号车厢坐了二十分钟，然后装着上厕所的样子，迅速溜到八号车厢，再次放眼打量四周，一切均看似正常。这时，鲍坚一直悬着的心才落了下来，甚至有点暗暗责备自己神经过敏了。

列车在三江省西部的丘陵、平原上奔驰，树木、山丘、河流、湖泊、村庄，一个接一个从车窗前掠过。鲍坚轻松地观赏着车外的景色，为这次的岭潭之行感到心满意足。突然，一个女列车服务员来到了跟前，彬彬有礼地说：“同志，我们列车长请您过去，说有要事向您汇报。”

“列车长？”鲍坚感到有点突兀：“我不认识。”

“见了面，你就认识了。列车长说你们是老朋友。”

话说到这个程度，反倒让鲍坚有点为难。转念一想，这是在火车上，一个列车长又能把我怎么样？于是，站起身来，示意服务员前面带路。

在列车服务员的带领下，鲍坚来到了软卧车厢三号包间。拉开房门，见里面坐着一个五十岁左右的方脸男子，身穿铁路职工的工作制服，右臂衣袖上挂着一个菱形的牌子，上边写着“列车长”三个字，字为红色分外醒目。服务员把鲍坚让进包房后就扭身离开了。鲍坚迅速把包房扫视了一遍，见无任何异常，神经也就松了下来。

这位列车长起身热情迎接，同时伸出了双手。

“实在对不起，我有点健忘。你是……”鲍坚竭力回忆。

“哎，我叫周实怀。说起来，我们还是战友呢！你在74师383团任团长时，我在385团任连长。我认得您，您可能对我没有印象。”

“噢，幸会，幸会！”鲍坚勉强和周实怀拉了拉手。

“小李，小李，”周实怀把门拉开了一条小缝朝外喊道："为我们沏上两杯绿茶。"之后，这个人走过来挨着鲍坚坐下。"你可能觉得奇怪，但说起一个人，你就明白了，我是赖锐的舅舅。"

"啊！你是赖锐的舅舅？"鲍坚有点喜出望外，亲切地看了看这个人一眼。"有什么事，请直说吧。"

这时，那个叫小李的女服务员用托盘端着两杯绿茶敲门进来。这个小李上着白色制服，下穿蓝色西裤。说是小李，其实看起来已经是四十多岁的人了。她把两杯茶轻轻地放在小桌上，杯子里的茶水闪着淡绿色的诱人波光。鲍坚仔细一看，才发觉这个叫小李的女服务员同刚才为他带路的是同一个人。

"有几条线索我要告诉您，对赖锐的死因我始终有点怀疑。我曾托人到省公安厅打听过，但不得要领。后来，我又亲自到案发现场观察。正是在那里，有人告诉我你在天源市南城公安分局工作。来，请先喝杯茶，然后我们再细说。"周实怀斜瞟了鲍坚一眼，随意端起靠近自己的那个茶杯，咕咚咕咚地连喝了几口。

一切都显得那么自然随意，合情合理。鲍坚完全放松了警惕。从清晨到现在，自己还水米未沾，也确实有点渴了，也有点饿了。见周实怀率先喝得那么痛快，他也就毫不犹豫地端起茶杯一饮而尽。鲍坚刚放下茶杯，肚内突然袭来一阵剧痛，脑子里刚闪出"上当了"的念头，眼前一黑就死了过去。

周实怀一见得手，立即敲了敲房门，那个叫小李的服务员像幽灵一样应声闪身而进。

“马上收拾干净，我们要迅速离开！”

这个叫小李的女人，麻利地打开车窗，把两只茶杯连同托盘一齐抛到窗外。周实怀脱下自己的衣服急忙为鲍坚穿上，接着又把他的尸体拖上铺位，并盖上了薄被，伪装成正在睡觉的样子。与此同时，那个叫小李的女人也三下五除二剥掉身上的外衣，换上藏在上铺的一件连衣长裙，随手打开鲍坚缠在腰间的小包，找出U盘装入自己衣裙的口袋。之后，两个人趁着火车进入隧道之机，窜上走廊向列车的尾部走去。

鲍坚的尸体在火车快到终点天源站时才被发现。按照惯例，列车在抵达终点站的前半个小时，列车员特别是软卧车厢的服务员，就要开始整理卧具。巧合的是，负责软卧车厢的女服务员也姓李，是个二十多岁扎着两根小辫的俊俏姑娘。她来到了3号包房，轻轻地敲了敲门，见无人答应，就又敲了几下。如此三番，仍不见动静。小李感到蹊跷，就按规定喊来了列车长。奇怪的是，这个列车长也姓周，一身的装束同那个杀人犯周实怀一模一样。列车长到了之后，先在门外喊了几声，仍无任何反映。于是，就同列车上的乘警一起打开了房门，发现鲍坚身穿铁路职工制服，口鼻出血，静静地躺在下面的铺位上。列车长、小李和乘警见状大惊失色，立即电话向省公安厅报警。公安厅干副厅长当日正好值班，接到报警后立即向列车长下达指示：列车进站后，软卧车厢的乘客和全体乘务员一律不准下车，等候问讯。十分钟后，列车进站，干副厅长带着省公安厅刑侦处的几位同志迅速登上了软卧车厢。一看受害人是鲍坚，干副厅长心中顿时有了一个初步判断。与此同时，刑侦处的同志立即开始了紧张的程序式工作，有的察看检查现场，有的拍照录像，有的负责讯问记录，另有两个同志立即把鲍坚的尸体运去解剖化验。

一个小时后，软卧车厢的乘客和本次列车上的全体乘务员全部放行。干副厅长急忙返回公安厅大楼，拨通了章一民的电话："章副书记，报告一个不幸的消息，鲍坚死了！"

"什么，死了？"章一民沉默许久。"你如何看？"

"是谋杀，又是一场精心筹划的谋杀！"

"他是怎么死的？"

"现在化验和尸体解剖结果还未出来。但根据现场察看结果和我多年办案的经验，可以认定是毒杀，用的是超剂量剧毒物'氰化钾'！"

"下一步你如何打算？"

"坚决查下去，这帮人太狂妄了，在公开向法律挑战！"

"事已至此，我无话可说。你就按规定，向有关领导汇报，并立即着手侦办！"章一民声音哽咽，语调发抖。

二十八

今年，三江省的冬天似乎来得早了一些。刚进入12月，六七级的北风就不分白天黑夜地呼啸着横扫三江，摇撼着大地。几天过后，万木凋零，霜漫丘野，河水结起了薄冰，山间飘起了细雪。无边无际的寒气，把全省罩了个严严实实，笼得个密密切切。

与这寒冷的天气相反，省委省政府的换届工作却进行得如火如荼、轰轰烈烈。先是推选党代会、人代会的代表，继而是酝酿讨论省委省政府新一届领导班子成员的预备人选。领导述职，群众评议，民主推荐，上级考察……一环扣一环，忙碌紧张热闹非凡，整个三江省处于一种难以名状的亢奋状态之中。

经过十多天的紧张工作，省委终于出台了新一届省委省政府班子成员的建议名单。这个名单经与中央组织部反复交换意见后，于12月中旬正式报中央审查。

省长于振天这段时间显得格外繁忙。他用了两个星期的时间，以检查全省城镇化建设现场会议精神落实情况为由，马不停蹄地走遍三江省下属的七个地市。每到一地，都分别约当地主要领导个别谈话。单会涛来回奔波于北京、天源两地，在上层相关人物中下足了功夫。至于艾观波则另有一番作为。连续几个月来，他坚持每周都到令狐书记家里走上一趟，及时送上一些新鲜肉品、大虾、鲍鱼、燕窝、鱼翅及时令蔬菜，每样东西量虽不大，但均十分投合令狐书记与老伴的口味。同时，他还采取循序渐进、只做不说的方式，把令狐书记的小院修葺一新，将他房内的家具更换了一遍。这些家具外表简朴，材质却十分名贵。最近，他又为令狐书记物色了一个四十多岁的保姆。这个保姆精明能干，尤其有一手不俗的厨艺，从而在饭菜口味方面彻底赢得了两位老人的欢心。这自然让艾观波在令狐一家中的地位不断稳固、日益上升。对单会涛呢，艾观波也投其所好，送上了一位年轻貌美的女郎，作为他住宅的服务人员。据说单会涛见之眉飞色舞，心花怒放，很快就让这个女郎替代了老情人费依霜的位置。至于省内四大班子的其他领导，除了章一民、陈刚之外，艾观波均根据每人的性格与爱好，定期或送烟，或送茶，或送酒，或送古玩字画。对这类事，他每每精心安排，事必躬亲，且每次都在这些领导面前表白：自己能力有限，不堪重任，作为省会城市的主管，无法为诸位在工作上分忧，但却十分乐意为大家做好后勤服务，以便让能力比自己强的诸位无后顾之忧。他作这番表白的时候，态度谦恭，语气真诚，一对小而深陷的眼睛中透出的尽是甘拜下风、与人无争的平静神气。久而久之，在省级的多数领导中，形成了一种对艾观波的共同看法：这个人讲义气、重感情、无野心、为人忠厚温敦。俗话讲，三年不上门，是亲也不亲。目睹这种状况，毛永清、禹宪铎、蒲安江、居希等诸多正派的同志，曾反复力劝章一民、陈刚也要多走动走动，多和一些人交流交流。但每次这两位都淡然一笑，置若罔闻。

12月16日下午，作为分管省委组织人事工作和这次换届工作的领导之一，章一民和省委组织部部长蒲安江及相关人员一起，逐地逐市地分析、研究换届工作的进展情况。由于涉及的地方太多，直到晚上九点钟会议才结束。待其他同志陆续离开会议室后，章一民拉着蒲安江一同回到自己的办公室。同时，嘱咐秘书小强送上了两杯绿茶。两人各捧一杯，相对而坐。

“好久没和老兄谈心了。现在时间尚早，我们就借机聊聊天吧！”章一民先开了腔。

蒲安江反复审视着手中的茶杯，良久才说：“一民，你对三江省这次换届工作的总体形势如何判断？”

“有一种要出大事的感觉，冥冥中似乎有一只大手，在暗中操纵着一切。”

“你的感觉没错，我也认为情况十分严重。种种迹象表明，确实有人在幕后操纵，矛头所向则是你和陈刚。他们的目的当然是要攫取省委书记和省长这两个最重要的位置。”

章一民心中一寒，良久不语。

见章一民不说话，蒲安江就接着说了下去：“一民啊，我老了，这次换届之后，我即将退出三江省的政治舞台。我这个人无别的长处，但有一条尚可自慰：听党的话跟党走，老老实实任事，正正派派做人，做到清贫自守，虽未量岁功，即事多所欣。这几年，我发现周围的一切都变了，人变了，事变了，上下级关系变了，连一些基本的是非标准也变了，我每每深感自己已无法适应这种变化了。回顾我这一生，虽有坎坷有曲折，但总体上还是比上不足比下有余。‘云无心以出岫，鸟倦飞而知还。’我按时退下来可谓老有所终，足以自慰。然我最难受最可惜的，是你这位老兄啊！”说至此，这位曾下过乡、当过兵、做过工，经历过“文化大革命”的老党员已是泪流满面了。

“老蒲，不要如此悲伤！”话是这么说，章一民自己的鼻子也发酸了。

“我悲伤的不是个人，而是三江省的今后。三江省不能没有你啊！”

“千万不要这样讲！李白在《春夜宴桃李园序》中说：‘夫天地者，万物之逆旅也；光阴者，百代之过客也。而浮生若梦，为欢几何？’我们这些人，作为个人来讲，生者如客，死者为归，在历史长河、茫茫宇宙中，其实都很渺小。”

“但你不同！”蒲安江越说越激动。“你为人襟怀磊落，坦荡正直，对党对民忠诚，有信仰有操守有人格，且多谋善断，明于领世，既能成事，又能救败，才犹匡国。你对待工作真正做到了公而忘私，利不苟就，害不苟去，常言人之不敢言，正确的敢坚持，不对的敢反对，可谓有胆有识。论水平论能力论谋略是很少有人能企及的。在我们三江省的省级干部中像你这样的人才恐怕是没有了。”

“老蒲，今天你是怎么了？怎么尽在为我戴高帽子！”章一民被蒲安江夸得有点坐不住了。

“不要打断我。今晚，我要把藏在心里的话一股脑儿全倒出来，这也许是最后一次了。五岭市贿选事件发生后，我这个组织部长羞愧难当、无地自容。此事不能说事前一点征兆都没有，只是自己胆小，没有直面主要领导的政治勇气。我这个人，诚如苏轼评贾谊：量小，识不足。惭愧之余，我更想到了你。我们党现在非常需要你这样的干部。你如同一棵大树，风华正茂，干壮根正，且根是深扎在人民的土壤之中的。”蒲安江猛地刹住了话题，深情地端详着章一民，泪珠又滚滚而下。“不过，树再壮，也要人呵护，也需要肥水滋润，也经不起斧砍钺击。《后汉书》里讲：‘峣峣者易缺，皎皎者易污。’韩愈在《原毁》一文中说：‘事修而谤兴，德高而毁来。’现在，不少人都盯住了你这棵大树，千方百计要把你砍到。而你这棵大树呢，却宁死也不弯腰。我眼睁睁地看着三江省今后可赖以乘凉、依靠的一棵大树就要被砍倒了，身为组织部长的我，又无能为力，爱莫能助。对此，真是肝肠寸断、心如刀绞啊！”说至此，这位已上六十岁的人竟掩面痛哭。这哭声似虎啸龙吟，喷吐着无奈、痛惜和伤心，震得墙壁嗡嗡直响。

章一民再也控制不住，扑上去抱住蒲安江，任由泪下。许久，他率先止住了哽咽，昂然站定，像是安慰老蒲又像是发誓。“我这一生有你们这样几位朋友足矣！故人、前贤多次讲过，为官者私罪不可有，公罪不可无。不诱于誉，不恐于诽。激湍之下必有深潭，高丘之下必有浚谷。顾炎武这位老先生指出，人一生中应以修身正心、激浊扬清为第一要务。难道我们共产党人连这些都做不到吗？老蒲，你我二人都是来自农村的。一个农民的儿子能身居今天这样的高位，所依赖的是党和前辈的培养，是人民的拥戴，也是我过去从未敢企及的。这对我个人来讲，也应足矣。'**国计已推肝胆许，家财不为子孙谋。**'我们现在之所以还要斗、还要争，绝不是为了个人，而是为了国家、为了人民，为了我们这个党正在领导的伟大事业。从一定意义上讲，也是为了澄清是非，伸张正义。不过，老蒲，你也不必这么伤心。我就不信，共产党的天下，能让一小撮不肖之徒翻转！"章一民拉起蒲安江，又豪气万丈地说道："来，我们以茶代酒，为我们的纯洁友谊，为三江省更加美好的明天干杯！"

这时办公室桌上的红机电话猛然响了起来。章一民抓起话筒，从另一端传来了省公安厅干副厅长焦急的声音："章副书记，陈刚秘书长被人打成重伤，现正在省医院抢救！"

"什么？"章一民闻之大惊失色。直觉告诉他，又是一个阴谋。

"怎么回事？"蒲安江忙问。

"陈刚遭人暗算了，被打成重伤！"

蒲安江眼前一黑，跌坐在椅子上。

"走，我们一起到医院看看！"

两人赶到医院时，陈刚仍处于深度昏迷状态，急救室里一片忙乱。

“究竟是什么情况？”章一民满脸寒霜，问迎上来的干副厅长。

“我们接到报警赶到现场时，陈刚同志已经躺倒在地，满身是血，一只胳膊也被打断了。特别是脑袋上的一击最为严重，弄不好会要了他的性命。”说着他指了指身边一个退休干部模样的老人。“是这位老同志报的警。他目睹了现场发生的情况。”

“老同志，谢谢您了。”章一民立即转身面对老人。“当时的情况您还记得清楚吗？”

老人咳嗽两声，稳了稳神说道：“当时，我被吓蒙了。现在认真细想，有的情节还能回忆起来。”老人一边竭力回忆，一边又喝了两口茶水，强迫自己镇静下来。“今天晚饭后，我按多年养成的习惯，到市中心公园散步。大概是八点半左右，我远远看到一帮黑衣大汉围着一个女人拳打脚踢。那个女人在地上翻滚并高呼救命。闻声我急忙跑了过去。这时，对面一个人，也就是受伤的这位同志，先我一步奔到那个女人跟前，他一面怒斥那帮大汉，一面俯身察看那个女人的伤势。我隐约看到那个女人猛然一挺身紧紧抱住了这位同志，身子一个劲地拼命往他身上贴靠。也许是这位同志感到不妥，就急忙掰开她的双手，尽力挣脱。这时，从旁边树林里突然蹿出两个记者模样的人来，他们借助闪光灯，噼里啪啦一通猛拍。之后躲在树影里的另一个人沉喝一声，跳了出来，用手指着这位同志：‘你竟敢调戏我的女人。兄弟们，上！给我狠狠揍，揍死了，我偿命！’几个坏蛋闻声像是事先商量好的一样，一齐从腰里抽出木棒，朝着这位同志身上一阵猛打。这位同志一边用胳膊遮挡一边用脚还击。这时，我见一个矮个子男人挥起大棒，从背后朝他头上猛击了两下。这位同志闷哼一声就倒了下去。我眼见要出人命，就下意识地高声大喊，快来人啊，要打死人了！那帮坏蛋可能起初并没发现我，突然听到我喊叫，即拉起那个女人四散逃去。我趋前一看，知道这位同志受伤不轻，就用手机拨打了110。”

“你能看清那个女人的模样吗？”章一民问。

“看不清楚。只能看见她上穿红色棉袄下着黑色长裙。”

“躲在树影里的那个人呢？”

“更看不清楚了，只认出这人个人个头较高，超过一米八。”

“你觉得这帮人想干什么？”

“我的判断是利用流氓手段作案，且是经过事先周密谋划的，用一个女人做局，诱骗这位同志上当。”

见再也问不出什么了，章一民即嘱咐干副厅长：“把这位老人送回去。一定要周密安排，确保这位老人的人身安全。他可是这个案件的唯一见证人。”

这时参与抢救的院长趋了过来。章一民急不可待地问道：“怎么样？有无生命危险？”

“命能保得住，但脑子受了剧烈打击，恐怕要落下严重的后遗症。被打断的胳膊已经接好，能够恢复如初。不过，他可能要在病床上待上几个月了。”

章一民此时再次俯身凝视着昏迷不醒的陈刚，一阵撕心裂肺的剧痛令他站立不稳，意乱如麻。他谢过院长之后，即和蒲安江、干副厅长来到了院子里。

“看来，这帮人要把我们赶尽杀绝啊！再也不能掉以轻心了。干厅长，你要亲自守在医院。任务有两个：监督医院的抢救行为，确保陈刚的生命安全。我和老蒲还要回去向令狐书记汇报。这里的事就拜托你了。”

刚走出医院大门，手机就响了。他打开一看，是訾泽尘发来的一条微信：“一民，快查网络，上面造谣说陈刚因在公园耍流氓被人打伤。陈刚抱着一个女人的照片正在网上铺天盖地地传播。”章一民马上止住脚步，迅速浏览了手机上的相关网页，事情果然如訾泽尘所言。章一民和蒲安江交换一下眼神，脑中疑云密布。回到办公室，他拿起电话，刚准备向令狐书记汇报相关情况，秘书小强却急急忙忙撞了进来。“章副书记，刚刚接到省委值班室的紧急通知，让所有省委常委到省委第一会议室开碰头会。噢，蒲部长也在，你们两个赶紧去吧！”

章一民和蒲安江赶到会议室时，除省军区司令员外，其他常委均已到齐。章一民同蒲安江对视了一眼，心中一惊，动作真快啊！这时，令狐书记开了腔：“这么晚把大家请来，是因为今晚发生了一件起突发案件，且事关省委常委兼省委秘书长陈刚同志。下面，先请省公安厅龚厅长介绍一下相关情况。”

“归纳从各方面收集到的情况，可以作如下判断：今晚八点半左右，陈刚同志在市中心公园与一女子相遇，发生了肢体接触，被闻讯赶来的这位女子的丈夫打成了重伤。”说罢，投影屏幕上立即现出五张照片，分别是陈刚俯身询问女子、女子紧抱陈刚、双方身子紧偎、陈刚掰开女子双手及一帮人棒打陈刚的镜头。

听罢龚厅长的介绍，看完出示的照片，章一民心中一阵刺疼，无限悲怆。龚卫斯的介绍看似无意，实际上却是把矛头紧紧指向陈刚。五张照片，更是让人感到铁证如山、无从质疑。会议室里一片肃穆，空气似乎一下子凝固了。

“我看，情况已经十分清楚了，问题就出在陈秘书长身上！”艾观波率先打破沉默。

“不用再讨论了，就如实向中央报告吧！”于振天接过了话茬。

“陈刚是这次省委换届时要继任常委的人选。目前，这件事在网上已闹得沸沸扬扬。为及时挽回不良影响，阻止事态进一步发展，我建议，先把陈刚从省委常委候选人名单中拿下。这也算是省委对此事的一个表态吧。否则，无法平息舆论。”单会涛道貌岸然，大言不惭。

令狐书记此时的心情是不安和懊丧的。真是屋漏又逢连阴雨！自己一心追求的是平稳谢幕，可偏偏就是一波未平一波又起！本来，依他平时对陈刚的了解，陈刚是绝对不会干出这种大庭广众之下调戏妇女的事情的。但过多的个人考虑，让他失去了应有的清醒和判断。所以，此时此刻，他似乎陷入了左右为难的境地。

“龚厅长，此案有人报警没有？”章一民觉得不能再沉默了，如自己再不说话，会议可能在不知不觉中一步一步落入一些人精心布置的陷阱。

“有……没有……”龚卫斯一时语塞，说话支支吾吾。

“有就是有，没有就是没有。为什么要吞吞吐吐？”令狐书记本来心情就不好，见龚卫斯如此表现，不由得心生疑虑且来了气。

“有！”

“谁带人去的现场？”章一民追问。

“是干副厅长，”

“现场有目击证人吗？”

“不清楚。”

“干副厅长为什么没有来？”

“他还在医院守护陈刚同志。”

“你的这些照片是从哪里得到的？”蒲安江淡淡地问了一句，作为对章一民的呼应。

“从网上下载的。”

“从网上下载的？经过核实了吗？”

“还没来得及核实。”

“没经过核实的照片，怎么就可以作为证据向常委们出示？”章一民勃然大怒。

“我，我……”龚卫斯脸上开始冒汗。

龚厅长的这种狼狈样，让其他几个尚没发言的常委顿时回过神来，都隐隐感到事出蹊跷，不能贸然下结论。

“令狐书记，我认为此案需要进一步侦查。理由是，刚才我见了一个现场目击老人。根据他的叙述，案情绝非龚厅长所言，而是另外截然不同的情况。陈刚是为了救助一个被人殴打的女子而遭到陷害。现在，当事人陈刚仍昏迷不醒，无法讲明当时现场真相，也不能为自己辩解。因此，从对人对事负责的角度，起码要等陈刚清醒后听听他的说法，或者现在马上传叫这位现场目击老人。”

“照你这样说，网上传的这些照片都是假的？”艾观波有些气急败坏，高声反问章一民。

“有时，眼见的不一定是真的，而真的往往又不能眼见！”章一民毫不客气。“案子不管涉及什么人，都要坚持实事求是的原则，何况这里涉及的还是一位省委常委。因此，我建议暂时不能对此案作出结论，向中央的报告更不能匆匆送出。同时，请宣传部门做好舆论控制引导，不能让一些似是而非的东西混淆视听。刚才在医院我让省公安厅干副厅长介入此案。如果龚厅长对此无不同意见，可由干副厅长继续负责，争取尽快侦破此案。”章一民斜眼瞟了龚卫斯一眼，见他低头看着脚面，听而不闻，视而不见。

章一民和蒲安江的提问和发言，实际上已厘清了下一步办案的思路，扫除了弥漫在一些常委眼前的迷雾。同时也让于振天、单会涛、艾观波无法再提出异议，令狐书记亦渐渐拿定了主意。

“我把这次会议讨论的结果归纳为三条：一是此案现在暂不能做结论；二是公安厅委托干副厅长继续查办此案；三是控制、引导好舆论，不能让舆论牵着我们的鼻子走！最后这件事，请单会涛同志亲自抓。对此，有无不同意见？

没有？那就散会。”言毕，令狐书记少有的不同任何人打招呼，头也不回地径自走出了会场。

章一民轻轻地吐出一口气，心中五味杂陈。

二十九

12月20日，中组部考察组来到了三江省。考察组由中组部副部长储子建带队，主要任务是对三江省省委省政府换届时的班子人选方案进行考察。考察组按规定完成了前面的惯常程序后，进入了同省四大班子领导个别交换意见阶段。

25日上午，储副部长拨通了章一民的手机。通话中他请章一民安排一个合适的地方，两人要深谈一次。章一民立即通知了叶隐泉，让他做好准备。当天下午两点，由章一民开车，拉着储副部长来到叶隐泉位于山坡上的农家小院——无名堂。前几天的凛冽北风，已把院内的各种花草凋零已尽，唯有剩下的几丛翠竹仍在摇曳着阵阵绿波。三间主房，坐北朝南，虽是茅顶砖墙，但却高大敞亮。房前用竹子另搭成的凉棚，犹如风帆，微翘着向前探出，形成一个似廊似檐的偌大空间，下置两只圆形竹桌，另配四只藤编躺椅。东边的两间偏房里，此时正炊烟袅袅，茶香四溢。在午后的阳光里，只见屋后青山隐隐，黄叶飘飘，蓝天白云，微风习习，既充满着山野乡村的土味，又依稀透出一种仙间神韵。一条简朴的木质U形长廊，从院门口一直曲折蜿蜒至正房门前，正好围成了一处别有情致的院落。

“好地方，简而不俗！诚如曹雪芹在《红楼梦》中所言：‘故当此蓬牖茅椽，绳床瓦灶，未足妨我襟怀；况对着晨风夕月，阶柳庭花，更觉润人笔墨。……’”一跨进院子，储副部长即发出一声赞叹。

两人步入客厅，一股淡淡的茶香扑鼻而来。“是明前狮峰龙井吧？”储副部长瞧了瞧茶几上的两只茶杯，抽动了一下鼻孔，遂兴致勃勃地问了一句。

“部长，真是好眼力，好嗅觉！”站在一旁的叶隐泉不由得一阵惊喜。

“这位是……”储副部长眼光移向章一民。

“噢，忘记介绍了，这是我的好友叶隐泉，外号‘叶神仙’，是一位画家兼杂家。这个地方叫‘无名堂’，是他的住所。”

储副部长闻言急忙转身同叶隐泉握手。“多谢您了。今天，我特来借您的这方宝地，同一民同志开怀畅谈一次。不打搅您吧？”

“部长能莅临寒舍，真是蓬荜生辉，求之不得，何来的打搅？”叶隐泉说罢，把两只装满开水的暖水瓶放到茶几旁边，自己则退入东屋偏房。

“一民，听说你喜欢书法？”

“不是一般喜欢，而是酷爱！”

“为什么？”

“我认为书法是中国独有的一门艺术，也可以说是中国传统艺术中的艺术。它是一个真正的国粹。凡是中国人，都应该尊崇这门艺术，都应具有这方面的基本功力。从小学到大学，我一直坚持书法练习，且自认为还略有所得。可惜，大学毕业从政之后，就没有更多的时间练笔了。不过，为保住已有的书法基础，工作之余，我还是尽力为之。虽断断续续，但还算做到了‘笔耕不辍’。”

“你对当前中国的书法界如何判断？”

“有喜有忧，喜忧参半。改革开放以来，中国的书法艺术得到了长足的发展和普及，出了一批书法家，呈现一片繁荣景象。这是新中国成立以来从未有过的，应当充分肯定。

同时，也不得不承认，在经济大潮的冲击下，不少书法界的朋友，观念有点混乱，方向有点错位，实践有点浮躁，追求有点偏颇。具体表现在对传统的轻视，对经典的轻浮，对学识、修养的缺失，对实践功力的忽略。总之，有一种急功好利、急于成名、金钱至上的倾向。许多人的书法作品，书貌雷同、缺乏个性，且书法外的功夫普遍薄弱。这样一来，当然就很难出高水平的作品，更遑论德艺双馨的大家了。”

“你认为书法的最高境界是什么？”

“多少年来，这一直是一个仁者见仁、智者见智的问题。有不少古今书论专著，对这个问题也从不同角度有所论述，提出了各种各样的看法。说老实话，不少书论专著把这个问题讲玄了、讲空了，让人看不懂，无所适从。根据我的体会，应该是八个字：‘赏心悦目，韵厚情扬’。前四个字是指外在审美，后四个字则是内涵所向。当然，这只是我个人的一管之见。”

“赏心悦目，韵厚情扬！好，这八个字总结得好，我赞成。”

“储部长也酷爱书法？”

“酷是有一点，但酷得不够！”储子建哈哈大笑。突然，他瞥见了叶隐泉靠西墙放置的硕大画案以及依案而立的几捆宣纸，不由得两手发痒。

“光说不练，等于扯淡！怎么样，一民，我们可不可以比画几下？”部长指了指西边的画案。

章一民早已被部长前边的问话撩得兴起，闻言立即会意。他急步过去，熟练地在砚池里倒上了‘一得阁’墨汁，另在旁边摆上了半杯开水。之后，又挑出两支发好的大楷毛笔，顺手在画案上展开一张六尺生宣，双手一拱，敬请部长开笔。

部长也不推让，提笔在手，略一沉思，即在宣纸上笔走龙蛇、上下翻舞，不多时一幅作品一气呵成。然后，部长搁下笔，轻吐一口丹田之气，身子一侧，示意章一民上前观看。

章一民凝神注目，见部长写的是黄庭坚的词《定风波》：“万里黔中一漏天，屋居终日似乘船。及至重阳天也霁，催醉，鬼门关外蜀江前。莫笑老翁犹气岸，君看，几人黄菊上华颠？戏马台南追两谢，驰射，风流犹拍古人肩。”

“好字，好词！字，笔墨酣畅，结体潇洒，布局疏朗，气韵灵动。足见部长行草的功力，学养的深厚，在下十分佩服。词，意境豁达，文采洋溢，堪称上乘言志之作。这样吧，我不客气了，这幅字就请部长留给我作纪念吧！”言毕，章一民忙把作品卷起，仿佛怕人抢走似的。

“哎，一民，俗话说，来而不往非礼也！我已献丑了，请老兄也露上一手，让我开开眼界！”

“好，好，难得有此机缘。那我可不揣冒昧了！”边说边又摊上一张六尺生宣，拿起部长刚才用过的毛笔，饱蘸浓墨，站定双脚，运气悬腕，挥笔疾书。一刻钟后书毕，身子向后一闪，恭请部长指正。

章一民所用书体也是行草，所书内容也是一首词，词牌也叫《定风波》，不过作者却是苏东坡。“莫听穿林打叶声，何妨吟啸且徐行。竹杖芒鞋轻胜马，谁怕？一蓑烟雨任平生。料峭春风吹酒醒，微冷，山头斜照却相迎。回首向来萧瑟处，归去，也无风雨也无晴。”

储子建戴上了老花镜，把字举起来细细端详，末了似怒似嗔地说道：“好你个章一民，你刚才哪是称赞我，分明是讽刺我！同样是行草，你这行草可比我的要高明得多了。整幅字神韵贯通，纵横排闼，大气洒脱，刚柔相济，有自家面目。且字之神韵与词之意境相辅相成，相得益彰。你选的这首词，也比我选的那首词更为飘逸潇洒，襟怀高远。没想到老弟在书法方面竟有如此造诣，老兄我真是自愧不如了。这样吧，你的这幅字算是同我交换，由我收了做纪念！”

章一民连连摆手：“过奖了，过奖了！书艺无涯，我恐怕仅仅是学得一些皮毛而已！”储子建此时似乎意犹未尽，自己又摊开了一张六尺生宣，俯身运笔，再次任意挥洒。这次他写的是苏东坡的词《念奴娇·赤壁怀古》。见状，章一民也展纸取笔，如法炮制，写就了毛泽东的词《沁园春·雪》。之后，两人四目相对，放声开怀大笑，同时从心底冒出“英雄所见略同、两人相见恨晚”之感。

“一民，你说，书画相较，哪个更难一些？”

章一民略作思索，即谦逊地答道：“没有涉猎过绘画，不敢妄论。不过，潘天寿先生曾说过，有才气，下功夫，如果搞绘画需要二十年，那么搞书法，就需要三十年。”

之后，两人兴致勃勃回到座位上。部长一口气喝干了杯中之茶，抬了抬镜框，又提起了另一个话题。“一民，有人说，你还喜欢中国古典诗词。前年已出版了一本古典诗词专集。此话当真？”

“真，确实是真的，不过水平太低，不堪入目。出这个集子，至今我仍后悔不已。”

“为什么？”

“中国古典诗词，是中国优秀传统文学中的另一个国粹。经过近两千年的不断浸淫提炼，我认为其水平已达到至高的境界。它在遣词造句、锤炼文字、抒情达意等方面所达到的水平，是我们当代人很难企及的。可惜自五四运动以来，它不断受到冷落，时至今日，放眼全国，对此‘国粹’既通晓又能精作的人恐怕不多了。有时，我真感到有点悲哀。改革开放这些年，情况虽有变化，但仍不尽如人意。我们现在的不少文件、文章写得又臭又长，明明几句话就可以讲明白的事情，偏偏要累牍冗长。究其原因，不能不从这方面思考。正因为如此，我才在工作之余做了一些尝试。一方面是为了表达自己对中国古典诗词如痴如醉的挚爱之情，另一方面也算是以实际行动来推动它的不断发展。可惜功力不够，尤其在平仄方面存有硬伤。虽勉强出了一本集子，自己却很不满意，每感愧对前贤。”

“有人说，中国古典诗词格律太严，束缚人的思想，影响人的才情发挥。对此，老弟有何感想？”

“我认为，这种说法，堪谓偏颇，甚至也可以说是一种无知。因为任何一种艺术门类，都必有自己独特的要求、标准和规范。正因为如此，才有现在存在的各种不同的艺术形式。否则，许多艺术门类就会相互混淆、难以区别了。比如京剧，它在唱、念、做、打和手、眼、身、法、步等方面有一套程式与规范，才使它同话剧、同歌舞、同其他戏剧区分开来，同时形成了自家特有的风格和面目。其实，我们讲的古典诗词主要指律诗、绝句和词，并不包括四古、五古、七古、乐府等其他形式。所谓诗词格律主要就是声律，最难的则是平仄，可这也正是中国古典诗词的魅力所在。”

“关于古典诗词，我常听一些人讲：‘诗庄词媚’，‘诗豪放词婉约’。对此，老弟有何高见？”部长完全被章一民的学识和观点所吸引，不由得继续问了下去。

“对这种观点，这些年我在饭后茶余及工作闲暇，也确实下过一番工夫，反复琢磨。最后，我的态度是不敢苟同上述之说。我认为对诗词做出这种区别，完全是后来学者的一管之见。其实，诗和词都是一种文学形式，在体裁内容方面都是既可婉约又可豪放、既可庄又能媚的。一句话，各种情态均可入词亦可入诗。以词为例，发轫初始，也许系‘逐弦吹之音，为侧艳之辞’，可能侧重描写男女之间的离愁别恨，兼而抒发作者失意的感慨与隐衷。但在实际生活中，大量的词作中往往是既有婉约，也有豪放的。关于豪放派一说，只是到了宋朝，出现了苏东坡、辛弃疾等人之后，才被研究者定为豪放派。而苏东坡在诗词的题材方面则恰恰是主张‘无意不可入，无事不可言’的。他的这种观点，提升了词的思想境界，开拓了词的内容题材，对后人产生了巨大影响。南宋时的辛弃疾，创造性地融合了诗文辞赋的艺术和语言技巧，达到了抒情、状物、叙事、议论均可入词的高峰，实现了刘克庄所赞叹的‘大声镗鞳，小声铿鍧，横绝六合’的境地。据此，至少可以说，在宋以前，词是没有‘豪放’‘婉约’之分的。豪放派、婉约派，再加上以后又出现的雅词派、清空派等，则是宋之后的学者在研究诗词史衍变时所加的美称。一句话，诗、词均是一种文学形式，无所谓豪放与婉约。关键是看写什么样的题材和内容，该豪放就豪放，该婉约就婉约。诗词的水平，则完全取决于作者本人的才识、气质、胸怀与经历。不言而喻，一首好的诗词，都是可以比，可以兴，可以群，可以怨，可以寄，可以托的。一个无阅历、生活一帆风顺、没经过风雨坎坷曲折的人，是写不出好的诗词的。同时，我也主张诗词应该对仗用典，借喻且含蓄，一定要给读者留下想象与回味的空间。诗词写得太直太白了，就如同一杯白开水，读起来就淡而无味了。”

“老弟的见解，确有独到之处，听了受益匪浅。那么，老弟最喜欢哪个诗人和词家？”

“这个问题涉及面太广。我们这个泱泱文化大国，在三千多年的文化积淀中诞生的伟大诗人、杰出词人实在太多了。我对这个问题尚未深入思考，也没来得及认真加以比较。根据自己平时的所感所悟，自谓比较喜欢的诗人、词人，大概要属李商隐、苏东坡、岳飞和毛泽东了。李商隐的诗寄托遥深，回味无穷；苏东坡的诗词雄浑奔放，清新深沉；岳飞的传世作品不多，但其诗词风格慷慨激越、忠耿高标，对后人影响深广。毛主席的诗词则气魄宏大、势雄情阔，罕有人比。在李商隐的诗作中，我最喜欢的是他的七律《锦瑟》；在一千多年的《满江红》词作中，最好的当属岳飞的一首；在迄今的《念奴娇》词作中，首屈一指的应是苏东坡的《赤壁怀古》；在古今的《沁园春》词作中，毛泽东的《雪》则是力拔山河，独占鳌头。”

储子建今天同章一民大谈书法、诗词，看似闲聊，实则是顺便考察一下章一民的整体素质与人品。没想到章一民在这些方面竟有如此的见解和造诣。这在全国省、部级领导中大概是不多的。此结果自然也令他十分欣慰。

“一民，刚才你关于书法、诗词的宏论，我听了很过瘾。下面，我想同你就这次省委省政府换届中的人事安排交换交换意见。”部长呷了一口茶，身子向左一斜，侧向了章一民。“希望你能同前面一样，大胆进言，直抒己见。”见章一民陷入沉默，部长就率先抛出一个问题。“从前几天的考察中，我们发觉了一个怪现象：厅局级及其以下的干部对你反映普遍都好。可现职的省级领导对你的看法却截然对立：多数表示赞成，少数坚决反对，且反对的意见还十分尖锐。这是怎么回事？”

章一民紧蹙双眉，凝神深思，心中翻江倒海，最后长叹一声，缓缓说了起来：“这种现象，两年前我已感觉到了。为此，我反复自省，也征求了一些同志的看法，至今仍百思不得其解。但最近受到几桩事件的刺激，让我终于悟出了其中的一些缘由。这其中既有主观原因也有客观原因。从主观上讲，我这个人对己严对别人也严，工作上对自己坚持高标准，同时对他人也照要求不误，常常让一些人接受不了。在大是大非和原则问题上，我历来是旗帜鲜明，态度明朗的。该表态的决不含糊，该坚持的决不妥协，该反对的决不姑息，从不忧馋畏讥，留后路、隐私心。在处理与上级和同事的关系时，我历来践行‘和而不同，朋而不比’，有话当面讲，有不同看法均摆在桌面上。日常工作方面，我始终坚持要到位而不越位，要忠于职守而不敷衍塞责。凡经讨论已定下来的工作，在执行中我一贯主张应坚决、快速，用不着再左顾右盼到处请示。我的这种做人处事风格，让不少人受不了，自然也就得罪了一些人，且主要存在于省级领导层中。我这样做常常惹得几个主要省级领导不高兴。他们别的意见提不出，每每挂在嘴上的总是我这个人骄傲自满，不听话、不好驾驭。另外，这些年我在日常交往中，除了处理公务、开会研究工作外，很少与同事、省级领导私下走动、登门拜访，更极少找主要领导谈心、聊天。我认为这是最正常不过的事情，可有些领导却视我为高傲狂妄、目无余子。令我十分难受伤心的是，几十年来，我一直是以这样的原则为人、处事、做官的。过去，我每到一处，领导与群众对我的评价总是一致的。可是自从进入省委领导班子以后，尽管我已注意不断克服自己的缺点，有时也做了一些妥协，甚至主动磨掉了不少棱角，自认为自己是在不断进步的，可领导和群众对我的看法就是怎么也一致不起来。”章一民越说越难受，最后只好停下来了。

“不要有顾虑，怎么想就怎么说！”

“说了你可别生气，更不能批评我是往自己脸上贴金！”看到部长肯定的眼神，章一民就放开了胆子。“我得出的结论是，不是我退步了，也不是我的做法不对，而是现在的政治生态、工作环境和省委机关的风气出了问题，变得不健康了。我认为在一个单位，好风气可以造就好干部，坏风气则可毁掉好干部。凡是风气不正的地方，上级与下级之间的看法是很难一致的。最后被推出来的，往往是‘老好人’、庸人，甚至还有一些奸诈之徒。”

部长虽然鼓励章一民直抒己见，但听到他讲得如此尖锐，心中不免也是一震。沉吟片刻，就又委婉地提出一个问题：“你同省委主要领导平时的关系处得怎么样？”

章一民有些犹豫，转念一想，这是组织上在公开征求自己的意见，此时不讲还待何时？于是，他下定了决心。“令狐书记平时为人谦和、作风廉洁、律己甚严，可谓恂恂儒雅，谦谦如君子。对此我由衷敬佩。在我成长的道路上，令狐书记曾给予了不少指导和关怀。坦率地说，没有他过去的提携与支持，我现在恐怕还坐不到省委副书记这个位置上。对此，不论于公于私，我都十分感激、没齿不忘。前些年，我同令狐书记的关系很正常，工作上也配合得很好。我能感到他对我的工作是满意的。但情况自去年开始急转直下，发生了颠覆性变化。这种变化既有他人的挑拨离间，也有两人性格因素作怪。从我这个方面讲，与他交流沟通不够，因此可能产生了误会，也让人钻了空子。从令狐书记的角度讲，则是从去年开始，他的心态变得令人难以捉摸。他清楚到了今年年底，就要退下来了，故对退下来之后个人的一些问题考虑过多。首先，他希望自己能留下一个好的政声，所以要抓紧再干几件赖以留名的大事。于是，在他的心里，一方面，想增加政绩，另一方面又求稳怕乱。这种矛盾状态，影响了他对重大事情的判断；患得患失的思想，又削弱了他识人辨人的能力。我同他发生的正面冲突，是在去年上半年的省委工作会议上。在这次会议上，他和省长于振天提出：到今年年底，全省要完成国企改革、省会天源市的城市改扩建工程和农村城镇化建设。关于国企改革，他们两人的思路均是以卖为主，一律实行私有化；对于天源市的城市改扩建目标，瞄准的是世界性的大都会；关于农村城镇化建设，则明确要求于今年年底在全省70%的人口中实现。在讨论这三项工作如何落实时，我对这三项重大工作，从指导思想、操作方式和实现目标等方面都提出了一些不同看法，从而在会上引起了一番比较激烈的争论。应该说，这是正常的。可令狐书记听后却怒不可遏，大发雷霆，认为我是公然冒犯他的尊严，是在拆他的台，是对他的公开挑战。更要命的是，他竟认为我是忘恩负义，搞政治投机，见他要退下来了落井下石，进而得出我思想意识、政治品质有问题。从此之后，他就开始疏远我、冷淡我。另有一件事是关于他小女儿的工作安排。他这个女儿高职毕业后，因身体有残疾，在工作安排上出现了一些困难，触动了他的一桩心事。有一天他嘱我协调安排。我根据他女儿的所学专业和身体状况，经再三考虑，建议她到省档案馆或图书馆工作。这本是一番善意，不料老书记听后十分不悦。他老伴则明确提出，要让她女儿到省人事局或省委组织部工作。对此，我当然不敢苟同。这下，可捅了马蜂窝。令狐书记据此认为我是个白眼狼，不关心他退下来的生活。关于他退下来的生活安排，我知道两年多来他考虑得特别多。过去我们两人关系正常时，他常在我面前说起，人在情在，人一走茶就凉，担心自己退下来后的晚年生活也是如此。对此，我一再表示，请他尽管放心，我们这些人会按规定对他负责到底的，绝对不会让他在生活上有什么困难。他对此将信将疑。女儿工作的事出来后，他对我彻底绝望了。家中的事干脆不再找我帮忙了。与此同时，省委省政府的一些人，见有机可乘，就在他面前不断地添油加醋、挑拨是非。于是他对我的猜疑、忌恨不断加重。最近一年来，除了省里出了大的麻烦事让我去处理、去挡一阵外，平时对我是外宽内忌、日益疏远。在干部的具体使用方面，他则如西汉刘向所说：‘贤而不知，知而不用，用而不任。’又一反宋代陈亮所言：‘与其位，勿夺其职；任以事，勿间以言。’储部长，你说说，我该怎么办，又能怎么办？对此，我感到悲哀，却又无可奈何。同一把手的关系搞成这样，这是我做梦也没想到的。后果，我自然也十分清楚。”章一民激动地站了起来，在屋子里转了几圈之后，又无可奈何地坐了下来。

“还有什么想法？”

“从令狐书记近两年的所作所为，至少可以得到几点启示：一是作为一方大员，一个省的一把手，在个人气质上，一定要有一个宽阔的襟怀，一定要能容下人，容下能干的人，容下敢于坚持不同意见的人。一定要提倡和而不同，而力戒同而不和。有人说过，世界上最宽阔的是海洋，比海洋更宽阔的是天空，比天空更宽阔的则是人的胸怀。令狐书记心胸狭窄、自尊心过重，把个人面子看得高于一切，又爱计较小事。像这样的领导者，岂能不误大事？又怎能选贤任能？古人讲：‘治国之难，在于知贤而不在自贤。’‘知人者，王道也；知事者，臣道也。’毛主席也多次说过，领导者的责任就是出主意、用干部。我认为一个省的一把手，最需关注倾心的，应是选对人、重决策、纳真言。且不说，在日常工作中，我们常有看不准的好人，亦有看不准的坏人。真正干工作的人都是知难而进，明知难也要尽力为之的人；至于建言献策，真理往往在少数人手里，且凡具真知灼见者，往往都不会巧言花语。如果不知人善任、无胸襟纳言、又不能善断大事，那么，这个省的一把手就是最大的不称职。尤其在用人方面，这种领导往往是中意庸人，忌用能人。这直接关系到我们干部队伍的素质是一代比一代更高，还是一代比一代式微的大问题。从这个角度评断，说令狐书记大节有亏、有愧本职也毫不为过。二是作为一个省的一把手，一定要同时具有举轻若重和举重若轻的谋事处事本领。先贤们历来既提倡'君子以细行律身，不以细行取人''天下大事，必作于细'，更主张'惟克果断，乃罔后艰'。周总理在世时，曾说自己是'举轻若重'，这是总理的谦虚，但却被许多人误解了。其实，周总理是该'举轻若重'时就'举轻若重'，该'举重若轻'时就'举重若轻'，两者是因时因事而用，据情据势而定。我观察，在令狐书记那里，只有'举轻若重'，没有'举重若轻'，典型的'以轻失重，以小失大'。在看似谦虚谨慎的外表下掩盖着虚伪惜身的私心；在高喊听上级话听中央话的悦耳口号声中，矫饰了少谋寡断、不敢担当的致命弱点。三是对省、部一把手的监督问题。特别省一级的一把手，权力很大。用对了，会保一方平安；用坏了，就会扰乱一片江山。我常常发现一些省的一把手，一朝坐上此位，讲话的口气变了，为人的态度变了，处事的方法也变了，连走路的姿势都变成横的了，成了老虎屁股摸不得的一方诸侯。在决策问题上，基本上是个人说了算，很少有人敢讲不同意见，更难见敢于当面坚持不同意见的人。权力也因此失去了必要的监督。在监督问题上，谁来监督一把手？目前的情况是，省、部级的一把手，只有在中央发现了其重大问题时，才有可能被揭露、被拿下来。这是一个很大的危险。此种现象应当引起全党的高度重视。现在，腐败问题如此严重，有些地方有些部门常常发生窝案，不能说与此无关。我的看法是，为了全党全国全民的最高利益，除了对党的中央总书记可以适当宣传外，其他任何人都不得吹嘘自己，都必须自觉接受监督，都不得搞独立王国。对中央来讲，最重要的是从中央政治局委员做起，带头自觉接受监督。同时还必须从制度体制上解决好对省、部级一把手的监督问题。”

“你讲的这几点启示，很有意义。我再问你，对三江省省委省政府的其他现任领导，你有什么看法和建议？”

“省委现有的十一位常委中，有六位已经到龄，此次换届时均要退下。省委常委兼省委秘书长陈刚是位好同志，堪重用，最近遭人陷害被打成重伤，现仍躺在医院里。如果他的案子不能迅速查清，这位同志在此次换届时的命运就很难预料了。剩下的就是于振天、单会涛、艾观波和我本人了。省委常委、副书记单会涛同志工作懒散浮躁，讲吃喝，尚空谈，正是毛主席曾尖锐指出的‘墙上芦苇，头重脚轻根底浅；山间竹笋，嘴尖皮厚腹中空’的一类人。平时不谋事只谋官，一天到晚在上层走动，前不久又极不寻常地被安排成省委副书记。此人嗜酒好色，据说已玩弄了好几个年轻女性，群众对此意见很大，对党的形象已造成不良影响。而省委省政府的一些人，则抓住他的这个弱点，投其所好，拉着他当枪使。省里近一年来发生的一些案件，也可能与他有牵连。为此，我认为此人不堪大用，并建议中央尽快将其调离另行安置，以免造成更坏的影响。省委常委、天源市委书记艾观波同志，我还有点看不准。不过，从各方面的情况判断，这位同志工于心计，貌似憨厚实为狡诈。善于察言观色，精于揣摩上意。正如常言讲的，大伪若真，大奸若忠。根据省委办公厅的同志反映，最近一年多，他挪用公款，私设小金库，组织一帮人，专门用来讨好、拉拢省委、省政府、省人大、省政协的领导成员，且在令狐书记和于省长身上下的功夫最深。例如，关于令狐书记女儿的工作安排，我刚才已经讲了，我只同意她到省档案馆或图书馆工作。他倒好，慷慨迅速地把她安排到了天源市委组织部任职。还有，过去此人因受过令狐书记的严厉批评，从不和老书记过多亲近。可近一年多来，人们发现他到老书记家里走动特别频繁，来往日密，几乎是每星期必到一次，送吃、送喝、送家具。另外，我怀疑他已和于省长达成默契，相互支持，可能是盯上了省长的位置。储部长在这次考察中，也许已发现在省的四大班子中，替他说好话的可能大有人在。他是否还有其他问题，我不敢肯定，但上述几点看法大致上是不会有错的。论能力、论气魄、论资历、论人脉，于振天同志在这次换届时，接任令狐书记的职位，按理说应是顺理成章，我本人在过去很长一段时间内，也一直持此观点。不过，在我处理国庆期间发生的三起群体事件的过程中，发觉在每件事情的背后都有他的影子。今年七月天源市发生的两起人命案件也隐隐约约同他存在着某种联系。平时，此公城府深、人情厚，善于提口号，习惯搞大场面，铺大摊子，可谓情况不明决心大，心中无数办法多，作风有点华而不实。古人讲，大丈夫行事，论是非而不论利害。我觉察他在对一些大是大非的判断与处理上，则是常常只讲利害而不计是非，十分注意照顾情面，重视关系。在律己方面，则嗜赌贪色。多次有人反映，他经常利用节假日到境外豪赌。因此，他的政治品质和个人道德，让人不得不存有疑虑。还有，这位省长江湖义气较重，颇有拉帮结派之嫌。前不久中央直接查办的五岭市换届选举中的集体舞弊案，我现在仍怀疑他是此案的后台。理由是最近有人向我透露，就在我们查办此案时，他派主管全省城乡建设工作的副省长房宛秋悄悄到了五岭市，躲在幕后，暗中替其坐镇指挥。而这位女副省长，众所周知是他的情人。这样的人，如果任了省委书记，在政治上是否能坚持原则把准方向，我是不敢恭维的。于振天是三江省土生土长起来的干部，与各方面联系广泛，根子扎得很深，这原本是好事，但根据当前各方面的情况判断，事情似乎正在走向反面。为此，从有利于他个人和党的事业考虑，即便我上面所讲的均属揣测之词，也不应让他在三江省任职，最好能让他换个地方。”讲完了这一切，章一民如释重负，浑身轻松，端起茶杯细细品尝起来。

“还有什么要说的？”储子建追问了一句。

“再有，就不关三江省了。”章一民双眼熠熠有神。“《诗经》里说：‘知我者谓我心忧，不知我者谓我何求。’其实，我心中最大的忧虑，是关于我们党的。记得毛主席在全国解放的前夕，曾在延安同黄炎培老先生谈及‘周期率’的问题。苏联和东欧的共产党没逃过这个‘周期率’，垮台了。我们党执政马上就到六十年了。我们党能否破解这个‘周期率’，实乃堪忧啊！我们之所以推行改革开放，其根本目的之一，就是要打破这个‘周期率’，巩固和发展共产党的执政地位。对此，我们党的各级干部都是否铭记在心了，是否都做到‘安而不忘危，存而不忘亡，治而不忘乱’了？”

章一民的赤子胸怀、耿耿忠心，令储子建怦然心动、感慨不已。过了一阵，见章一民不再说了，储部长笑眯眯地又问：“怎么，讲完了？还有一个人你没有讲呢？”

“谁？”

“你！”

“我？”章一民无奈地摇了摇头，垂首良久，心里猛然一阵酸楚。“我刚才向部长讲的，纯是出于一个共产党员的赤胆忠心。为此，不少犯忌的话，我都讲了。许多长期憋在我心底的一些思考，也都竹筒倒豆子，倒了个干干净净。对与不对，是否有参考价值，全凭部长阁下明断了。至于我嘛，早已届知天命之年，故对个人未来的命运，自是心中有数。在这次换届中，最好的结果，是继续当我的副书记；另一个结果，就是从省级领导成员中把我除名。从目前各方面的情况判断，这第二个结果是极有可能的。非不为也，是不能也！不过，请您放心，不论将来出现的是什么结果，我都会一如既往，做到屋漏不愧，衾影无惭，声无假吟！对一切，我都会处之泰然与安然！”

“这么悲观？”储子建虽然故作轻松地反问，然一直眉头紧锁，双眼久久凝视远方，脸上挂满凝重之色。“谢谢你对我的信任，谢谢你对党、对中央的这番肺腑之言，也谢谢你面对危局还能保有的这份清醒与冷静。”说着，他今天第一次从口袋里摸出一支香烟，点燃后猛抽了几口。“原本知道三江省的人事关系复杂，没想到会如此复杂。一民啊，你这个人我算是了解了。你所反映的一切，我均会如实向中央汇报。但你要知道，中央对一些大的人事安排，历来是立足大局、坚持大的原则。所以，很难做到让人人满意，有时也有无奈之举。常言说，无私才能无畏。老弟既无私心，又有什么可怕的呢？当下，你一定要一如既往，沉稳如常。保持清醒、冷静是对的，但大可不必过分泄气和悲观。”

“‘老骥伏枥，志在千里。烈士暮年，壮心不已！’请部长尽管放心。”章一民声音发抖。

“山不厌高，海不厌深。周公吐哺，天下归心。”储副部长低声接吟。

这时，夜已深了。屋外繁星当空，夜寒如霜。阵阵微风中，传来几声犬吠，从邻近的村子里还隐隐约约地飘出洞箫的低吟。

两人仰望夜空，环顾大地，沉重的心事中夹杂着无限感慨。

三十

三江省省委和省政府的换届工作经过一番紧锣密鼓的筹备，到了2008年年底已大致就绪。领导成员的安排方案经过中组部考察、省委研究并报中央原则同意，决定于2009年一月中下旬择机召开代表大会完成换届程序。

不料2009年的元旦刚过，网上就曝出矛头直指章一民的两大新闻：一是有人揭发章一民银行工资账号上突然增加了150万元巨款，涉嫌受贿；二是朴志海以实名举报的形式，公开揭露章一民反对改革开放、攻击邓小平理论的言行。

一时间，各种传闻、谣言铺天盖地而来。三江省原本趋于平静的局面，如同有人向油锅里倒上一瓢冷水，顿时火花四溅，烟雾弥漫……

章一民元旦期间一直待在家里。除到省委值班外，就是在房间里看书、写字、读报，加上睡觉休息。他一门心思地想借机调整一下自己的身体。为此，他关上了手机，闭上了电脑。网上的信息是女儿得知后，从学校打电话告诉他的。听罢女儿的讲述，他急忙打开电脑和手机，粗略浏览了一遍，有点懵了，仿佛被人从背后重重打了一记闷棍。朴志海的举报并不可怕，亦易批驳，因为此人所凭仗的无非是章一民在党校的报告内容和章一民去年处理三起群体事件过程中的一些做法和言词。朴志海这个人，现在之所以要跳出来表演，是司马昭之心，路人皆知的。显然是搞政治投机，目标瞄的自然是在此次换届中的副省级职位，真是“大海波涛浅，小人方寸深”。费思量的则是他这次所采取的做法和冒出的胆量。根据章一民平时对朴志海的了解，这个人胆小自私，遇事不敢负责和担当。现在胆子为什么突然变大了？没有别的解释，只能说是有人为其撑腰，在幕后指使他干的。这固然要费一番口舌，但章一民自信尚能应对。最难办的倒是自己工资账号上平白无故冒出的这150万元。章一民心里十分清楚，这是一个阴谋，是一记毒招。其如意算盘，一方面是让自己一时有口难辩、无法反驳，只能等待司法部门的立案侦办；另一方面，如果此事不能在省委省政府换届大会之前查办清楚，还回一个清白，那自己的省委领导候选人的资格就难以保留，只能退出选举了。这正是此招的阴险之处，也是政敌甩出的一个撒手锏。

章一民伫立在窗前，思绪翻腾，悲愤难名。按理说，自己也算是一个经过一些风雨、见过一些世面的人了。何况，自己对于这类困境和危机亦早有相当的思想准备，然而事情以这种形式出现，用如此卑劣的做法搞突然袭击，还是出乎预料，打了自己一个措手不及。此时此刻，章一民有一种有力使不出、有理难倾诉的痛苦与无奈。怎么办？怎么办？章一民一再提醒自己要冷静、镇定，不能自乱阵脚。他已明确感到，一股腥风恶浪正迎面扑来，一场难以避免的决斗就在眼前。眼下，谁也帮不了自己，谁也救不了自己，只能靠自己挺身迎战。念及此，章一民一下子沉静下来。他坐在电脑前，一遍又一遍地阅读、琢磨网上的相关信息，一遍又一遍地思考、谋划应对之策。突然，一个想法从脑子里蹦了出来：这些人所干的都是些见不得人的勾当，他们的卑劣做法就是要把局面搞乱，把舆论搞乱，把人心搞乱。对此，自己决不能消极等待，一定要以明对暗，主动出击！于是，章一民以最快的速度做完了两件事：一是发出一封信，向令狐书记和其他省委领导亮明态度，表示自己愿意接受组织的审查，并建议省委立即责成有关部门立案侦办。同时希望令狐书记能要求有关部门，采取有效措施，阻止这些谣言和诬陷之词继续到处泛滥。二是自己在网上以个人名义登出一则郑重声明：近日有人在网上揭发本人反对改革开放、攻击邓小平理论云云。对此，我愿意同揭发者当面对质。关于本人银行工资账号上突然增加150万元现金一事，本人实在不知来自何处，但敢确定的是，这是一桩有组织有计划的政治陷害。我将和一切正派公道的同志一起，等待事情的真相大白于天下。

办完了这两件事，章一民的肚子里发出阵阵咕噜咕噜饥叫之声。他从冰箱里找出几片面包和一包花生米，打开一瓶啤酒，坐在沙发上，美滋滋地大口咀嚼起来。

这时电话铃响了。他拿起话筒，传来了訾泽尘关切和伤心的声音："一民，怎么回事？我刚从外地出差回来，可染就告诉了我相关情况。要不要我过去看看你？"

一阵暖意袭上章一民的心头。他略微迟疑了一下，遂即说道："天已晚了，千万不要过来。泽尘，我当然希望你来，可冷静一想，来了也于事无补。这样吧，你和可染先看看我刚刚在网上发布的帖子。"

刚过几分钟，訾泽尘和章可染一起打来了电话，异口同声地说："帖子发布得很及时，可以正视听。明眼人也会从中悟出一些东西来。"

章一民知道，这两个人应是自己当下最亲近的人了。正因为如此，自己的事决不能牵连到她们。同时，她们也不能出任何问题。于是，他在电话中反复叮咛："泽尘、可染，这件事一出，逼着我全力应对，估计需要斗上一段时间，恐怕也无力顾及你们了。你们一定要处处小心，事事谨慎，特别要注意自己的人身安全。有些人是什么坏事都干得出来的。有关赖锐、杨雪凝案子的材料，泽尘千万要妥善保存好，不能出任何纰漏。关于我自己，你们尽管放心。俗话说得好，身正不怕影子歪。心中无鬼事，不怕鬼敲门。真的就是真的，假的绝对变不成真的！我不信这帮坏蛋能一手遮天！"

一个星期之后，也就是2009年1月12日，中纪委调查小组由副书记甄书戴带队，来到了三江。小组首先约朴志海谈话，请他就检举信中的内容作出进一步说明。之后，调、听了章一民在党校报告的录音，分别同李家寨、三江自行车厂和中心广场三起群体事件的主要当事人核对了相关情况。与此同时，甄书戴还和每位现职省级领导见了面，倾听他们关于章一民平时对改革开放、对邓小平理论的态度与看法。在这个过程中，于振天、单会涛、艾观波、房宛秋表现得十分活跃，不仅完全同意朴志海检举信中的内容，还另补添了不少细节与花絮。而关键人物令狐毅的态度更耐人寻味，不清不白、不阴不阳，既不否定也不肯定，在模棱两可中似乎又露出几丝同意朴志海检举内容的倾向。至于其他多数省级领导，虽用词有异，表达方式不同，但总体上都认为朴志海这个人动机不纯，对章一民的一些话采取了断章取义、抓住一点不及其余的做法，投机诬陷企图明显。关于章一民银行工资卡上突然增加的150万元，大部分现职省级领导都明确表示，根据他们平时对章一民人格、人品和党性的了解，章一民决不会受人贿赂。且此事早不出晚不出，偏偏在两代会召开前夕发生，只能说明这是一个阴谋。经中纪委小组到银行查对，这150万元是去年12月31日夜才被人打入的，地点是在三江银行总部的营业大厅。但查看当天大厅的监控录像，却没有发现任何可疑的人影。调查小组请公安部门介入扩大范围，调看了银行周围的监控录像，也是一无所获。综合各方面的情况，经过反复分析，中纪委调查小组内部倾向于此事是人为栽赃，可又找不到确凿证据。三江省委省政府的换届工作又恰恰迫在眉睫，当事人章一民又是此次换届中的一个重要的领导候选人，如不能快速作出结论，对三江省、对章一民个人都会产生很大的影响。

甄书戴是在办理五岭市换届选举集体舞弊案时认识章一民的。通过工作与接触，他对章一民的总体印象是好的。如果说章一民平时在工作中讲了一些过头话，说过一些欠妥的言词，则是可能的。但说他贪污，特别是在省里两个代表大会召开的前夕，明目张胆地接受贿赂150万元，这似乎有点匪夷所思，实在令人难以理解。是有组织的陷害？是有人故意在换届前把水搅浑，目的是搬开章一民以利于自己上台？甄书戴疑窦丛生，焦虑而又无奈。多年的工作阅历告诉他，在对人的问题上一定要慎之又慎。为此，他对整个调查小组下一步的工作做了安排之后，决定亲自同章一民谈一谈，也许能有助于澄清事情的真相。

1月15日下午，两人的谈话在调查小组的住处进行。

"一民，我们是老熟人了，说话就不用绕弯了，坦率地说说你对朴志海揭发信的看法。"

章一民苦笑了一下，不住地摇头叹息。"朴志海这个人，我和他平时交往不多，只是在去年国庆期间，在处理三起群体事件时接触了一段时间。这三起事件分别发生在9月30日和10月1日。事件涉及的问题本是省长于振天和天源市市委书记艾观波分管的。按理说由他们出面处理更为合适。可当时，于振天生病住院了，艾观波出国访问了。另一个省委副书记单会涛又回北京了。事件发生得突然，规模又大，必须有人出面果断处置。但由谁出面呢？也许是蜀中无大将，廖化当先锋吧！令狐书记就点名让我代表省委全权处理，另指派省委省政府的两位秘书长陈刚和朴志海做我的助手。当时，我心中很清楚，这三起群体事件都关系到去年省委省政府主要领导的决策。为避免把问题复杂化并能迅速平息事态，我决定采用就事论事、对事不对人，对群众的合理要求尽量予以满足，迅速平息事态的做法。”章一民喝了一口茶，清理了一下嗓子，继续说了下去：“说实在话，我对三江省的国企改革、农村城镇化建设和天源市改扩建这几项重点工作是有一些不同看法，但都是党内会议上讲的，也绝没有影响对三起群体事件的具体处理。”接着，章一民详细讲述了三江自行车厂改革的经过，厂里发生群体事件的前因后果，及自己在一些问题上的表态和具体处理办法。

甄书戴看章一民讲得满头大汗，会心地笑了。“一民，别太急，慢慢讲，我很愿意洗耳恭听！”

“再说，农村城镇化建设的问题。我国是一个农业大国，在实现现代化的道路上，大力推进农村的城镇化建设，逐步减少农业人口是我们的必经之路。不过中国的国情复杂。农村城镇化如何搞，一定要慎之又慎。三江省是一个典型农业省、山区省，可省委省政府却提出到去年年底实现城镇化人口的比例要走到全国的前列，达到70%。这显然严重脱离了三江省的实际情况，有点闭着眼睛异想天开嘛！李家寨的事端就是在这个大背景下让一些人逼出来的。”然后，章一民又仔细介绍了李家寨事件发生和处理的经过。“关于三江自行车厂和李家寨事件的处理方案，有些是我当时向令狐书记汇报并征得同意的，有的是事后补报的，令狐书记始终都没有表示任何异议。这就是朴志海在检举信中所列的我反对国企改革和农村城镇化建设的实际情况！”

“好啊，一民，做得好啊！”甄书戴越听越兴奋，禁不住高声赞叹，同时为章一民重新沏上了一杯绿茶。

“关于天源市改扩建工程中的广场项目，是令狐书记提出，于省长亲自操作的。目标是要在一两年内把天源市建成世界上的大都市之一。这怎么能行得通？”之后，他又概括地讲了一下天源中心广场群体事件发生的原委，并强调了在改扩建工程中承办公司的种种违法坑民行为。

“你刚才在介绍情况时，多次提到一个三江省建设公司。这个公司是怎么回事？”甄书记若有所思，急忙问道。

“这是一家私人公司，是在三江省大力推进农村城镇化建设的大背景下，经省政府批准于前年年底成立的。董事长叫于洪甚，是于振天省长的大公子。总经理叫艾谦瑟，是省委常委、天源市书记艾观波的儿子。在这家公司下边又成立了两个分公司：三江城镇房地产公司和三江农村房地产公司。去年国庆期间发生的三起群体事件，都与这三家公司直接有关。”

“噢，是这么回事！”甄书记背起双手，在房间里走来走去。“不要停，你继续说。”

“有一点，我不理解，我对前年省委省政府提出的国企改革、农村城镇化建设和天源市改扩建工程的一些不同看法，是在省委工作会议上公开讲的，朴志海并没有参加会议。我在国庆期间处理三起群体事件时，也有意避开对相关决策的争论，只是就事论事地进行处置。可在朴志海的揭发信中却讲得有鼻子有眼，仿佛一切都是亲见亲闻。关于他在检举信中揭发我攻击邓小平理论一事，是源自我去年在省委党校县级青年干部培训班上的一次讲话。关于讲话内容，甄书记已听了讲话录音，我就不想再啰嗦了。需要指出的，是那次我在党校作报告时，并没有通知朴志海参加。事后，我听党校的负责同志讲，朴志海那次却偏偏去了，而且是偷偷去的。去了之后，他坐在最后一排，一个劲地做记录、搞录音。会后不同任何人打招呼，又悄悄地走了。由此可以看出，朴志海对我的讲话，不但断章取义、大肆歪曲，而且还可能是早有预谋的。”

“这么说，朴志海是蓄谋已久？”甄书记举目远眺，仿佛是自言自语。

“朴志海这个人，平时胆小怕事，私心较重，官瘾颇大。这次他的做法和对时机、方式的选择，可谓是大胆、破例。甄书记，你想过没有？他选择的时机是省委省政府换届的前夕，做法又是网上实名举报。与此同时，去年12月31日又有人向我银行工资卡上打入了150万元。受贿150万元，再加上反对改革开放、攻击邓小平理论，这几条罪状，无论哪条成立，均可陷我于万劫不复之地。看起来，这一切都是经过精心谋划、巧妙设计的。如果没人在后面支持，朴志海既没有这种智慧，也不会有这个胆量。不过，我十分感谢朴志海的实名举报。让我了解了他们一伙的主要攻击内容。这要比躲在暗处放毒箭好得多啊！”

“你倒是会自我安慰！”甄书记回到了自己的座位上。“再说说你那150万吧！”

“有什么好说的？白璧青蝇，莫名其妙！百思不得其解的是，钱是在三江银行总部打入的。按理说，监控录像上应该查出一些蛛丝马迹，可竟没有！这样的案子，如果公安部门真是用心去查，也是不难侦破的，可事实上就是没有任何进展。由此，我不得不怀疑银行与公安部门，对此事都难脱干系。”

“什么意思，你是说公安部门与一些人暗中勾结、串通一气？”甄书记眼中精光闪烁，语气十分严肃。

“很可能就是如此。自去年下半年以来，在天源市先后发生了赖锐被车撞死案、杨雪凝在家被害案、荣华大厦老板荣秉奇被小混混殴打致死案，鲍坚在火车上被人毒杀案，陈刚遭人毒打案……这一系列案件，均是由省公安厅负责侦办的。这些案件中，如果有一件能得到及时侦破，有些问题的真相，就不会如此微妙。可直到今天，一个案子都没破，且均毫无进展。这不能不令人费解、生疑。我认为这几起案件已牵扯到了省里的一些大人物，是有人故意拖而不办！”

“你有什么证据吗？”

“有人向我陆续提供了一些线索。最重要的一件证据，是我让天源市公安局南城分局治保科主任鲍坚去取的。可他在乘火车返回天源市的路上，却被冒充为列车长和列车员的两个人诱骗到软卧车厢，用氰化钾毒杀了。”

甄书记身子一震，低头默思良久，又抬头反复审视着章一民，末了，语气十分冷峻地说：“一民，这些事，不在我这次的任务之列。但请老弟记住，我们纪委的职责，就是在实事求是的前提下，惩办坏人，保护好人。对此，你要有信心，坏家伙到头来一个也跑不掉，被一时冤枉的好同志终究会还以清白。改革开放以来，各方面的情况都发生了深刻变化，有些案子也变得格外错综复杂。作为个人，有时受点委屈甚至伤害，亦在所难免。对此，你也应有思想准备。”

这时，章一民的心中像灌了铅。“我已做好了最坏的准备。今天，我能把自己的一些疑问向中央纪委的领导同志当面讲出，已感到十分欣慰了。”

“你反映的情况，我会马上向中央领导报告。不过，离省委省政府换届时间太近了，有些事情可能已来不及了！”

“我明白。我会冷静地对待个人的进退。这一点请甄书记放心。”

甄书记站了起来，紧紧握住章一民的双手。“你还有什么话要讲？”

“我唯一感到不安和痛心的，是这次可能会让几个搞阴谋的人如愿以偿。对这几个坏人，我决不姑息，一定要坚决同他们斗争到底。我有一个请求，一旦我搜集到了确凿的证据，是否允许我派专人径直送到你的手里。因三江省情况复杂，我又处境险恶，中间应尽量减少环节，以免再生波折。只有直接送到你手里我才放心。希望到时你能亲自接收！”

“一定，一定！”甄书记眼里闪动着泪花。同时，掏出一张纸条，写上了一个电话号码，交到了章一民手里：“必要时你可用这个号码同我联系。”

天已经黑下来了。窗外，晚霞抹天，雾霭如烟，华灯初上，人群熙攘。猛然一阵凛冽的北风扑进室内，两人均打了一个激灵，身上起了寒意。

三十一

中纪委调查小组离开三江省一个星期之后，令狐毅给中央领导打了一个电话，请示三江省召开两代会的有关事宜。当中央领导征求他对章一民、陈刚如何安排时，这位书记少有地明确表示："从大局考虑，三江省省委省政府的此次换届工作不宜再拖。关于章一民和陈刚，可在他们的问题查清后另行安排，这次暂不列入省委省政府领导成员的候选人名单。"中央领导认真考虑一番后指出：三江省省委省政府换届工作一定要在二月初以前完成。班子成员可按你的意见履行程序。于是，三江省省委省政府的换届工作在1月25日至31

日相继完成。结果，正如一些人的事先设计：于振天任省委书记，艾观波任省长，单会涛任省委专职副书记，房宛秋由原来的副省长转任省委常委兼宣传部长，龚卫斯则升任省委常委兼省政法委书记。唯一的意外是朴志海。按照令狐毅和于振天的安排，是让朴志海接替陈刚，任省委常委，兼省委秘书长。不料在党代会选举省委委员时，朴志海因得票太少被淘汰出局，入选省委常委的路子自然也就中断了。后经令狐毅、于振天研究，又将朴志海列入副省长的后备人选。但在稍后举行的省人代会选举中，朴志海仅得到与会代表十分之一的票数，又被差额淘汰出局。个中的根本原因，则是省党代会和省人代会的代表中，绝大多数都不赞成朴志海，更不认同他对章一民所列的罪状。

对于省里的这次人事安排，令许多不了解内情的人如丈二和尚摸不着头脑，在感到莫名其妙的同时，唯有唏嘘感叹不已。在省直属厅、局和地市级机关中，为章一民、陈刚惋惜气愤、抱打不平的干部更不在少数。当然，沾沾自喜、弹冠相庆者亦大有人在。自从陈刚和自己被人预谋陷害后，章一民早已料到省里在人事安排上会有如此的变局。所以，当这样的结果于1月31日晚在三江省电视台的新闻栏目中播出后，章一民心静如水，无波无澜。他的第一个举动是，向新一届省委提出申请，离开天源市，到自己的家乡岭潭县做一些力所能及的工作。申请送出后，他立即把自己的决定用电话告诉了女儿可染，转告了几位好友，其中包括訾泽尘、禹宪铎、毛永清、叶隐泉和干振魂。接下来，章一民就开始清理房间，准备行囊，并让秘书小强去收拾自己在省委大楼的办公室。临了，他又把办公室的钥匙交给了小强，嘱咐待自己离开后转交省委办公厅。小强给章一民当秘书已经六年了，最了解章一民此时此刻的心境和感受。于是，他什么也不说，只是默默地帮着自己的老领导整理收拾。等一切均清理完了，他才站到章一民面前，任泪水滚落，涕泗横流。之后他郑重表示："自己要永远待在章一民身边，有祸同当，有福同享，绝不离开！"看到小强这副坚毅的神态，章一民十分感动。他拉着小强坐到沙发上，帮他理了理头发，动情地说："谢谢你这些年在工作上给予我的支持。你的心情我十分理解，但这次你不能同我一起下去。一来我以后的命运还吉凶未卜，祸福难料，不能让你也陷入其中。你还年轻，将来有许多工作还要靠你们这样的年轻人去做。至于你今后的工作，我会请省里作出妥善安排，不要以我的去留为念。二来我们还有一样使命没有完成：要破赖锐、杨雪凝、鲍坚的命案，一定要查出幕后的凶手，绝不能让这些坏蛋逍遥法外。因此，你要留在天源市继续收集传递相关信息。所以，无论从哪方面讲，你都不能随我去岭潭县。"小强正要争辩，却传来了急促的敲门声，是女儿可染和訾泽尘来了。

两人气喘吁吁地闯进屋内，每人手里都拉着一个硕大的行李箱。章一民见状，止不住笑了，笑得勉强、笑得干涩、笑得悲壮。

“我们要同你一起去岭潭！”訾泽尘一反平时的矜持，拉着可染大步跨到章一民眼前，两只大眼里噙满了泪水，真挚关爱地看着章一民。

“你们这是干什么？既不是生离死别，又不是慷慨赴义，是我要回到生我养我的家乡。内省不疚，何恤人言！”章一民极力控制自己，把訾泽尘和女儿可染按在沙发上。这时，屋子里的四个人，相互凝视，虽有满腹话语却又不知从何讲起。

“可染，你的学业还没有完成。你当前的首要任务是在訾阿姨的指导下，完成硕士和博士阶段的学习。要去岭潭县，也要等到你拿到博士学位以后再说。这是我的希望，也是你死去的妈妈的期望。”听章一民此时提到妈妈，再想想爸爸眼前的处境，章可染悲从中来，伏在爸爸肩上恸哭。章一民抚摸着女儿的秀发，心如刀绞，泪水如泉。许久，章一民捧起女儿的脸庞。“女儿，不要哭。上帝不相信眼泪。当前我们最需要的是坚强和坚定。哭，只能让我们的对手看笑话！”说到这里，章一民心中涌出万丈豪气，他高昂起头，眼中精光四射，转身对着訾泽尘。“泽尘，你的事业在农业大学。我们国家今后的农民、农村、农业问题的根本解决，从某种程度上讲，要靠你们这些专家和科技。岭潭县暂时还无你的用武之地。今后县里如真需要了，我一定请你去，用轿子抬你去。”

“不，我现在就要同你一起去。你这些年干得太累了，生活得也太清苦了。冰泉姐现在不在了，我应该替她好好照顾你。再说，在当今这个世界上，我已视你为唯一的亲人了！”訾泽尘声音打颤，脸涨得通红，白净的脸上挂满了泪珠。

听到訾泽尘这番发自肺腑的言词，章一民心中再次掀起了波涛。他怎么能不理解訾泽尘此时的心情？怎么能不体会到她言词中所透出的深情厚谊？但眼下情况复杂，还不是畅叙儿女情长的时候，何况訾泽尘还另有重要事情要办。

章一民掏出手帕，帮訾泽尘擦了擦眼泪，紧握着她的手沉声说道：“你现在必须留在天源，千万不要忘记赖锐、杨雪凝、鲍坚的冤案还悬而未破。我去后，你还要继续同小强一起，做好相关工作。”

訾泽尘闻之身子抖了一下，咬着牙慢慢地低下了头。是晚，对章可染来讲，在伤心感慨之余，另有一大收获，就是在无意中窥见了訾阿姨对自己父亲的一往情深。在最近几个月同訾阿姨的朝夕相处中，她深深喜欢上了訾泽尘身上透出的高雅、清纯与大气，曾不止一次地暗中思量，妈妈去世了，爸爸需要再找一个生活上的伴侣。訾阿姨和爸爸可以说是天生的一对。爸爸也不能再过独身生活了，应该和訾阿姨重组家庭。也许是因为一个年轻女孩的羞涩，也许缘于对长辈的尊敬，她一直还不敢把心中的想法直面告诉訾阿姨和爸爸。今晚訾阿姨的表现，可谓真情毕露，用不着自己再瞎琢磨、枉费苦心了。于是，她悄悄走近爸爸，贴着他的耳朵喃喃低语："老爸，訾阿姨看上你了。她提出要代替妈妈的位置。对此，我百分之二百地赞成。我看，就让訾阿姨陪伴你去吧！我一个人留在天源，会自己照顾好自己的。"

章一民听后一愣，久久地盯着女儿，脸上慢慢闪现出几丝甜甜的笑意。"傻孩子，有些事你还没有完全弄懂，再去好好研究研究吧！当下，一切都要暂时按我的安排去做，绝对不能节外生枝，授人以柄。好吗？"章一民爱抚地揪了揪女儿的鼻子。看着这一对父女如此亲昵的举动，訾泽尘也会心地笑了，心中感到无限欣慰，同时也涌出一种特别的感触。

2009年2月5日，三江省又刮起了北风，天空中还纷纷扬扬地飘下绒绒的雪花。天刚亮，章一民即一个人南下，先乘火车后坐公共汽车，五个小时后抵达了岭潭县。岭潭县的公共汽车站位于县城北郊一片被推平的高地上。章一民步出车站，站在站前放眼远眺，整个县城尽收眼底。他美美地呼吸了几口新鲜空气，精神为之一振，顿觉清爽无比，旅途的困意也为之一扫。突然，站前的两片松林引起了章一民的注意。这些松树是二十年前他在岭潭县县长任上建设车站时亲自带人栽下的。如今这些松树均已成材。不过细看之下，东边一片松树蓊郁挺拔，冠荫如云，充满着蓬勃生机，而西边的一片，却颜色憔悴，干细叶疏，透着一种衰败之气。怎么回事？章一民好奇地走了过去。经过一番认真察看，发觉东边的松树，棵棵虬根粗壮如铁。它们突破表土，深深地扎入沃土之中。西边的一片可能是移栽时粗心马虎，穴浅土少，影响了根系的发育。除少数根钻入土中之外，其余的大部分仍裸露于外，在地面上蜿蜒，且根根纤弱无力。章一民触景生情，不由得发出一声感叹，顺口吟出庾信《枯树赋》中的诗句：“**昔年种柳，依依汉南；今日摇落，凄怆江潭。树犹如此，人何以堪！**”与此同时，郑板桥的一首诗也从他脑子里冒了出来：“**咬定青山不放松，立根原在破岩中。千磨万击还坚劲，任尔东西南北风。**”是啊，树要想干劲叶茂，必须要把根深深植入土壤之中，不断从土壤中汲取营养和水分。我们共产党人要想立世成事，也必须同松树一样，把根牢牢扎于人民丰厚的土壤之中。我们党同人民的关系，也恰如这根与土的关系。树如果根子不壮、扎土不深是经不起风浪的。我们党、我们党的干部，如果不下大力气，不断维系并巩固同人民群众的血肉联系，当然也会失去力量的源泉，也会在衰败中走向垮台！自己身为共产党人，一定要学东边的松树。古人讲，治国犹如种树，本根不摇，才会枝叶茂荣。真是至理名言啊！

“一民，一民，我们正在到处找你，你怎么跑到这里？”章一民正在独自出神，背后突然传来了岭潭县县委书记覃立森的声音。

“啊，是覃书记呀！”章一民赶紧迎了过去。他向覃书记身后一望，见县长陈拥诚来了，老书记张天放也来了，后面跟着的还有禹宪铎和毛永清。几个人一见面，二话没说，就紧紧地拥抱在一起。此时，已是中午。太阳露出云层，暖洋洋的光辉洒满了大地。

“一民，省里不要你，我们岭潭县要你！”老书记张天放老泪纵横，动情地扶着章一民的身子，声音哽咽。

“对，岭潭县欢迎你，岭潭县三十万老百姓欢迎你。一民，把你的本领全部使出来，领着我们大干一场吧！”在场的几个人异口同声地喊了起来。

章一民望着这几个肝胆相照的同志、同事和朋友，他紧握双拳，心中热浪翻滚，思潮澎湃，暗暗下定了决心。

三十二

于振天就任省委书记后，实在不愿看到章一民再在自己眼前晃来晃去，巴不得他一夜之间在天源市消失。恰好这时章一民提出要回岭潭县，且已动身前往，这正中了于振天的下怀。于是，他就作了一个顺水人情，将岭潭县现任的县委书记覃立森调开，改由章一民代理。章一民上任的第一天，即面对全县的干部表示：由于自己的受贿问题还未查清，他这个县委书记眼下还只能是代理。不过自己也不愿占着茅坑不拉屎，一定要尽心为家乡的父老做点事情。因此，先要请假三个月，对全县的山山沟沟、村村寨寨、旮旮旯旯进行一次全面的考察，以便彻底摸清县情，为岭潭县的未来制定一个好的发展规划。在此期间，全县的工作由县长陈拥诚全面负责。

由省委副书记降为代理县委书记，这在当时，无疑是一大奇闻。各种各样的议论如刮风、如下雨，一下子遍及三江的城镇乡村。不少人纷纷给章一民来信，有对他表示同情的，有为他鸣不平的，有劝他要坚决挺住的，也有人则是要求到他身边一同工作的，这可让章一民涨大了脑袋。他赶紧给每一位来信者复信，耐心解释，费尽了口舌。尤其是对那些要赶来同其一道工作的来信，他更是苦口婆心，劝他们务必安心在原岗位工作，千万不能到岭潭县来。如此这般，整整忙了三天。之后，他就带着秘书和县农林局的干部及部分科研人员，开始了对岭潭县的全面普查。

2009年春节的前夕，章一民暂时停止了调查，让随行人员放假休息，自己一个人风尘仆仆地返回县委机关。章一民在办公室刚一坐定，县委办公室的一位工作人员即来报告，说外面有一个姓谭的老乡，点名要见章一民，一再说有要事相告。

姓谭？章一民快速转动脑筋，在记忆的大海里反复搜索，怎么也想不起有一个姓谭的老乡来。既然此人点名要见自己，就不妨先见见再说。

“请他进来吧！”

一分钟后，一个四十多岁的人站到了章一民的面前。“章书记，你可能不认识我，但我可知道您！”来人大大咧咧，口齿倒还伶俐。

章一民抬头一看，见来人面色黝黑，体形精瘦，穿一身不太合体的皱巴巴名牌西服，里面是白色衬衣，套着一件浅黄毛质背心，上面污渍斑斑，衬衣领子也被汗水浸成一圈黑边。他那双似乎永远睁不开的眼睛，此时半闭半合，偶尔一睁则露出一种犹疑不定的亮光。饶是章一民阅人无数，但一下子也难以断定此人的身份。不过隐隐中觉得这个人好像有些来历。

“请坐，请坐！”章一民边说边把一杯茶推到来人的身边。“先生贵姓？”

“在下姓谭，名三元，是咱们岭潭县谭家沟人。”

“听工作人员说，你有要事相告。什么事？请说罢！”章一民端起茶杯让了让，自己先小啜了一口。

“我这里有几样东西，可能章书记用得着，请您先看看！”说着，递上了一个硕大的牛皮信封。

章一民将信将疑地拆开了信封，慢慢抽出里面的东西。首先映入眼帘的是几张放大的彩色照片，其中一张竟是杨雪凝生前陪着一个戴着墨镜男人喝酒的场面。细看之下，这个男人则是于振天。章一民暗中一惊，遂抬头盯着谭三元。

“这是怎么回事？你这些照片是从哪里来的？”

看到章一民勃然变色，谭三元不由得心里直打鼓，下面的话还讲不讲？个中的实情能不能和盘托出？他一时拿不定主意。于是，支支吾吾地说道：“章书记，这是意外的收获，也是我最后一次行事所得。以后，我要金盆洗手了。”刚说完这几个字，他猛然觉察到自己说漏了嘴，顿时涨得满脸通红。慌乱之下，又嗫嚅着说道：“对于我的情况，余局长最清楚，有些事，你可以去问问他。”

“哪个余局长？”

“五岭市的公安局局长余光平！”

听到这里，章一民已大致清楚了谭三元的身份。但他不愿点破，低头再次详细审看了信封中的材料。之后，他叫来了办公室的工作人员，吩咐道：“先领谭先生到招待所里休息。中午十二点，我要请谭先生喝酒。”

今天是除夕，也是一年的最后一天。春节假期虽然规定自明天开始，但机关的人员大都提前给自己放了假，午饭前均陆陆续续地自动回家了。此时此刻，整个办公大楼里只有章一民一个人。下一步该怎么办？对这个谭三元又该怎么处置？他凭直觉意识到谭三元可能是赖锐、杨雪凝两案的又一个证人。他还清楚，谭三元尚有重要的话没讲。章一民在办公室慢慢踱步。突然，他想起了谭三元刚才提到的余光平局长。

余光平，章一民很熟悉。在五岭市的抗震救灾中，此人表现很好。在不久前中央工作小组查办五岭市换届选举舞弊案过程中，余光平又立有大功，完全可以让此人介入此案。然转念再一想，余光平是五岭市公安局局长。自己眼下是市下属的岭潭县代理县委书记，真要办起案来，自己是无权调动使用余局长的。这时另一个人又从章一民的脑子里冒了出来：何仁启。何仁启在章一民任岭潭县县长时，刚从部队复员。因为他在军队曾任过副营长，按有关政策规定，可以在地方安排工作，但不考虑职务。于是，章一民就安排他进了县公安局治保科任干事。后来因其工作表现出色，连破了几个大案，不断得到提拔，前年已升任县公安局长。月初，自己到岭潭县任代理县委书记，同县直机关干部见面时，曾见到过这个何仁启。两人见面，分外亲热。阅历告诉章一民：这个人没有变。再说，何仁启目前是自己的下属，今后如果需要，是可以用得上的。想到这里，他先后拨通了余、何两人的电话，请他们于中午十二点以前务必赶到自己的办公室，说有要事相商。之后，他自己到了县委机关对面的几家副食店，买了两只烧鸡、两斤油炸花生米、两斤酱牛肉、几只酱猪蹄，外加两瓶红星二锅头。

中午，谭三元第一个来到了章一民的办公室。见章一民桌上堆满了食品，立即会意，也不客气，就动手倒酒。他麻利地打开两瓶二锅头，找来四只茶杯，一下子把两瓶酒倒了个干干净净。这时，余光平闯了进来。“老书记，有什么重要事情，怎么连个年都不让人安安稳稳地过？”说完话，不等章一民解释就顺手抄起一个猪蹄，刚要张口大啃，扭头却瞧见了谭三元，不由得一愣，急忙问道：“‘梁上鼠’，怎么是你？谁让你跑到这里来的？”

“我是来向章书记汇报重要工作的。”谭三元一本正经地回答。看到章一民脸上有疑惑之色，他满不在乎地解释说：“‘梁上鼠’是在下的名号。”正说着，何仁启也急匆匆地跑了进来，头上直冒热气。

见人到齐了，章一民立即招呼大家入座。“今天是除夕，我一个人太闷。正好谭三元先生有大事禀告，我就把两位局长叫来一起听听。一来是为了研究工作，二来也算是给两位提前拜年。食堂的大师傅都放假了，我只好随意买了点吃的，大家将就着用吧，可不要嫌寒酸。来，先喝上一大口！”

见到章一民，余光平和何仁启两人心里格外高兴。谭三元见章一民毫无架子，又如此重视自己，心里自然也是美滋滋的。

“我们边吃边谈。老谭，把你知道的看到的都统统讲出来吧！”章一民说着，把信封推到余光平、何仁启的面前。

谭三元放下了酒杯，显得非常激动。“余局长知道，我从小失去父母，成了孤儿，一个人到处漂泊流浪，跟着几个不三不四的人瞎胡混，后来又拜了师，学了些偷盗的功夫。我学的是‘大货’，即入室行窃一路。为此，我曾被余局长在五岭市逮住过两次，每次在教育帮助后就把我放了。我也多次想洗手不干了。可一旦不干了，靠什么糊口？再加上多年养成的习惯，一见到好的货主就心痒手痒，按捺不住。去年六月，我溜达到天源市，决定再干上最后一档买卖，就金盆洗手了。一天，我踩点到了金江与沙江的交汇处，偶然间发现有一处精致的四合院，掩藏在一片茂密松林的深处，如果不认真细看，从外面很难发现。起初，我并不在意。后来一个现象引起了我的好奇：每逢周五晚上，总有三辆或四辆豪华的小轿车悄悄驶入，直到第二天中午才陆续驶出。平时，除了一个看门老人外，不见任何人的踪迹。我暗想，这肯定是一个有钱人家的富窝，里面肯定有我看上的东西。于是，我在一个周五的傍晚，提前潜入这处院落。当天晚上，来了四个人，其中一个人我认出是省长于振天。他们几个到齐后，先是喝酒聊天，之后有人送来外卖的西餐。当晚，他们谈论最多是一个叫杨雪凝的女人。于振天酒后吐真言，说这个女人是他这几年见到的最中意的一个，只要能得到这个女人，可谓不枉此生。另一个有点谢顶胖墩墩的中年男人——听服务员叫他书记。他却说你这是剃头匠的挑子——

一头热。这个女人不是个善茬，和我们不是一条心，与我们不是一路人，弄不好早晚会坏你这个省长的大事。譬如，你丢的那个U盘，明明是丢在她的饭店里，她却死不认账。我看情况不大妙！这时，于振天似乎清醒了，从座位上跳了起来，在屋子里快速地转了几圈后，来到另一个男子的身边，咬着牙恶狠狠地说：龚厅长，你再去找她谈一次，让她乖乖地把U盘交出来。如果不识好歹，你就干脆派人把她……说着，做了一个用刀抹脖子的手势。”

“书记？什么书记，是谁呢？难道是天源市市委书记艾观波？”章一民暗自思忖、赫然一惊。“龚厅长，难道是龚卫斯？”

“从嗓音和身形判断，此人年龄在五十五岁左右，身子略微发福，穿着公安制服。”谭三元补上了一句。

“然后呢？”何仁启追问了一句。

“第二天上午，他们走后，我把这座四合院里的三栋平房搜了个遍，只发现了几这张照片。照片上的这个女子我认识，是我的恩人。”

“你的恩人？”章一民有点奇怪。

“有一次，我到她开的‘陶然居’吃饭。饭后付钱时突然发现钱包被人偷了。真是放了一辈子鹰，临了却让鹰啄了。我把四周打量了一遍，立即断定是坐在我后边的两个年轻人所为。于是，我走了过去，揪住这两个小子的衣领，逼他们交出钱包。谁知这两个小子死不认账，反骂我诬陷好人，还和我动起手来。我毕竟上了年纪，力气不如人，几招过后就渐落下风。最后被这两个小子反剪双臂按在了地上。正在万般无奈之时，这位女老板走了过来，拉开了我们，和颜悦色地说道：‘几位不要再打了。大家出门在外，难免会碰到三灾两难，彼此应当互相照应。这样吧，看在我的面上，你们就和解吧。今天的饭钱，算我请客了！’她真是个活菩萨，我听后感动得眼泪直流。我趴在地上向她磕了三个响头，满面羞愧地跑出店外。后来，一打听，方知她叫杨雪凝。刚看到照片时，我有点百思不得其解，她怎么会和这个于振天在一起喝酒？到了去年七月份，我偶然从另一个同伙那里得知，杨雪凝在家里自杀了。对自杀这种说法，我死也不会相信。这个杨女士好端端的怎么会自杀了呢？后来我猛想起于振天在四合院那晚放出的一番狠话。因此，我断定杨女士是于振天派人所杀。为报她的恩情，我曾想去公安部门报案。可坐下来一想又泄了气。一来我是个手脚不干净的人，屡有前科，公安部门怎能相信我？二来这个于振天是省长，可谓一人之下，万人之上。最近听说这个人又当上了省委书记。我去报案管用吗？时下，在城镇乡村、街坊邻里之间，议论最多的还是你这个章书记。大家都说，章书记是清官，是好官，这次落选，肯定是为奸人所害。我思前想后，下定决心，今后得金盆洗手了。可这个杨女士呢？难道她的仇就这么算了？我不甘心，于是在金盆洗手之前，也就想到了你这个章书记。我想把我看到、听到的一些情况告诉你们，一来落个心安，二来也希望能有助于你们为杨女士报仇雪冤。”说到这里，谭三元已是泪流满面了。

章一民和余光平、何仁启心情沉重，相互不断交换眼神。稍顷，章一民开了腔：“谭三元先生今天提供的情况很重要。杨雪凝生前曾握有于振天谈及的那个U盘，U盘中很可能录有于振天的犯罪证据。这个U盘被一个人意外地得到了。我曾派一个同志专门去取，可这位同志在拿到U盘返回的路上被人毒杀了。今天，谭先生又为我们提供了一些重要情况，他也算是杨雪凝一案的间接重要证人。”

章一民悲愤交加，几乎不能自持。他连喝了两大口酒。“我，官可以不当，但赖锐、杨雪凝的案子必须要破，杀人的罪犯必须要绳之以法，绝不能任其逍遥法外。现在，我处境困难，对手却如日中天。怎么办？我思前想后，只能是：一坚定二谨慎三要抓紧搜集罪证，同时保护好自己保护好证据。这样吧，光平、仁启和我就算是一个工作小组，光平主要在五岭市活动，仁启则死盯着岭潭。我们三个的首要任务是侦办赖、杨命案。为此要认真关注各方面的动态，不放过任何蛛丝马迹。今后的一切行动均由你们亲力亲为，做到不露声色，悄然无痕。一旦有了重大突破，我将向中央领导直接报案。怎么样？有无不同意见？”

“没有。一切均按章书记的要求办。我们都是军人出身，又是共产党员。作为军人，一切以服从命令为天职；作为党员，坚决奉行入党的誓言，做到无私无畏！”余光平、何仁启挺身肃立，一起向章一民行了个标准的军礼。

“我呢？”谭三元在一旁不安地问。

“你？很重要。你现在的唯一任务是保护好自己，待时机到来时你要同罪犯当面对质。你刚才讲的，县公安局要先做一个笔录。对你下一步的安排与保护，由余光平局长负责。”

“‘梁上鼠’，你刚才说要金盆洗手，可是真的？”余光平笑嘻嘻地问道。

“绝对不打诳言。”

“那好，盗窃的营生是不能再做了。这样吧，为了有碗饭吃，也是为了便于对你保护，我明天就安排你到五岭市监狱做一名代理狱警，也就是做看守。从此之后，你要认认真真做事，老老实实做人，遵纪守法，痛改前非。对今天的事，要守口如瓶，不能向任何人说及。否则，天王老子也救不了你！”

“你们，你们……尽管放心。我谭三元再浑，也识得好歹，分得清好人坏人！”谭三元既感动又紧张，更被余光平后面的言词说得背上直冒冷汗，于是结结巴巴地表了态。之后四个人开始敞开喝酒、吃肉，一直到深夜方散。

春节过后，章一民带上原来的一班人马，又开始了他的县情普查工作。2月23日上午，章一民一行由岭下的大桥镇出发，避开公路，沿着一条羊肠小道，一口气爬到了岭潭县最高的一处山峰——卧鹰崖。这卧鹰崖海拔大约有三千米，虽不算高，可地势险峻。东、西、北三面，崖体陡峭，草木葱茏，只有一条羊肠小道沿着岭脊蜿蜒伸向远处。南边却有一条在山腰里开凿出的公路直通崖顶，然后又急转直下，曲曲折折地进了大桥镇。崖上有一片足球场大小的平地，上面松林密布，杂草丛生，原是山鹰们繁殖聚集之地。近些年，鹰少了，人多了，就成了岭潭县难得的一处景观。每至春秋，游人不断，更是岭潭县年轻恋人首选的约会之地。

章一民一行站在崖上，极目眺望，只见远处岭峦起伏，重重叠叠，像海浪一样滚向天际；近处，沟壑纵横，丛莽杂树，劲草细花，似斑驳流丽的地毯掩向周边。山坡上到处是悠然自得的牛羊，川谷里则农舍隐隐，炊烟袅袅，水流潺潺。岭潭县典型的山形地貌，在此可谓尽收眼底。章一民敞开肺腑，尽情地吐纳着只有这山里才独有的甜丝丝的空气。

突然，两只雄鹰箭一般从崖的前下方掠过。章一民眼逐鹰影，突然触及八百米开外的一团白色物件，这引起了他的注意。但细看再三始终看不出个所以然来。于是，他手指那团白色的物件，仿佛是自言自语地问道："那是什么东西？"

身边的何仁启还未来得及回答，旁边的一个放羊老汉却搭了腔："这物件是辆小轿车，在那里已躺了大半年了。"

"是辆小轿车？"章一民十分惊异。

"对！去年九月份，我的一只小山羊从这里掉下去了。我爬下去找羊，就发现了这辆小轿车。"

"当时，你都看到了什么？"

"里面有一个人，可能是司机。我见到时，尸体已经腐烂，又腥又臭，我实在受不了，就匆匆抱着小山羊回到了崖上。"

"这件事，你没向村里报告？"

"向村主任报告了。村主任说可能是司机喝醉了酒，不小心从崖上摔了下去。我让村主任亲自来看看，他嫌路远难走就推辞了。"

"你是哪个村的？"

"三棵柳！"

"老大爷贵姓？"章一民问道。

"首长，我姓柳，叫大奎。"柳大奎不好意思地笑了笑，露出了满嘴被旱烟熏得发黑发黄的牙齿。

"仁启，"章一民转身吩咐："立即通知县公安局刑警队，让他们认真查一查这辆车，不要放过任何疑点。晚上，我们在大桥镇碰头。"

何仁启立即闪过一旁打起了手机。章一民则带着自己的一队人马继续考察。

晚上八点，章一民在何仁启陪同下，走进了镇政府会议室。县公安局刑警队队长汪占春及两名助手已端坐在会议桌前。见章一民进来，汪占春三人欲起身敬礼，被章一民止住了。

"你是？"章一民问。

"我叫汪占春，县公安局刑警队队长。"

"汪占春？"章一民一边同他握手，一边瞟了何仁启一眼。

"他是我在部队时的战友，正派可靠！"何仁启自然懂得章一民这一瞟的含意，立即俯在他耳边轻声作了回答。

"那好吧！我们开门见山，请汪队长汇报吧！"

"下午，我和我的两名助手对那辆失事的小轿车认真做了检查。车是一辆白色的奥迪，车牌已被人扯下了大部分，但从剩下的两个字母中仍能判定是梅州市的车号。车上无搏斗痕迹，也没留下任何凶器。司机的尸体已成了一副骷髅，面貌无法辨认，但身上却系着安全带。我留取了死者的几根头发，正在进行DNA测定。死者穿的衣服，外衣已破烂不堪，衬衣只有衣领还算完整。衬衣是名牌，皮带也很贵重，带扣是纯金的。脚上穿的是原装进口的‘克拉克’牌全真牛皮鞋，据说价值不菲。”汪占春边说边把这些东西一一摆到了会议桌上。“依据仪器诊断，车身在坠崖前并无损坏，所有的毁坏均是在坠崖时造成的。我们拆了车上的所有座椅进行搜查。最后，在司机座椅下边的夹层里发现了这张字条。”

章一民接过字条细看，见上面的字迹还算清晰：“桂兰，如果我遭不测，肯定是被人所害。害我者你不难猜出，一定要为我报仇。”落款是“斯慧”两个字。字条是用圆珠笔写的，字迹潦草，没有日期，看来是匆匆忙忙写就的。

“不知这纸条是否有用？”汪占春似乎有所不安，轻声问了一句。

“有用，十分有用！同志们，你们今天辛苦了，也立了大功了。今晚，汪队长在这里所讲的一切，你们出了这个门，对谁都不能讲。现在，何局长、汪队长留下，其余的同志可以回去休息了。”

把几个同志送走之后，章一民又回到会议室，用放大镜反复察看了那张字条。眉头时皱时松，脸色时阴时晴。“汪队长，何局长，你们可能还不大清楚。今天这件事牵扯到去年七月发生在天源市的一桩人命大案。”章一民见自己把会议室里的气氛搞得过于沉重，就放软了语气。“这辆白色奥迪，就是这桩命案的两辆肇事车之一。你们初步判断这辆车是来自梅州市，这就为我们提供了一条十分重要的破案线索。是奥迪车，且是白色的，又是来自梅州市，你们说，我们的侦办范围是不是大大缩小了？还有，司机临死前写的这张字条，上有桂兰，斯慧两个名字，且死者的衣着又十分豪华，这是不是又帮了我们的大忙了？”

何仁启、汪占春起初并没有充分意识到这些，听章一民一说，顿时茅塞顿开，情绪一下子变得十分振奋。

“但梅州市是地级市，和我们既不同市又不同级。如何去查，是需要好好动点心思的。下一步如何办？我的意见是，决不放过这些线索。具体如何查，你们俩回去后好好研究。总的原则是严谨、保密。否则不但破不了案，反而会坏了大事。一定要充分估计我们对手的凶残毒辣。这件事，你们俩一定要亲自抓。结果只对我一人负责。”

说罢，三双手紧握，千言万语均隐含在这一握之中。之后，何仁启、汪占春连夜离开了大桥镇。

时间在不知不觉中又度过了一周。29日傍晚，章一民一行，一路奔波，马不停蹄赶到了三川乡。刚一坐定，县委通讯员骑着摩托为章一民送来了一封加急挂号特快专递信件。章一民接过快件，打开粗略一看，发觉特快专递信件用的是省委宾馆江月楼的信封，扫了一眼寄信人栏中的签字，竟赫然写着费依霜的大名。

费依霜，这不是省委副书记单会涛的二奶吗？她怎么会给我写信？难道又是圈套？在疑虑不安中，章一民展开了信纸，只见上面写满了娟秀的小字：

章书记，请允许我仍这样称呼您。见信之日，即是我离开这个混账世界之日。

章一民大吃一惊，急忙读了下去。

我鬼迷心窍，与单会涛这个人面兽心的伪君子鬼混到了一起。今年春节前，单会涛曾答应与我正式结婚。谁知到了除夕，他突然变卦了。后来一打听，才知道他又看上了一个由艾观波介绍的更加年轻貌美的女人。我气昏了头前去质问，他竟翻脸不认人且动手打了我，还威胁说："你知道赖锐的下场吗？这个赖锐不听我的劝告，死赖活缠，结果怎么样？你若再来纠缠，下场将和她一样。女人是什么？就是男人的一件衣服，男人想换就换。依我现在的地位，让人做掉你如同捻死一只蚂蚁。"说罢他就把我推倒在门外。章书记，我已怀了他的孩子三个多月了。没想到我倾心相爱、不顾一切、以身相许的这个人，心灵深处竟如此卑劣龌龊，为人手段竟如此凶残毒辣！环顾周围世界，我是上天无门，入地无路，欲哭无泪，欲争无凭了！回想这些年，我在世人眼里，不妻不妾，不婢不妓；在单会涛心中，我犹如敝屣，是他的一个玩物。我屈辱受尽，颜面扫地，追悔不及，百身莫赎。当然这一切也是我咎由自取。时至今日，唯有一死，可以惩己，亦可惩人。然青灯孤坐，午夜扪心，又觉得不能就这么便宜了单会涛此人。章书记，您是个好人好官，可这次被单会涛之流坑害了。有三件事为证：一是朴志海写的那封检举信，是单会涛、于振天、艾观波12月30日白天在江月楼四号楼总统小套间里策划的；二是向您工资卡上打入的150万元一事，是于振天、艾观波在江月楼指使朴志海伙同省公安厅龚卫斯、三江银行干的。同一天晚上，他们几个人在江月楼一号餐厅边用餐边策划此事，我进去为他们布菜时，断断续续听到了他们的话；三是赖锐之死，是单会涛指使省公安厅一伙人所为。在撞死赖锐的当晚，省公安厅有一个人连夜赶来向单会涛邀功。当时单不在，我就问是什么事，来人犹疑再三，最后才说，请你告诉单副书记一句话：他交办的事我们已经办妥了。后来，我把这句话转告了单会涛。不料他听后大惊失色，一再叮嘱我，这事对谁都不许透露。前些天，我仔细翻查了单会涛在江月楼的住房，找到了这些照片，附于后，期冀对您能有些用处。

章书记，我死，固然是罪有应得；可单会涛这样的人不死，则是天理难容！我希望以我的死，唤起人们对单的怀疑；更希望我的死，有利于破案，彻底揭穿此人的庐山真面目。章书记，您千万不能泄气，不能气馁，一定要为善良的人们讨回公道！

费依霜，绝笔。

2009年2月28日夜

看完了信，章一民惊愤交加。他一跃而起，要过身边一位同志的手机，迅速拨通省委政研室毛永清副主任的电话："永清，我问你一件事，省委招待所江月楼的总经理费依霜现在情况如何？"

"我今天上午得到消息，她已在昨天晚上自杀了！"

"哎，自杀了，又晚了一步！"章一民有气无力地撂下了手机，坐在椅子上阵阵发愣。后来似乎又想起了什么，他急忙抓起快件，掏出里面的几张照片。这些照片是在赖锐被撞现场拍照的，只见赖锐头碎肢断，肠流满地，鲜血淋淋，惨不忍睹。这可能是罪犯作案后用来向单会涛报告邀功的。看着这些照片，章一民先是掩面痛哭、悲不自胜，继而是咬牙切齿、决心如铁。费依霜的信，在很大程度上证明了自己以往的判断。她提供的这些照片，也是一个有力的旁证。信件本身既是证据又非常有利于案件的侦破。可惜她身先死了。自己作为生者，只能是万死不辞，一往直前，把案子查个水落石出了。

半个月之后，也就是2009年3月15日的晚上，余光平和何仁启在炭子沟乡与章一民再次碰面。这次碰面，余光平、何仁启带来了几个重要情况。经五岭市公安局刑警科派侦察员到梅州市暗查暗访，初步查明，在梅州市只有一辆白色奥迪。奥迪的主人是一家私人企业——三江桥梁道路公司梅州分公司的董事长兼总经理万佑财。万佑财半年前，在梅州市到处放风，说自己原装进口的白色奥迪车被盗了，并在报上登出寻车启事，扬言谁能说出此车的下落或能提供有用线索，愿意悬赏十万元。同时，还查出，在卧鹰崖死亡的那个司机，是原来专为万佑财开白色奥迪的，姓屈，名斯慧。不过，有人私下告诉我们的侦察员，这个屈斯慧也不是什么好东西。平时与梅州市的一些不三不四的人交往甚密，常常出没于几个地下夜总会。桂兰，是屈斯慧的爱人，姓李，是一名小学教师，人很本分，两人有一个十多岁的男孩。据邻居反映，近两年来，夫妻二人经常吵架，女方曾提出离婚。还有一个情况，是侦察员在旅馆里听到的。梅州市原市委书记朱煜和他的妻子陆筠出事后，市长裘一显转任市委书记。这个裘一显与天源市市委书记艾观波和省政府秘书长朴志海的关系非同一般。三个人经常在梅州市的梅鹤堂吃喝玩乐。这次，省政府换届时，裘一显有意谋任副省长一职。为此他前前后后不遗余力地奔波了一阵，不知为什么未能如愿。对此，裘一显耿耿于怀，常常大发牢骚。有一次在梅鹤堂喝醉了酒，当着服务人员的面大放厥词，说什么，如果不是自己帮忙，于振天就当不了省委书记，艾观波更当不上省长，并骂这两个人过河拆桥，不讲义气！

听罢余光平和何仁启的汇报，章一民面色凝重，低头无语。许久，他才抬起头来，忧心忡忡地说："事情已基本清楚，这个案子确实牵扯到省里现任的几个大人物。从今天起，你们一律停止侦查，把派出去的人都撤回来。目前我们的处境很尴尬：已掌握的情况该向谁汇报？向现在的省委书记、省长或政法委书记汇报？不行，信不过他们。如果不汇报，用我们现在的方法再查下去，也不行，因为这违背了正常的办案程序和规定。更为严峻的是，如果稍有不慎，情况走漏出去，不但会危及侦办人员的生命，危及相关知情人的安全，而且还很难保住我们手中现已掌握的证据和线索。

如果这些已到手的证据落入对方之手，我们以前的所有努力都会付之东流，现有的一切也会毁于一旦，案子真相恐怕也就永远难见天日啦！且坏蛋们还会制造事端嫁祸于我们。”章一民面色铁青，声音寒若冰霜，令余光平、何仁启凛然生惧。“因此，我们现在要以静制动，静观事变，沉着应付。你们两人的主要任务要马上转换：不要再在侦办上下功夫，而是转用一切手段，保住现有的线索、人证与物证。这个案子，过一段时间后，我一定要直接向中央汇报，必须请中央派人直接查办。但现在还不到时候。”

送走余光平、何仁启后，章一民的心情久久无法平静。他步出屋外。外边天高月小，气寒风清，夜静无声。章一民禁不住打了个寒颤，响起一声震天响的喷嚏。说来也怪，这个喷嚏打过，章一民的脑子一下子变得清醒无比，浑身又充满了无穷的力量。

三十三

到了五月底，章一民结束了对岭潭县县情的全面调查。之后，又用了一周的时间，听取了方方面面的意见。在此基础上，他提出了一个岭潭县今后五年的发展规划。为了进一步集思广益，在章一民的建议下，6月10日以县委名义召开了全县由乡镇以上干部参加的会议。同时，按照他的要求，发展规划的文字稿事先已发给了与会的每位干部，届时他只在会议上作一点说明。

6月10日这一天，全县都沉浸在一种过节的气氛中。不到八点钟，礼堂里已坐满了人。邻近的几个县听说章一民要为岭潭作一个五年发展规划的报告，也自发派代表赶来旁听。一时间，礼堂内外，人群涌动，熙熙攘攘。八点的钟声刚一响过，章一民即准时走到了讲台前，开始了他的报告。

同志们，我们党从建党那天起，就一再强调，要实事求是。但在工作实践中，要真做到实事求是，并非易事，既要有智慧、有眼光，又需要政治勇气和担当，更不能有私心存杂念。什么叫实事求是？我看，通俗点讲，就是讲实话，干实事，出实招，见实效。我离开岭潭县近二十年了，岭潭县各方面的情况均发生了很大变化，不少地方对于我来说，已有点陌生了。为保证在今后的工作中，我不犯或少犯主观性错误，不做或少做有损于乡亲们的事情，我花了三个月的时间，同有关同志一起，把全县考察了一遍，大致摸清了实情，也就是县情。在此基础上，我们进一步'求是'，初步形成了一个全县今后五年的发展规划。这个规划并没有多少发明创造，有些甚至是老生常谈。但有一个指导思想却是贯彻始终的：这就是一切都要从我们县的实际情况出发。我们岭潭县是四山半田半分潭，剩下五分是蓝天。要养活全县近三十万人，要不断提高大家的生活水平，还要持续不断地改变岭潭县的面貌，靠什么？没有别的出路，只有老老实实地围绕着这四山半田半分潭和五分蓝天做文章。

俗话说，靠山吃山，靠水吃水。先说“吃山”。对于全县的这四分山，我这次调查下来，初步印象是到今天为止，真正利用起来的不到20%。我们县的山，其实都是丘陵，海拔不高，一般都是陵下是川，川中有水，陵坡不陡，有石有土。为此，我们今后“吃山”的功夫就是要在剩下的80%的山上大做文章。为什么我们不可以更进一步合理开发利用？譬如，陵上可以栽树，陵腰可以种水果、中药一类经济作物，兼放鸡鸭牛羊；陵下则可以种粮食、种蔬菜。如果用五年时间，把绝大部分丘陵通过植树绿化起来，把蔬菜、水果、药材及其他经济作物种植起来，再把牛羊鸡鸭适量放养起来，那么会给乡亲父老带来什么呢？我粗略地算了一下，这些东西加起来恐怕每年的收入都不会少于150个亿。至于这半分田上的文章，当然只能以种粮食为主。不过，这粮食如何种，可大有讲头。我们岭潭县山好水好空气好。四季分明温差又大，环境无污染，种出的五谷杂粮的质量少有人能比。这优质杂粮对城里人来讲，可是宝贝。我们可以以较高的价格就近向东边的五岭市、南边的禹州市、北边的山阳市销售，亦可用火车远销天源市、北京市。杂粮对外销售了，不但能赚回大把大把的人民币，还可以换回大米白面，这样一来还愁大家自己没吃的？所以这半分田，今后要一律“以种杂粮为主”。

再说“吃水”。在我们岭潭县“吃水”就是“吃潭”。岭潭岭潭，有岭有潭。我们县有不少大大小小的潭，其中有五个最大的，其实就是五个天然水库。目前，这几个潭主要用以保证居民用水和必要的农业灌溉。我请专家把它们的水质化验了一遍，其中四个无特别之处，只能继续作为全县群众的生活用水和农业用水水源。但位于卧龙乡的卧龙潭，其水全部来自山泉，水中所含矿物质的种类和成分达到了世界上顶级矿泉水的标准，这在国内实属罕见。优质矿泉水是饮料之王，是富人的饮料。如果我们有计划、有控制地加以开发，每年可以有巨大的商业利润收入。单就这一项，我看每年再收入个150亿不会有大的问题。

再说这五分天。改革开放以后，人们的生活水平大大提高了。可随之而来的是城里人得肥胖症、糖尿病及三高症的也越来越多。为此，这些人需要走动、需要锻炼。他们需要到空气好、风景美的地方游游转转。而我们岭潭县天最蓝、水最清、空气又最甜，正是适当开展乡村旅游的理想之地。如果我们能把天源甚至北京的游客吸引一部分过来，那将是一番什么样的情景？当然，对这种旅游项目要科学、有控制地发展，以不破坏现有的生态为前提。

要想“吃好山、吃好潭、用好田、用好天”的一个基础条件是交通。因此，今后我们的一项首要基础建设就是要加快公路建设。俗话说，要想富，先修路。路修不好，岭里的东西运不出，岭外的物资又进不来。如同人的动脉，流动不畅，气滞血瘀，怎么能行？为此，我在规划中提出，要用两年的时间在全县的山岭上修出一条贯通全县东西南北的公路，把全县的十个乡镇连接起来。我们县的丘陵沙石岩居多，石质较松，修起路来并不十分困难。关于修路的经费，我们可以向省里申请。省里已规划了公路县县通、村村通工程，我们县当然也在此列。但为了少花钱多办事，且把事情办得更快一些，我们可以向省里建议，把相应的经费拨给县里，由县里统筹安排包干使用。我们可以用以工代赈的办法，发动全县群众在农闲时候大修公路。我们这里每年农闲的时间超过半年，自然不缺修路的时间。路一旦修通了，全县的面貌必将为之大变。

还有一条，也十分重要，即全县的十个乡镇，都要扬长避短，因地制宜，确定一些各具特色的发展项目。

例如，大桥镇和石牛镇，全县的半分田，大多集中在这两个镇。这两个镇就可集中力量，把粮食种好，种出花样，种出水平；鸡鸭岭、三棵柳、关帝庙三个乡，幅员辽阔，地势较缓，土质尚可，宜于草类植物生长。因此，你们可以大搞规模养羊、养牛甚至养驴。同时还可以以散养的方式，大养鸡鸭鹅。炭子沟是我们县唯一产煤的地方，将计划在那里建一个热电厂，就地先变煤为电，然后供应全县的镇、乡和村庄。再如，双溪乡、三川乡的丘陵，坡度缓长，土壤较厚，且岭下有川、川中有溪，常年流水不断，完全可以大量种水果、种药材，种各类经济作物。卧龙乡，当然主要经营矿泉水。虎头寨、卧鹰崖我去转过一遍，看到那里环境幽静风景可人，离天源市、五岭市和县城又不远，完全可以举办一定规模的乡村旅游项目。还有一个项目也要搞起来。大家都知道，多少年来，我们岭潭县都以种桑、养蚕、缫丝、织绸闻名于三江。县里曾办过一个较大的丝绸厂，不知为什么，让人给搞垮了。这个传统项目在三年内要恢复起来。丝绸将是国内外一个前途无量的商品。

同志们，有了这样的规划，再加上大家齐心协力加以落实，我不信群众的收入会上不去，全县的实力会上不去。当然，各乡镇的实际情况不同，在发展过程中乡镇之间的人均收入会出现一定的差距。对此，我们可以采取在县里建立调剂基金的办法，予以适当平衡。还有一项，就是劳务输出。过去这些年，大家眼睛都盯住了广州、深圳及江苏、浙江这些地方。近几年因这些地方工资标准偏低、日常开支增大，不少人就不愿去了。其实，另有一个职业大有前途：家政服务。现在天源、北京、郑州、天津、上海等一些一线城市的家庭，急需大量知根知底、品行端正、行为可靠、勤快能干的家政人员。他们的工资可不低。以北京为例，一般家庭请一个家政人员，除管吃管住外，净工资每月平均在四千元以上。这是什么概念呢？其实际的月薪已接近八千元，等同行政机关一个司局级干部的每月收入。现在的问题，主要表现在教育培训、就业观念和安置渠道方面。我们县能从事这个职业的人，少说有五万人以上。我们在发展规划中建议由县教育局出面，在县城办一所规模较大的家政学校，学习年限一至两年。凡愿意从事这项工作，身体健康年龄不超过四十岁的人均可免费入校培训。毕业生由县劳动人事局出面，同有关城市的主管部门签订就业合同，采取定向、订单培养的办法，向全国的一些大城市提供家政人员。在用人过程中，如果出了事端，由签订合同的双方出面解决。这样，培养出来的人质量有保证，用人的家庭也比较放心，家政人员的家庭亦免去了对子女人身安全的担忧。同志们，我想来想去，这可是一个前程似锦、收入颇丰的职业。目前，最大的障碍，是我们的有些父母和家庭，受落后观念的束缚，轻视或不喜欢这个职业。为此，县里在今后一个时期内，一定要认真抓好这个就业致富的渠道。

最后一条，也是最重要的，我们今后对全县四山半田半分潭和五分蓝天的利用和开发，一定要科学、适度，绝不能畸形，更不能过分，还要严禁污染。决不能只顾眼前、顾头不顾腚，绝了后代的饭碗。

同志们，我刚才讲的都还是纸面上、口头上的东西。事情都是干出来的，绝不是单凭两片嘴讲讲就能成功的。因此，衷心希望全县的干部群众，要同心协力，苦干巧干，沉下心来，一心一意在落实规划上下功夫。我坚信，五年后岭潭县一定会彻底改变模样！

章一民的话音一落，全场立即响起雷鸣般的掌声。与会的干部个个听得如醉如痴，热情高涨。他的报告在全县掀起了一股热浪，成了人们饭后茶余热议的话题。大家从中看到了灿烂的明天，看到了可望又可及的目标，更看到了一个称职的领导干部应有的胸怀、才干和眼光。稍后，在县长的主持下，经过与全县干部、群众几上几下的反复协商，又形成了一个落实规划的具体实施方案，并从当年7月1日开始执行。五年之后，岭潭县果然发生了彻底改变，由原来的一个国贫县，一跃成为全面实现小康的典范。

全县的经济和社会发展的蓝图绘就之后，下一步，作为一个县委书记应该重点抓什么？经过一个多星期的日夜思索，章一民的脑子里渐渐形成一个结论：抓干部，抓干部队伍的建设。路线确定之后，干部是决定的因素。岭潭县今后五年的发展规划能否不折不扣得到落实，关键看干部，看干部能否带领群众真抓实干。于是，他立即又从调查研究入手，同县直机关的干部，与下边乡、镇的主要领导，开始广泛深入地交换意见。

6月20日的晚上，章一民一个人在县委县政府的办公楼前散步，这是他多年养成的一个习惯。突然有几个人在县委办公室秘书的陪同下，风尘仆仆地奔到了他的面前。章一民定睛一看，只认出其中的一个——叶隐泉。他多少有点诧异地看着自己。

“一民，我们有重要情况向你汇报。”叶隐泉明白章一民眼神的含意，赶紧跨前一步想进行解释，但向四周望了望，又收住了话茬：“这里说话不方便，还是到你的办公室吧！”

章一民会意，不再说话，带领三人进了办公室，并支走了跟在后边的办公室秘书。

“什么情况，说说吧！”章一民为每一位斟上了一杯茶水，自己也坐了下来。

“我叫高清山，鲍坚是我的舅舅。他叫李猛川，是我的一个朋友。”

一听到鲍坚的名字，章一民立即进入警觉状态。

“去年12月6日，我把李猛川交给我的U盘转交给鲍坚舅舅后，一直在等他的消息。今年元旦期间，旺达房地产公司的老板孙纯义——他是我舅舅在部队时的战友，他的公司是我和李猛川的避难之处——请我们吃饭，席间一个在省公安厅任职、春节回家探亲的人无意间说及近期省里发生的一些离奇案件，其中就讲到了一个叫鲍坚的人，在列车上被两个冒充列车长和列车员的坏人毒杀了。我不敢置信，就一再从侧面探问。这个人一口咬定，这是千真万确的事实，只是案件尚处于保密阶段，省公安厅还未正式公布。我又惊又怕，回到宿舍启动了舅舅给我留下的手机，连打了一个多小时，均无人接听。后来，我强迫自己镇定下来，仔细回忆了舅舅同我分手时的嘱咐，决定按照舅舅的要求再沉心等待下去。省党代会、人代会开过之后，从电视机上看到章伯伯落选了，网上又说章伯伯受贿150万元。这更让我如堕五里雾中，心里也没了底。因为章伯伯是舅舅多次交代，必要时可以依靠的人。怀着这样的心情，我又等了几个月。这些天我觉得不能再等了。因为既怕有人向我下黑手，又怕手中的证据再被坏人夺走，同时也想为章伯伯讨还公道，为死去的舅舅报仇。于是，我自作主张，同舅舅给我介绍的另一个人——訾泽尘老师通了手机。她让我和李猛川立即连夜赶至天源，并千叮咛万嘱咐，路上一定要加倍小心，不要同任何人接触。我们到达天源市后，是訾阿姨和可染姐姐到车站接的我们。”

“接到这两位小兄弟之后，訾泽尘又把毛永清叫到家里商量。他们认为两位小兄弟手中的证据至关重要，绝对不能再出问题。为安全保密起见，也不宜先和你通电话。可是，如果由訾泽尘或毛永清出面护送这两位小兄弟来岭潭县，又担心目标太大，路上会出意外。他们想来想去，就想到了我，但又要求不能乘坐公共交通。于是，我就开着自己的那辆老掉牙的捷达车，拉着这两位兄弟连夜出发，本来今早就可以到达。谁知这辆老爷车到了五岭市西边就趴了窝，再也打不起火来。万般无奈，我们租了三辆自行车，一路骑了过来。今天下午就到了岭潭县。为掩人耳目，我们先在城关吃了一顿饭，一直磨蹭到天黑了，才赶了过来。”叶隐泉一口气做出了这番长长的解释。

“太感谢你们了，也太辛苦你们了！”章一民听得眼眶发酸。他起身再次同他们三位一一紧紧握手。

“什么证据？”章一民忍不住问高清山。

“一个U盘。这个U盘是李猛川无意中在杨雪凝家里得到的，上面可能录有罪犯的犯罪证据。”

“不是交给鲍坚，后来又让坏人夺走了吗？”

“这些坏人的阴谋没有得逞。舅舅在旺达房地产公司时，为防意外，将U盘复制了三份。一份他第二天带走，两份交给我并嘱咐：一份随身带，一份要找个妥善的地方藏起来！”

“真是苍天有眼，不负有心之人！”章一民高兴地跳了起来。他接过高清山递过的U盘，百感交集，热泪盈眶。“U盘啊，U盘，你身上可负着两条人命啊！”在场的人望着U盘，都哭了。

“猛川，你是怎么得到这U盘的？”章一民止住泪水，轻轻问道。

李猛川向前迈出一步，激动地讲述了事情的经过。末了，他结结巴巴地要求，自己做过小偷这件事，一定要保密，千万不能向外透露。否则，自己这一辈子就甭想娶到老婆了。

大家听了止不住哄堂大笑。章一民走过来爱抚地拍了李猛川的肩膀。“放心吧，小伙子！找老婆的事，如果出了意外，我来帮你！”之后，他立即拨通县公安局何仁启的电话，让他带上两个可靠的同志，五分钟内赶到县委办公室。

何仁启到后，章一民主持召开了一个紧急会议，作出了几项决定：今晚的事只限到会的人员知道，对其他人一律保密。李猛川是一个重要人证，对他的所闻所见，县公安局要连夜做好笔录并让本人认可签字。对高清山、李猛川两人的人身安全，由何仁启负责。为保险起见，章一民建议，要将两人连夜送到章一民的老家，与杜介夫爷爷同吃同住。何仁启和今天到场的两位干警，要在那里日夜守护，没有章一民的批准，任何人不得同他们接触。高清山和李猛川带来的U盘，再复制两份，分别交何仁启和章一民保管，原盘存县公安局刑警队，并指定队里一位可靠的同志专管。下一步怎么办？待明天章一民到家里后再同大家商量。对这几项决定，大家一致同意，并立即分头执行。

等一切安排妥当之后，章一民激动地拉过叶隐泉说："老兄，这次我没时间招待你了，你连夜就得若无其事地返回天源。估计，我又要忙上一阵了，无暇照顾泽尘与可染了。你回去后，向她们转告我这里的情况，并让她们加倍小心，好自为之。期间，如果她们再有什么事情，也烦请老兄帮助解决吧。"之后，两人对视良久沉默无言。

第二天上午，章一民赶回双沟村自己的老家。杜介夫老人看到章一民进门，心情自然很不平静。他把章一民拉到跟前仔细打量了一遍才放心了！明白章一民并没有被飞来的横祸击倒，对官场的升降沉浮，已做到了清醒淡定，心静如水了。

章一民对老人讲明了来意，两人马上进行了严肃讨论。他们一致认为：于振天、艾观波、单会涛等人所犯的严重罪行，根据眼下手中掌握的证据，基本可以定案。因案情涉及了三江省的几个主要领导，依靠省内力量破案已无可能，只能向中央报告，由中央派人直接介入查办。可此事关系实在重大，其中的危险亦不言而喻。派谁进京呢？如章一民亲自赴京，一是过于显眼，二是多有不便。

看章一民如此为难与不安，老人笑了。“我看，还是由我毛遂自荐、自告奋勇吧！我这把老骨头也该活动活动了。况且京中我认识的老家伙还不少呢！”

俗话说，老将出马，一个当俩！章一民彻底放心了。他立即做出安排：“由老人带着高清山、李猛川进京；已有的所有证明材料一律复印三份，一份留章一民处，另两份分别由老人和何仁启携带进京；老人带着化了装的高清山、李猛川同行，何仁启和两位干警则身着便服、带枪在暗中保护。进京后，由杜介夫带着他们直接去找中纪委副书记甄书戴。如有意外，则由老人寻求在京的老战友协助。为避免节外生枝，一般不再往三江省打电话联系，一切均由老人和何仁启见机行事。”言毕，章一民即把甄书戴留下的电话号码交给了老人。

第二天清早，一行六人即按章一民的安排悄悄上路了。

……

2009年“七一”前夕，訾泽尘和章可染从天源赶到了岭潭。几个月不见面，相互间仿佛已分别了数年。晚上，章一民谢绝了县里所有人的邀请，亲自下厨房做了几个家常菜，开了一瓶五粮液，又时髦地点上几根红蜡烛。烛光一亮，房间里立即镀上一层温馨的淡淡的红色。三个人围坐在餐桌前，慢慢地品酒，细细地尝菜，谁也不说话，但每个人心底里都充满着甜蜜和幸福。突然，訾泽尘开始抽泣，接着女儿可染也哭了，章一民的眼中也涌满了泪水。他先是爱抚地拍了拍女儿的脸蛋，继而又轻轻地理了理訾泽尘的秀发。她们先是静静地享受着这一切，随后就借势一人挽着章一民的一只胳臂，头紧紧地贴靠在他的肩上，止住哽咽，破涕为笑。是啊，两年来的风风雨雨、艰险坎坷，有时甚至是慷慨赴难、生死离别，至今回想起来怎能不让人悲喜交集，感慨万千！两年来，三个人都以自己方式接受了一次洗礼，渡过了一场人生的劫难。在这个过程中，三个人的心更近了，情更深了。章一民尽情享受着眼前的一切，同时又不免为三江省的今后担忧。

见章一民久久无语，訾泽尘把头又向他的胸前靠了靠，柔声问道：“怎么啦，又有什么心事了？”

章一民拉过訾泽尘的双手，放在嘴边轻轻地吻了吻。“我高兴不起来，在我们党执政已六十年的时候，在三江省竟会发生这样的案件，且至今未破，你说，我能高兴得起来吗？再说，‘庆父不死，鲁难未已’，三江省的几个大蠹虫未除，我能安心吗？还有，泽尘、可染，我们两年来舍生入死、千方百计设法破案，能说仅仅是为了给朋友报仇雪恨吗？我们应该想得更远一些，更深一些！”

“爸爸你偏心，为什么只拉訾阿姨的手？”可染故作惊讶，突然高声地喊了起来。

章一民和訾泽尘猛然一惊，两人一起抬头望着可染。可染做了一个鬼脸，随后三人发出一阵酣畅淋漓的大笑。笑声穿过房间，飞向广场，飘过岭潭县城关，在无边无际的天空中回荡。

尾　声

2009年7月，也就是杜介夫老人一行进京的二十天之后，单会涛奉调回京，被安排到国务院下属的一个部委任副部长。八月初，由中纪委甄书戴副书记和中组部储子建副部长带队的中央调查小组进驻三江省。在调查小组和公安部的直接参与和督办下，三江省两年来的几起人命大案迅速得到侦破。经查，杨雪凝被杀，是于振天、艾观波指使朴志海、龚卫斯，让勾连帮出面，组织五岭市地震期间越狱出逃的以雷动国为首的几个黑帮分子所为；赖锐系由单会涛直接指挥龚卫斯、裘一显、霍出曲等人，动用梅州市几个流氓予以残酷杀害；鲍坚是于振天、艾观波、龚卫斯共同策划，由梅州市裘一显、霍出曲等人设计实施的诱骗毒杀；荣秉奇是于洪甚、艾谦瑟指使天源市的一帮混混故意殴打致死；屈斯慧之死则是龚卫斯、裘一显、霍出曲等人怕事情败露，将其灌醉，连人带车推下了悬崖；陈刚被殴打致重伤的事件，则由于、艾示意，朴志海谋划，由龚卫斯、皮言望联络五岭市雷动国等一帮黑社会亡命徒做下的；让朴志海出面，公开在网上揭发章一民，并向其银行工资账户上偷偷打入150万元一事，则是于、艾精心布局，由于洪海出资，朴志海亲自会同省公安厅、三江银行内部人员实施的。五岭市党、政换届选举集体舞弊案，是于、单、艾三人一起策划的。除此之外，上述涉案人员均存在生活作风败坏、贪污受贿、滥用职权、坑害百姓等严重问题。

三个月后，根据调查小组的建议，三江省省委对朴志海、贾有高、裘一显、皮言望、霍出曲、勾连帮等人执行"双规"。同时经批准，公安部门对于洪海、于洪甚、艾谦瑟、诸如贵、司佑余、邱怀、米士求、靳占天等人予以立案侦办。国庆节过后，中央决定对于振天、艾观波、龚卫斯、房宛秋四人进行"双规"，不久又将于、艾、龚三人移交司法机关，依法追究他们的刑事责任。同时，回京的单会涛亦被"双规"并移交司法机关。又过了两个月，雷动国等人被抓捕归案。不久，司法机关对有关涉案人员作出如下判决：于振天、单会涛被判处死刑，缓期两年执行；龚卫斯、勾连帮、裘一显、霍出曲、雷动国等人被判处死刑，立即执行；艾观波、朴志海诸罪并罚被判处无期徒刑；房宛秋，生活糜烂、道德败坏，虽参与了于振天、单会涛、艾观波的部分非法活动，因不是主犯，没有直接的严重犯罪行为，且“双规”期间认罪态度较好，又能主动揭发他人罪行，提供破案线索，有一定的立功表现，决定除对其实行“双开”外，免于刑事处分。于洪甚、于洪海、艾谦瑟、邱怀、米士求、诸如贵、司佑余等人流氓成性，无恶不作，依仗权势，明目张胆地侵吞国有资产，欺压盘剥百姓，并策划、参与了对荣秉奇的殴打致死案、对陈刚的行凶案和五岭市市委市政府换届选举舞弊案，被判处无期徒刑，并没收其全部财产。靳占天被判十年有期徒刑。贾有高因渎职受贿，被撤销职务。

关于章一民和陈刚，调查组在写给中央的报告中，彻底推翻了强加在两人头上的一切不实之词，为两人公开恢复了名誉，并充分肯定了他们在常委任上的出色表现。特别是对章一民，中央在后来所发的通报中，高度评价了他的党性、人品、政绩和能力，指出章一民是一位不可多得的优秀省、部级领导。据此，中央决定恢复陈刚原来担任的三江省委常委兼秘书长的职务。章一民的工作由中央另行安排。

当然，还有一个人，虽没追究其刑事责任，但受到了中央领导的严厉批评。所以，这位同志一直处于难言的痛苦和疚悔之中。他就是三江省省委原任书记令狐毅。

2010年元旦刚过，中央任命储子建为三江省省委书记，开始全面整顿、调整，健全全省的四大班子。